U0671217

大鱼

有爱的青春陪伴者

是晴天了，我来见你

夏不绿 著

I want
to
see
you

花山文艺出版社

河北出版传媒集团

河北·石家庄

图书在版编目（CIP）数据

是晴天了，我来见你 / 夏不绿著. -- 石家庄：花山文艺出版社，2020.8
ISBN 978-7-5511-5207-5

Ⅰ. ①是… Ⅱ. ①夏… Ⅲ. ①长篇小说－中国－当代 Ⅳ. ①I247.5

中国版本图书馆CIP数据核字(2020)第097557号

书　　名：**是晴天了，我来见你**
　　　　　SHI QINGTIAN LE，WO LAI JIAN NI
著　　者：夏不绿

策划统筹：张采鑫
特约编辑：不　夏
责任编辑：董　舸
责任校对：郝卫国
美术编辑：胡彤亮
封面设计：周　丽
封面绘制：imiko君
内文设计：孙欣瑞
出版发行：花山文艺出版社（邮政编码：050061）
　　　　　（河北省石家庄市友谊北大街330号）
销售热线：0311-88643221/29/35/26
传　　真：0311-88643225
印　　刷：长沙鸿发印务实业有限公司
经　　销：新华书店
开　　本：880×1230　1/32
印　　张：9
字　　数：200千字
版　　次：2020年8月第1版
　　　　　2020年8第1次印刷
书　　号：ISBN 978-7-5511-5207-5
定　　价：38.80元

目 录 MULU

目 录 MULU

❤
———— 第一章 ————
你是智障吗

八月底，烈日炎炎，驾驶室的空调坏了，如今只有个锅盖大小的风扇死命转着，非但没把灼人的热浪吹凉一点，反而变成热气，全拍在了姜白白的脸上。

巴掌脸上细白的皮肤因为气温炎热变得通红，像被烙铁烫过似的，她扎着高高的丸子头，额边的碎发黏腻在皮肤上。

姜白白抬手擦了把脸上的汗，用那双漂亮的杏仁眼不可置信地盯着手机屏幕上刚刚出现的那段话。

"亲爱的用户，因您的直播账号涉黄、涉恐、涉及封建迷信等相关内容，现木鱼直播平台决定将您的账号暂时关闭，解封时间待定。"

"……"

十分钟前，姜白白像往常一样，坐在驾驶室给网友们直播她的挖掘机生活，结束的时候，照常和大家打招呼说再见，然后就按了关闭直播间的按钮。可惜她这个八百块钱买来的手机，给卡住了，她也没注意，因身上的短T恤都被汗水打湿了，她拿出备用的短袖换上，结果换衣服的那幕给直播了出去……

姜白白近一米七的个头，体重只有几十五斤。俗话说，休重不过百不是平胸就是矮，很明显，她是前者。加上她穿的还是运动背心，根本就没有什么可看的呀……

姜白白懊恼地立马申诉，申诉失败，再申诉，发现账号已经登录不上了……

就在这时，一阵"嘎嘎嘎"的鸭叫响起，是姜白白的手机铃声，老爸姜聪来电话了。

姜白白不禁倒吸一口气，神经跟着紧绷起来。因为今天她没跟姜聪说一声就偷偷把大华给开了出来。"大华"就是姜白白驾驶的这辆挖掘机，作为家里最值钱的东西，是姜聪开了大半辈子挖掘机攒钱买的，刚买回家的那几天，他连晚上睡觉都待在上面。

"瞧瞧这粗壮的手臂，这是力量的象征……"姜聪抚摸着大华冰冷坚硬的铲斗，不无感慨，"这才是真正的钢铁直男！"

"你干脆认它当儿子算了。"姜白白小声嘀咕。

结果被姜聪听见了，狠狠冲她翻了个白眼："好歹人家大华还能赚钱，我好不容易供你读了个硕士出来，结果毕业即失业，文不能文，武不能武，现在还要每天待在家里消耗粮食，完全是一个不可回收的废物。"

想到这些，姜白白就觉得头大，于是战战兢兢地按下接听键，底气不足地"喂"了声。

"你又把大华开哪里去了？"姜聪刚睡了个午觉醒来，发现院子里的"钢铁直男"没了，跟着消失的还有那"废物"女儿，立即破案。"我答应春婶今天要帮她修地基！你快给我把大华开回来！"

春婶家的儿子要娶媳妇了，打算在秋天前修新房子。姜白白算了算回去的路程，比自己从这里直接去春婶家还远，待会儿要真耽误了事，可就不是挨顿骂那么简单了。于是，她鼓足勇气，极尽谄媚道："爹地，天气这么热，您就好好在家里吹风扇吃西瓜，这种粗活交给我来吧。"

"你……"姜聪话还没说完，只听姜白白在那头儿模模糊糊说了声"哎呀，信号不好"就挂断了。

春婶家在乡下，全是泥土路，姜白白缓慢地驾驶着大华朝山里驶去。她外放着音乐，身体跟着节拍轻轻晃动，在空旷无人的山谷里，歌声显得格外悠扬空灵："你挑着担，我牵着马……敢问路在何方，路在脚下……"

突然，她暂停了声音，眼睛直直地望着前方的不远处，浓密的睫毛扑闪两下，使劲眨了眨眼。

前面出现一个颀长清瘦的背影，一身黑衣黑裤，手里拿着根木棍做拐杖，慢慢地在路上走着。

这前不着村后不着店的地方，突然出现一个人影，姜白白还以为自己看花了眼，同时心里有些发毛。她不由得打了个哆嗦，心里一边默默念着"阿弥陀佛"，一边把歌切换到印光大师版的《南无阿弥陀佛》，于是整个山谷里立即回荡起不断重复的"南无阿弥陀佛"，穿云裂石、天震地骇，还带着一丝看破尘世的冷冽……

只见那人影越来越近，面容渐渐清晰起来，一双漂亮但带着倦意的桃花眼，挺拔的鼻子，薄唇，微微抿成一条线。这让姜白白不禁想到《聊斋志异》里进京赶考的书生，在荒郊野岭遇到美艳女妖的故事，她该不会遇到了美艳男妖？现在这些妖精，还学会精准定位客户群了，啧啧。

美男子似乎不为印光大师的"阿弥陀佛"所动，没被音乐给震慑住，反倒露出了一脸的鄙夷。姜白白看见他张了张嘴，好像说了句什么，她跟着口型念了出来："智障。"

"……"

敢情在骂她智障？不过正好也证明了对方不是什么男妖。姜白白暗自松了口气，关掉手机音乐，驾驶着大华朝前冲去。一路飞沙走石、落土飞岩，虽然她开的只是平淡无奇的挖掘机，但大有开出劳斯莱斯幻影的气势。

经过美男子身边的时候，姜白白把手伸出窗外，冲对方比了个中指，然后以牙还牙以眼还眼道："你才智障！"

隔着飞起来的灰尘，姜白白看见美男子微微蹙起眉头，眉眼冷冽地看了她一眼。四目相对的那一秒，姜白白的心"咯噔"了下，美男子的皮肤细腻光滑，虽然脸上沾了泥土，但一点不妨碍他的魅力，她还是第一次在现实生活中见到长得这么好看的人。因为常年生活的南城，这里靠近北回归线，大多数人的皮肤都被紫外线晒得黝黑干燥，所以很多人初见姜白白，都觉得她不是姜聪亲生的。她皮肤白，不过容易过敏，尤其白天晒多了太阳，晚上皮肤就会发痒。姜聪每次都没好气道："当然不是我生的了，她妈生的，长得像她妈。"不过，这话怎么听怎么像骂人的……

不过想要挽回自己在对方眼中的形象是来不及了，姜白白干脆故作冷酷地扭过脸，头也不回地开着大华离去。萍水相逢的一个照面而已，冲动地比了中指就比了吧，冲动地骂了别人智障也就骂了吧，反正她一向擅长破罐子破摔。

到达春婶家后，姜白白休息了会儿，然后开始干活。她熟练地控制着操纵杆，用铲斗铲除多余的泥土，堆积到旁边的空地。

姜白白喜欢这种感觉，可能是小时候身体不太好，她对充满力量的东西都格外感兴趣。每次她握住中控室的操纵杆，大华那粗壮有力的钢铁手臂，都能瞬间唤醒她身体里的原始野性力量。要是没有大华，眼前这块地，不知道要多少人用多少力气才能挖好，而大华只需要轻轻地摆动一下身体，几斗下去，就能挖出他们一天的量，神奇不神奇！

"谢谢小白了！"春婶端着热咖啡和刚烙好的肉饼出来递给姜白白。这是当地的风俗，无论谁上门做事，主人家都会做些好吃的款待师傅。

他们这个地方，正好是咖啡种植地，盛产咖啡豆，几乎每家每户都喝咖啡，就跟福建人喜欢喝茶差不多。但姜白白不喜欢咖啡的苦，于是让春婶搁了点牛奶进去，然后一口气喝干，整个人也跟着恢复了力气，神清气爽起来。回去的路上，不用担心打瞌睡了。

"本来我还以为今天是老姜过来，你现在找到工作没？"春婶真是哪壶不开提哪壶。

姜白白咬了口肉饼，咂咂嘴："我准备开挖掘机。"话音刚落，她就看见春婶脸上闪过一丝惊诧的神情。

"你一个女孩子开挖掘机不太好吧，这个工作又苦又累的，你好歹是个硕士生，干什么不好。"春婶苦口婆心道，"而且你爸那脾气能让你开挖掘机吗？从小到大他把你宝贝得跟个什么似的，工地上全是些五大三粗的男人，肯定不能让你去。"

姜白白当然知道这些，所以到现在她也不敢直接跟姜聪说出自己的真实想法。她研究生读的博物馆专业，这个专业极其冷门，本来南城又不大，唯一一家博物馆仅剩的编制名额被上一个等了两年才等到的人给占了去，便意味着她毕业即失业。

春婶把剩下的肉饼打包，让姜白白带回家给姜聪吃："二娃结婚，你们到时一定要来喝喜酒。"

二娃就是春婶的二儿子，大名叫周宇，小时候还经常和姜白白玩，但长大后周宇考上了外地的警校，毕业后留在当地工作，新娘子也是在外地认识的。他们本来已经在定居的城市里办过一次婚礼了，但春婶家觉得一定要再回家乡办一次，让亲戚邻居都来热闹下，才能算真的结婚，明知道周宇他们不会在新房子里住，还是掏出了所有积蓄修了房子。

天色渐晚，姜白白开着大华往回走。又是一路沙土飞扬，傍晚的夕阳缀在山头，像憋足了劲儿在最后关头一口气把身上全部的金黄给洒了出去。南城这个地方，穷是穷了点，小是小了点，偏远是偏远了点，但好在空气清新、景色宜人，也时常会有些外地游客过来玩，还有些咖啡达人会跑到这里来买咖啡豆。姜白白虽然在外地读了多年书，但后来发现还是家里好，有老爸有房子有鸡鸭鱼猪，困了躺在草垛上睡觉，渴了随便摘点野果子都能吃，到了秋天，跑上山头挖红薯，用木柴起火烤了吃，再放一个响亮的屁，别提多舒服了。

姜白白打开大华身上的探照灯，听着韩国乐团的舞曲，跟着哼哼叽叽。在转弯的地方，她没留意，前方突然蹿出个人影，她吓得急忙踩下刹车。惊魂未定，等她再往前看时，人不见了？

这次是真遇鬼了？还是把人给撞了？

姜白白后悔今天出门没看皇历，这一桩桩遇到的都是些什么事啊。她深吸了口气，犹豫了几秒，下车查看。

"有人吗？"姜白白小声询问了句，只是单纯给自己壮胆用的，结果没想到听到一句气若游丝的"有"。

姜白白又往前走了几步，然后愣住了。她睁大眼睛，对眼前出现的人发出了灵魂质问："你怎么还在这里？"

下午遇见的美男子此时蹲坐在地上，姿势优雅地用一只手支着脑袋，另一只手握着拐杖，苍白的脸上露出一副与命运抗争后随便活活的神情，让人不禁怀疑在他身上到底发生了什么惨无人道的事情。

姜白白怀揣着拯救天下苍生的心，加之本来就有点后悔下午对他冲动做的事情，关心道："你怎么了？需要帮忙吗？"

美男子轻轻抬起眼皮，也不知道他到底听没听进姜白白的话，他说："别靠近我。"

"……"

姜白白的视线从他的脸上移到腿上，发现他裸露的脚踝肿了起来，有明显的瘀青。想必是来旅游的游客，新闻上不是经常报道一些喜欢惊险刺激的游客，会去一些了无人迹的地方探险，然后失踪了，最后还要麻烦救援队找遍整个深山老林，才能把他们救出来。

姜白白觉得此时是自己报效祖国的时候了，不能劳烦救援队小哥们一天尽操心这种事，于是热情发扬人道主义救援精神，眉毛一挑，看向美男子，道：

"你要去哪里？我送你一程吧。"

美男子没有立即说话，而是拿出手机来，在键盘上啪啪啪按了几下，然后伸出手递给姜白白看：我要去南兴镇。

姜白白的家也住南兴镇，挺顺路的。于是，她说："我也要去那里，上车我送你。"

美男子没有动，似乎是在思考。

"这里荒山野岭手机信号不好，而且天已经黑了，不会有人这时候还出门的，我应该是你最后离开这里的机会。"姜白白善意提醒道，但让人听着略微有些刺耳。

美男子没说话，垂下眼眸，再抬头，发现对方正笑眯眯盯着自己看，他不由得皱了皱眉，感觉自己仿佛是一尊任人随意参观的雕塑，心里有些不爽。

姜白白丝毫没有掩饰自己欣赏帅哥的神情，直到对方朝她投来警惕的目光，一副"离我远点"的表情就差写在脸上了，她才收回视线，双手背在身后，作势要走："我爸还等着我回家吃饭呢。"

她刚一转身，小腿上就传来一阵疼痛，美男子竟然扔小石子打她！

姜白白瞬间来气了，准备找美男子算账，结果对方又递来手机，屏幕上新出现了一个字：好。

你是哑巴吗？

姜白白不明白这人为什么不直接说话，他之前不还应了一声"有"吗，不是还不耐烦地让她别靠近吗，难道是一个只会说两句话的哑巴？算了，姜白白决定不跟他斗气了，天越来越暗，她得早点回去向姜聪报到。

"你自己能起身吗？"姜白白双手环在胸前，也没有要去帮他的意思。

美男子撑着拐杖，借力自己站了起来，受伤的那只脚悬在空中，然后往前跳了两步，等待姜白白的进一步指示。

结果，她指了指旁边："你坐进去吧。"

姜白白话音刚落，美男子显然以为自己听错了，因为姜白白让他坐的地方是挖掘机前面用来铲土的铲斗。

想他顾延灼英明一世，以前好歹也是救援队里的明星选手，开直升机的时间比坐车还多，今天竟然要坐挖掘机的铲斗。他的眉毛明显地颤抖了下，又在手机上打下新的一行字，然后递给姜白白看：没别的地方坐了？

"驾驶室只能坐一个人。这铲斗地方大，你一个人坐着舒服，还是露天的，相当于敞篷跑车了，别太客气哈。"说着，姜白白回到了大华的驾驶室里，然后脑袋伸出窗外，居高临下地朝美男子扔了一个东西过去。

顾延灼很稳地接住了，一个用纱布包着的圆乎乎的东西，还带着热度，打开来看，是一个饼。

"好吃的肉饼。"姜白白解释道。

虽然这个地方的人怪怪的，但还挺热情淳朴的。顾延灼心想着，正好他也饿了，于是对着肉饼一口咬了下去，三分之二没了，可是没肉。

此时的春婶正在收拾厨房，看到盘子里剩下的两个肉饼，突然一拍大腿，惊呼了声"哎呀，糟了"。原来她饼做到最后，没馅了，便把剩下的面团直接扔进了锅里，捞出来的时候她还特意标记了下，结果不小心给了姜白白。

说好的民风淳朴、以诚相待呢？顾延灼坐在挖掘机的铲斗里，手扒拉着边缘，望着天空中渐渐出现的星星，感慨着他的一日之旅就这样画下了不完美的句号。

姜白白送美男子到家后，才发现之前姜聪一直开大华修的那栋白色小洋楼就是顾延灼的住处。他们镇上的房子样式老土、平淡无奇，姜白白的家则是带有院子的平房，她在那里生活二十多年了，早已习惯。

这栋突然出现的小洋楼，有两层高，不属于欧式风格，外面墙壁一层白漆，干净耀眼，近似于光的颜色，在边角处又用黑漆勾勒出建筑的线条，不知道是什么木头做的门，古朴结实，只一眼，就让人想推门进去看看。

"这房子是你的吗？"姜白白好奇地左看右看，然后回头看见正艰难地从铲斗里往外爬的顾延灼。

美男子淡淡扫了她一眼，没有说话。

这时木门开了，身后传来一个男人的声音，打断了她的思绪："Abel，你终于回来了！"

姜白白还没看清说话者的脸，那人已经冲到铲斗边，然后哈哈大笑起来，声音之大，只差没让对面街的人听到了："你怎么坐这玩意儿回来？行为艺术？"

"艺术你个头，快拉我出来。"美男子蹙起眉头，脸色非常难看。

"你脚受伤了？"说完，随即又是一阵爆笑，也不知道这人是美男子的朋友还是敌人，"早让你一个人别去了，打你手机一直打不通，我差点报警了。"

顾延灼看了白城拓一眼，认真的神色："你应该报警的。"

这时，白城拓注意到了旁边的女孩。瘦瘦高高的，宽大的T恤一直罩到屁股，腿又细又长，像个没长大的少女的身材，凌乱的头发粘在脸上，此时正一脸蒙地看着他们。不过，这个女孩怎么看着有点眼熟？

"这是？"白城拓正想问，结果顾延灼已经拄着拐杖走进了屋里，一副不想多待一秒钟的架势，他盯着顾延灼的背影，无奈道，"这家伙……"

姜白白见美男子一句谢谢都没说就走人了，心里有点不爽，而且他明明可以一次性说那么多话，为什么和她交流就得用手机？真是个怪人。

"谢谢你送顾延灼回来，他有社交恐惧症，见谅。"白城拓感觉再这样编下去，自己都要信顾延灼有社交恐惧症了，其实只是顾延灼不想说话，觉得麻烦。

姜白白这才仔细看清面前男人的脸，和美男子相比，他的脸是一种阳光明亮的感觉。这人性格一定很好，姜白白给出一个结论。

见面前的女孩没有要走的意思，白城拓突然反应过来，赶紧从包里掏出手机："你扫我，还是我扫你？"

"啊？"姜白白没反应过来，她以为对方在问自己要微信，脸"唰"一下红了，这还是她长到二十五岁，第一次有异性主动要她微信，这不禁让她的心加快跳了两下。

"你……你扫我吧。"说着，她掏出了手机，点开二维码。

"多少钱？"白城拓问。

"啊？"姜白白持续蒙，加个微信干吗要问多少钱？

白城拓见她一脸天然呆的模样，觉得这个女孩有点可爱，低头一看，他扫的哪里是付款的二维码，而是申请添加对方微信的二维码，不禁又浮现出酒窝，哈哈大笑道："我问你送那小子回来的车费多少，不过，能加美女的微信是我的荣幸。"

姜白白意识到自己误会了对方的意图后，脸直接红到了脖子根。她低头看到微信上出现的申请消息，点了下通过，头像是一张风景照，蓝天白云草地，微信名叫"白城拓"。

"微信名就是我真名。"

"我叫姜白白。"而后想到了什么，她说，"不用给我钱，我是路见不平拔刀相助。我得回家了，再见。"

姜白白觉得太过丢脸了，飞也似的跑向大华，发动车子，开着她的挖掘机逃离了"事故现场"。

白城拓盯着那辆远去的挖掘机突然想到了什么，然后翻出手机里的直播软件，点开一个ID名叫"灵魂挖掘机手"的主播头像，接着放大——哈？长得跟姜白白一模一样？

果不其然，姜白白回家后，就被姜聪叫到院子里，罚她抄《论语》一百遍，抄不完晚上不准睡觉。

虽然姜聪自己没上过什么学，但他很重视对姜白白的教育，对她的惩罚方式一般分为：抄《唐诗三百首》，抄《新华字典》，以及抄《论语》。

可惜姜白白的语文成绩并没有出类拔萃，不过好歹练出了一手好字，上学那会儿的黑板报几乎都是她写的。

抄《论语》一直抄到后半夜，院子里的灯光大概是接线不良，闪烁了两下。姜白白晃了晃酸痛的手腕，准备休息下再写。

晚上因为姜聪生气，整个晚饭都吃得特别压抑，所以姜白白没有吃饱，现在肚子饿得咕咕叫。她无奈地摸了摸自己可怜的肚子，又不敢去厨房找东西吃。她往屋里瞧了一眼，姜聪房间的灯光已经熄灭，看来已经睡下了。她放下笔，蹑手蹑脚地离开院子，准备出去找点吃的。

小镇比不得大城市，晚上没有丰富的夜生活，大家一般都睡得很早。街上许多店铺都已经打烊了，不过秦大叔的肉串店肯定开着。他老人家从两年前患上失眠后，就开了肉串店，一直营业到早晨吃早点的时候才打烊。

远远地，姜白白就看见亮着白炽灯的肉串店，从里面不断飘出白色的烧烤烟雾。店面很小，只有两张桌子，而且闷热，大家都坐外面，一张油腻的木桌、几个塑料板凳，虽然廉价简陋，但吃宵夜的人从不会讲究这些。

门口坐着几个光膀子喝酒撸串的年轻人，身上文着刺青，一看就是社会人。姜白白认得他们，经常打架闹事，镇上的人都对他们敬而远之。

秦大叔在店里，夹着一根香烟，手边一瓶啤酒，非常飒爽地站在那里烧烤，虽然周围吵吵闹闹，但他有自己稳定的节奏。

"小白！"宋清颜挥舞着瘦小的胳膊，只差没有站起来了，"这边！"

宋清颜是姜白白最好的朋友，两人从小一块长大，志趣相投，说白了就是没啥志向，以前班上许多同学都离开了南兴镇，就她们两个红尘做伴依然待在镇上混日子。不过宋清颜还是要好一些，她毕竟是在姜聪一直希望姜白白去的那家连锁超市工作，而且都升店长了。

"我要了五十串牛肉，够不够？"宋清颜一头利落的短发，脸偏圆，天然给人一种亲切感。"

"不错，不错。"姜白白咂咂嘴巴，想到美滋滋的牛肉，唾液腺瞬间被激活了，"那得来点玉米酒呀。"

他们这里流行喝玉米酒，是把玉米晒干后，发酵做成的酒糟，要喝的时候就挖一勺，用纱布包着，放在盆里面开水倒进去，洗衣服一样揉，揉出来那个带着玉米色的汤水，就是酒。店里一般都用茶缸装着，500ml 的容量，一块钱一缸。这酒度数低，后劲也不大，可以从早喝到晚，虽然整个人是晕的，但是不会醉。配上秦大叔家的牛肉，一口肉一口酒，那叫一个目眩神迷。

姜白白喝着玉米酒吃着牛肉，抄了一晚上《论语》耗费的体力渐渐恢复过来，她感慨了句："真羡慕你，不用被家里人管着，我爸每天盯我跟盯犯人似的。不过幸好他明天就要去工地了，可以有段时间不用见到他了。"

"你这是身在福中不知福。"宋清颜冲姜白白翻了个白眼。宋清颜父母很早离婚，她从小跟着爷爷奶奶长大，前几年两个老人家都去世了，所以都是她一个人生活。

姜白白没说话，虽然姜聪对她很好，但她明白更多是出于亏欠感。姜白白还没记事，她妈就抛下了他们父女俩。姜聪也从来没有在姜白白面前提过她母亲，但毕竟小地方，有个什么事大家都是一传十十传百，她也从别人口里听到过一些传言，大抵是她妈妈嫌弃姜聪太穷，又没读过什么书，五大三粗的，而她妈妈据说是个大学生，城里来的乖乖女，一开始因为爱情冲昏了头脑，等醒悟过来哪里吃得了苦，所以生下姜白白后就一个人走了。

姜白白又咬了口牛肉，转身继续和宋清颜说话。结果宋清颜的眼珠子早跑到后面去了，她一脸花痴的模样。她凑过身，悄悄对姜白白说："你后面坐了一个大帅哥，你看到没？"

　　姜白白一扭头，就看见了下午救回来的美男子，叫什么来着？哦，好像是叫顾延灼。此时，他穿着宽松的上衣、大短裤，踩着人字拖，脚踝处还包着纱布，不过一副气定神闲的模样，独自坐在位置上，仿佛自动结下一条结界，和旁边的人隔出一道无形的屏障。

　　服务员小妹过去问他吃什么，他开口点东西，小妹则整张脸涨得通红，在灯光下看着像是喝醉了酒。

　　姜白白心里又开始不爽起来，凭什么他对其他人都肯说话，就唯独在她这个救命恩人面前社恐了？

　　"是不是挺帅的？"宋清颜感叹了两声，"是游客吧，真希望他能多在镇上待两天，让我养养眼。"

　　顾延灼正转头四下张望，似乎在找寻着什么，结果视线刚好落在姜白白身上，两人四目相对。顾延灼脸上表情淡淡的，视线只在她身上停留了不到两秒钟，仿佛只是看到了一个板凳或者一条狗般淡定。

　　呵，姜白白终于明白了农夫与蛇的故事，她翻了个白眼，转回身去。什么狗屁社恐，有社恐症还跑出来吃宵夜？不应该乖乖待在家里自闭才对？

　　其实顾延灼本来没想出门的，他其实已经睡了，但晚上做了一个噩梦，半夜惊醒，就再也睡不着。想起来看会儿书，没翻几页就听见肚子在叫。晚饭他没怎么吃，白城拓那家伙一直念叨他不应该一个人去寻找什么古树咖啡，咖啡没找着，还把脚扭了，要不是遇到开挖掘机的美少女适时搭救，他现在没准还在深山老林里呢。

　　"美少女"这个词，是白城拓说的。白城拓和女孩在门口道别完，一进屋就跟见了鬼似的，扑到顾延灼身边，抓住他的肩膀用不可思议的神情看着他："你知道我刚看见谁了吗？"

　　顾延灼本来不想搭理白城拓，但想着待会儿还得麻烦他帮自己处理脚上的伤口，于是配合地问："谁？"

"送你那个女孩啊！"

"……"顾延灼怀疑白城拓在他离开的这个下午，脑袋被驴踢了。

白城拓兴奋地打开手机，点开一个顾延灼从没见过的 APP 软件，又点开一个 ID 头像，放大照片，指着上面的人对他说："是不是跟刚才那个女孩长得一模一样？"

巴掌脸，但下颌角有些圆润，让脸看上去略带肉感，鼻子不算挺，但和眉骨的线条连接得刚好合适，内眼角圆润，眼尾微微上翘，让人联想到猫。

白城拓什么时候认识这女孩的？而且还有对方的照片？顾延灼开始怀疑他是不是个变态。

白城拓感受到对方眼神里的鄙夷后，立马解释说："这是我关注的一个网络主播，名字叫'灵魂挖掘机手'，粉丝几百万呢，平时发的视频都特搞笑，网友都叫她'机妹'。"

白城拓一向喜欢年轻人的那些新潮东西，特别喜欢关注一些漂亮的女主播，没事的时候瘫在沙发上刷视频。而顾延灼手机上除了必用的几款通信软件外，什么都没有，他到现在都没搞清楚网络主播是干什么的，在网络上播报新闻吗？所以他毫无兴趣地"哦"了声，非常不给面子。

"不过嘛，今天机妹的账号被封了。"

顾延灼扬了扬眉，打开医药箱，找出酒精和棉签。

"因为涉黄。"

顾延灼手里的棉签差点儿掉到地上，他想起女孩那张清纯无害的脸，没想到年纪轻轻就这样走上了邪路。

"直播讲黄色笑话吗？"

白城拓翻了个白眼，坐过去，拿出纱布，帮顾延灼缠住伤口："少爷，能不能有点想象力？我没看到直播内容，不过看到网友说是直播脱衣服。"

　　脚踝处传来一阵疼痛，顾延灼忍不住呻吟了声，抬眸就看见白城拓脸上恶作剧般的笑意——这小子故意的。

　　他抬起脚，就朝对方脸上踹过去。

　　夜深了，那几个社会大哥脚下喝空了三箱啤酒，此时都已经醉醺醺的。姜白白和宋清颜知趣地把桌子椅子移到边上，不想叨扰了他们的雅兴。

　　"不行，我得去上个厕所。"宋清颜捂着肚子朝店里跑去。

　　小店就一个厕所，男女共用。宋清颜占了位置，其他人就只能在外等着。一个背后文着青龙的大哥啤酒喝多了，憋不住了，走到厕所门口等了几分钟，见人还没出来，不耐烦地大声嚷起来："上个厕所上这么久！"

　　声音之大，姜白白听得直皱眉头。

　　这些人年纪轻轻没什么正经工作就在街上每天闲晃，偷鸡摸狗，脾气还特别暴躁，经常给镇上的居民添堵。不像姜白白，虽然她也没什么正经工作，好歹她还是一个守法公民，从不给谁添麻烦。

　　不过青龙大哥没继续待在厕所门口，走了出来，四下望了望，看样子是想找个没人的小巷解决一下。青龙大哥个子高大，走起路来，有横扫八方的气势，加上喝多了，走路摇摇晃晃的，路过姜白白桌旁，直接把她放在桌沿的玉米酒碰倒在地。姜白白还没来得及说话，只见青龙大哥继续晃晃悠悠往前走，人没走直，钩到了顾延灼的桌腿，一个趔趄，连人带桌都飞了出去，只见他人往前飞快栽了几步，最后好不容易稳住了平衡，才没摔在地上。但顾延灼桌上的可乐和肉串纷纷掉落在地，飞溅出来的可乐直接洒在了顾延灼白色衣服上，晕染开来一摊污迹。

　　姜白白拿肉串的手停在了半空，看了眼洒了一地的玉米酒，又看了看比自己更衰的顾延灼，不由得心理平衡了许多。

　　青龙大哥虽然稳住了身子，但全然没在意自己刚刚做了什么，大概实在是憋不住了，扭身就往小巷里跑。他那桌的朋友明明看见了，也没人出来道歉，继续喝酒吃肉，仿佛姜白白和顾延灼只是空气。姜白白生气了，虽然她平时不主动惹事，但只要惹到自己头上，她肯定是不会吃哑巴亏的。不过看了眼他们身上的腱子肉，以及左青龙右白虎的夸张文身，姜白白自知硬碰硬是讨不到什么好果子吃的。她闭了闭眼，心里正想着该怎么给这群社会混混一个教训，隔了会儿，就听见小巷里传出一声惨烈的哀号。

姜白白睁开眼，转头看去，发现顾延灼不见了，小巷里青龙大哥凄惨地求饶道："大……大哥，我错了……"

青龙大哥的社会朋友们纷纷站起身来，有人抢着板凳，有人拿着啤酒瓶，朝小巷的方向走去。

姜白白眼皮跳了下，感觉要出大事了。她揉了揉眉头，起身，跟了过去。

她虽然自己没打过什么架，但从小到大见过别人打架的次数就跟吃饭似的，见怪不怪。但如此清新脱俗、独具一格的打架方式，她还是第一次见。

小巷里没有灯，光线昏暗，站在外面，只能隐隐约约看到巷子里两个人面对面站着，不过靠墙的那个是跪着的，另一个身材颀长清瘦的人影则掐住对方的脖子，另一只手拿着手机，屏幕发出幽幽的光线，对着跪着的那个人举着……

这是要给对方看手机？到达巷口的社会大哥们脑子里纷纷冒出问号。

不过，熟悉了顾延灼套路的姜白白，一眼就明白了他在干吗——他一定是不愿说话，把对青龙大哥说的话，都打字在了手机上。

姜白白猜测着上面的字大概是"跪下道歉"，或者是"下次见到我，请绕道走"之类的霸道警告。

"你小子活腻了？"抢着板凳的社会大哥才不管眼前这幕有多奇怪，脑子压根儿没思考，反正自己兄弟被打了，他就得把对方打趴。

暗影里，手机的灯光熄灭，巷子里陷入一片死寂，只见站着的黑影动了动，而后缓步走到光线里。姜白白看见顾延灼的身体一半在黑暗里，一半在昏黄的光线里，仿佛一半天使一半魔鬼，带着邪魅的气息，可是脸上的神情平和，淡淡的，好似压根儿没把面前的人放在心上。

大概是被顾延灼身上的气势吓住了，他往前走一步，那几个社会大哥不自觉地往后退去。抢板凳的社会大哥刚退了一步，立马就意识到自己刚刚才放出狠话，哪怕为了保住面子也得继续上。

"你给我兄弟道歉。"板凳哥的声音有点不太自然，仿佛嗓子里有口痰，没吐出来，"这事就算了，不然别怪我不客气。"

姜白白突然觉得有点意思，双手环在胸前，像看三流古惑仔电影一样静静看着眼前的情景。本来之前还在犹豫要不要报警，他们镇上的派出所离这里就十几分钟的路程，不过现在她突然有点想看看接下来会发生什么了——下午在路上捡到的那只看上去没什么杀伤力的小野猫，此刻竟露出了獠牙和恶魔角。

顾延灼看了眼说话的人，但那眼神完全没把对方放在眼里，仿佛脸上写着"干吗""没事能滚吗"几个字。

板凳哥再怎么着也是这个镇上有头有脸的一混混，关过派出所，蹲过牢房，怎么可能被一个毛头小子给抹了面子。他一咬牙，一跺脚，抢着板凳朝顾延灼砸去。

只见对方身手灵活地闪开，大长腿往板凳哥脚下一钩，一个上勾拳直中其腹部——板凳哥仿佛牵线木偶般直直栽倒在地，发出"咚"一声巨响，和大地之母来了个亲密接触。

姜白白看得有些呆了，这美男子身手不错啊，感觉是练家子。但对方人多势众，要是真一起上，他不见得能占到便宜。她顿了顿，冲那边的人群喊了声："哎，好像警察从那边来了。"声音软软的、轻轻的，顺着夏夜的晚风吹过去。

　　那几个社会大哥本来就是派出所常客，听到"警察"两字，慌不择路，扶板凳哥的扶板凳哥，捡板凳的捡板凳，抬青龙大哥的抬青龙大哥，纷纷作鸟兽散。

　　然后，原地只留下姜白白和顾延灼，隔着十几米远的距离，两人都互相看不清楚对方脸上的表情。姜白白眨眨眼，没说什么，扭身回去。

　　这时，宋清颜才从厕所出来，她腿有些麻，走路一瘸一拐的，看见姜白白从外面走过来，茫然道："你去哪儿了？"

　　姜白白坐下，拿起牛肉串继续吃，耸了耸肩："没去哪儿。"

　　宋清颜见社会大哥那桌的人不见了，以为吃完走了。她坐下喝了口水，深呼吸了下，然后瞪大了眼睛，怔怔地望着姜白白的身旁。

　　姜白白也感觉自己身边多了个人，还没反应过来，就看见对面宋清颜那张脸充满了惊愕的表情，于是抬头，见顾延灼正站在自己旁边，手里端着一缸玉米酒。他垂头，看了眼姜白白，没说话，放下酒，然后走掉了。

　　一缸满满的，刚买的玉米酒。

　　"哇，大帅哥送你玉米酒喝啊！"宋清颜张了张嘴，神情由羡慕转为嫉妒，"为什么我就没有，哼！"

　　姜白白转头，看见顾延灼的身影慢慢消失在街角尽头。

　　吃完夜宵，姜白白一看时间，凌晨三点了。玉米酒度数虽然不高，但这个时间点她平时早已上床睡觉，所以脑袋昏昏沉沉的，于是和宋清颜在烧烤店门口道别，各自回家。

　　剩下的《论语》，姜白白也懒得抄了。要是明天姜聪问起，就撒娇耍赖糊弄过去，反正她一向这样，简单洗漱后，上床没一会儿就睡着了。

　　早上醒来时，姜聪已经不在家了，他留了张字条在床头的桌子上——我出门干活了，半个月后回来，给你留了饭，记得吃。

　　世上果然还是爸爸好啊！姜白白正好饿了，迅速洗漱，飞奔进客厅，结果见到桌上摆着两颗生鸡蛋、一把黄豆、两颗西红柿和一碗面粉。

　　"……"

　　敢情是让她自己做！果然是亲生的……

　　姜白白把东西一股脑抱进厨房，开始鼓捣。半小时后，豆浆机英勇牺牲，鸡蛋和西红柿尸骨无存，面粉撒满了整个厨房……姜白白用沾着面粉的手擦了一下因辛勤做饭而流下的两行独立的汗水，觉得这顿饭应该是吃不成了。

　　姜白白就想不通了，都说穷人家的孩子早当家，为啥她就没有继承这点优良品质？难怪老爸总是嫌弃她连翠花和小芳都不如。她轻轻叹了口气，准备离开战场去镇上的小饭馆吃碗米线凑合。

　　结果米线吃到一半，姜白白接到了镇上医院的电话，说姜聪从挖掘机上摔了下来，现在人在医院。姜白白的嘴巴正吸溜着一根米线，听到这里，立即咬断剩下的半根，付了钱就朝医院跑去。

　　病房里，消毒水的味道刺激着姜白白的鼻腔和神经，她特别害怕推门进去看到姜聪全身绑着绷带地躺在病床上，此后的人生就要靠她独自坚强地走下去。

　　想到这里，姜白白鼻子一酸，落下泪来。她抬起手擦了擦眼睛，心想自己还没学会番茄炒蛋呢，命运就把她推向了人生的转折点。

　　"你在这里干什么？"一个熟悉的声音从背后传来，白城拓就站在姜白白后面，手里提着一篮水果，一脸疑惑地看着姜白白。身旁站着顾延灼，戴着黑色鸭舌帽，微微低着头。

　　姜白白吸了吸鼻子，带着哭腔道："我来看我爸。"

　　白城拓恍然大悟："我怎么没想到姜师傅是你爸爸呢，难怪觉得眉眼有点像呢。"

　　姜白白心想姜聪他那单眼皮都能单出天际了，她的双眼皮可是随她妈，做人怎么能这么虚伪呢？于是，她脸上露出不太好看的神色，语气闷闷道："原来我爸是给你们造房子去了。你们怎么弄的，他都五十多岁的人了，还让他从挖掘机上面摔下来，要是有个三长两短的你们能负责吗？"

白城拓连连点头，一脸歉意。

这时负责工程的包工头包老板来了，胳膊间夹着公文包，头发梳得油光瓦亮，见到姜白白正对着自己的大客户大喷唾沫星子，急忙把她拉到一边。

"我的姑奶奶啊，这事跟白总、顾总一点关系都没有，是你老爸偷懒和其他工友打牌，结果他输了，受惩罚去摘树上的果子，于是爬上挖掘机摘果子，结果不小心踩空摔了下来。"

"……"

姜白白觉得自己的人生没有比这更尴尬的时刻了。

"没事，我们会负责姜师傅的住院费和医疗费，毕竟也是在工作时间摔伤的。"白城拓语气恳切诚挚。

姜白白的头垂得更低了，工作时间偷懒和工友聚众打牌，自己输了摔伤了，结果还算为工伤。要是就这么接受了对方的提议，是不是显得他们姜家人太没骨气了？不过姜白白没办法有骨气地一拍胸脯，说："不用了，医药费我们自己出！"人穷志短，说的就是姜白白本人了。但是此时此刻，不说点什么，做点什么，似乎很难下台阶。

想着想着，姜白白的眼泪就掉了下来，而后开始小声呜咽，哭了起来……

顾延灼最害怕人哭了，于是用手指戳了白城拓一下，示意他前去安慰。

白城拓最喜欢看到顾延灼被困扰的模样，干脆站在原地，一动不动，一副看好戏的神情。

果然是损友。顾延灼见包老板手忙脚乱地在旁边说着一些让事态更严重的话，心想得自己出马了。哪怕是出于人道主义关怀，哪怕是为了自己。

姜白白今天穿着背带裤，里面搭一件白色短袖，垂着脑袋，像被果实压弯的枝条，瘦弱无助。

顾延灼走到姜白白身后，伸出手去，本来是想拍拍她的背安慰一下。手伸出去，却不知怎的，一巴掌抓住了女生肩上的背带裤的带子。他赶紧松开，只听"啪"的一声，裤带重新弹了回去，虽然很轻，但白城拓和包老板都听见了。

空气里的声音瞬间都安静了下来，时间仿佛也被凝固了。姜白白清瘦的背影明显僵了一下，脖子开始变红，一直红到耳根子，只见她缓缓转过身来，眼泪还沾在睫毛上没来得及滚落下来，她睁大那双漂亮的杏眼，而后爆发出狮吼："顾延灼，你在干什么！"

这事后来被白城拓不知嘲笑了多少遍，说一次笑一次，成了他日常解闷的段子。

姜聪的腿摔断了，其他没什么大碍，但是需要静养一段时间，挖掘机是开不成了，但这镇上有挖掘机的还能开挖掘机的就姜聪，现在让包老板临时再去找人，那必定耽误工期，而且还不见得磨合得来。

"没事，我休息两天就能下床了。"姜聪逞强道。他干这行这么多年了，和包老板也是熟人，他不想因为自己掉链子耽误事情。

不想耽误事情就别偷懒打牌啊，姜白白无奈地叹了口气，对姜聪说："不准下床，你给我好好躺着养病。"她没好气道，"不就是开挖掘机吗，我会开啊。"

然后，在场的几个人都纷纷转头看向她，神色复杂。不过姜白白确实会开，但大家似乎都没想过要让她来开这回事。

"我有挖掘机操作证的。"姜白白补充道。说起这事，她就特别自豪，天才姜白白，只用了一周时间就通过了技能考试，成了一名挖掘机驾驶员。

"女孩子开什么挖掘机，工地是你该去的地方吗？我供你读书读到硕士是让你去开挖掘机的？"姜聪立即驳回她的提议。他常年待在工地上，那里全是五大三粗的男人，吃住不方便，又脏又累，他宁肯姜白白一辈子没工作让他养着，都不愿意让自己女儿去工地工作。

顾延灼心里有点讶异，没想到现在硕士毕业生已经这么难找工作了，同时他看出了姜聪的心思，不过这是他们父女间的事，他不好站队，只是说："如果姜白白要去的话，可以住我们的房子，和我们一起吃饭。"

白城拓立刻附和："我们特地请了一个大婶负责伙食，她手艺很好，本来我们给她安排了住处，但她每天都要回家，姜白白可以住她的房间。"

"那也不行！"姜聪完全不听任何建议。无论怎样，他都不会同意姜白白去开挖掘机的。

姜白白见姜聪油盐不进，于是走过去，弯下腰凑近他耳朵说了几句话。

姜聪脸色一下变白了，看了姜白白一眼，似乎有些尴尬。他干咳了几声，突然改了口："其实也不是没有商量的余地，只不过你们必须帮我照顾好女儿，等我腿好了马上就过来接班。"

姜聪松了口，最高兴的当属包老板，他朝姜聪肩膀一巴掌拍下去，开心道："算你做了件好事，小姜都多大了，也该有个工作了，趁这机会让她锻炼锻炼多好啊，而且顾总、白总都是从大城市来的，小姜跟着他们肯定能学到很多……"

姜聪最见不得别人说他女儿不独立没工作，他乐意养着，自己的女儿自己养，这不天经地义嘛。于是狠狠赏了包工头一个白眼，让他自行体会。

顾延灼转头，发现姜白白脸上露出了一丝自豪的笑容。他长这么大，还是第一次见到女生开挖掘机。想到昨天自己遇到姜白白，他因为脚受伤又走了整天的路，体力早就透支，于是干脆坐在地上打算放弃挣扎一切随缘的时候，身后突然打来一束光，挖掘机碾压过泥土的声音，是他最近听到过最好听的声音，姜白白的挖掘机就像从天而降的变形金刚，她从驾驶室跳下来的样子，其实还挺……酷的。

姜白白从医院离开，立即回家收拾行李。大华留在工地上，她只需要收拾行李直接过去。白城拓在医院门口和他们分开："公司的事我还没弄完，Abel 你能送她吧？"

顾延灼心想我不送难道你有分身术，于是没有说话。

白城拓略微担心地看了他一眼，毕竟是动不动就犯"社交恐惧症"的人，这一路姜白白该多闷呀，不过转头见姜白白小脸上隐隐兴奋的神情，想必是对这次工作非常期待。虽然顾延灼不爱说话，但或许多接触接触人就好了，于是把车钥匙扔给顾延灼，自己走路回去。

"我们去的地方离这里是不是很远？"姜白白反应过来，屁颠屁颠跟在顾延灼身边，一脸虚心好学的模样。毕竟以后他就是她上司了，从前的过往就让它过去吧，让往事都随风，职场生涯的第一课，那就是如何讨好上司，于是她特别狗腿地跟在他身后，只差没摇尾巴了。

顾延灼没搭理她，打开车门，自顾自上了驾驶座。

姜白白倒也没气馁，她知道顾延灼那点"尿性"，不过对待老板总得和颜悦色一点。

"其实我除了会开挖掘机还会做统计管理，我之前的专业是博物馆学，你们要是需要这个专业的人才，不妨考虑一下我……"

顾延灼转头看向她，只见她噼里啪啦说了一大堆话，眉飞色舞的。他忍不住皱了皱眉头，他特怕人吵。

姜白白正发表着预估还要十分钟后才能结束的话题，结果看见顾延灼突然朝自己凑近过来，她浑身僵了一下，闻到他身上淡淡的好闻的味道，她第一反应是吓了一跳，还以为顾延灼要来咬自己，下意识地用手挡住了脸。

"……"

顾延灼无语地绕过姜白白，拉过安全带，帮她系上，然后坐回身发动了车子。

姜白白有点尴尬，咳嗽了两声，觉得自己平时不应该看太多丧尸片。

"话说，你们修什么呢？"姜白白还没来得及问她的具体工作是什么，深山老林的，莫非要修一个度假别墅？

顾延灼没理她，认真开车。

姜白白也没奢望他会开口回答自己，只是觉得什么话都不说怪闷的，她瞧见车上挂着一个金色粽子样的挂件，觉得很有意思，伸手想取下来看看。

顾延灼抢先一步，拦住了她的手，他开始怀疑这个女人有多动症了。

"话说——"顾延灼觉得自己有必要找点话来转移她的注意力了，"你说了什么才让你爸同意你来的？"

姜白白嘻嘻笑了两下，似乎有点不好意思："我说他上班时间偷懒打牌的事，别人都没跟你计较呢，还给你出医药费，做人不能太那个啥了。"

就这样？顾延灼还以为有什么不能向外人道的秘密，眨了眨眼，转动方向盘，将车子转了一个弯。

见顾延灼又不说话了，姜白白转过头去，看见男人轮廓分明的侧脸，眼睛认真专注地盯着前方的路，她突然想到小时候姜聪让她背的那些古文里面，有句"站如松，坐如钟"，指的不就是此时的顾延灼。从脖子到肩膀，挺直的背部线条，像用刀刻上去的，骨节分明的手指握着方向盘，皮肤很薄，能看见里面青色的筋络。

"好看吗？"

顾延灼冷不丁冒出一句话来，语气淡淡的，听上去像是在责怪，又像是鄙夷。

姜白白立即收回视线，说："我没看你，我只是在思考，思考老板你什么时候给我涨工资。"

"……"还没开始上班就开始思考涨工资的事了？顾延灼觉得姜白白这

样的员工太少见了，少见到给了他不太好的预感。

"涨工资是需要时间的。"顾延灼说。

"我知道啊，凡事都需要时间，何况我还没开始上班。"姜白白倒还算有自知之明。

"主要是你。"顾延灼面无表情道，"需要时间忘记这个不切实际的想法。"

♥
—— 第二章 ——
你吃蘑菇中毒了

　　车子开了近两个小时，终于到达目的地。出现在姜白白眼前的是一大片空地，四周则是山坡和树林，像是从原始森林里凭空冒出来的平地。虽然从小生活在南城，但她很少去乡下，尤其是靠近原始森林的地方。这里一眼望去，满眼皆绿，空气清新，也没有镇上那么炎热。

　　姜白白下车，看见前面暂停的施工场地，仿佛看见自己开着大华在这里即将盖起一栋房子。

　　自从学会挖掘机以来，姜白白最大的心愿就是能自己盖栋房子，那多有成就感啊，可惜她的直播账号被封了，不然这段时间的工作都可以直播出去了。

　　顾延灼停好车，发现姜白白已经跑到施工场地那边去了。女生兴高采烈地拿出手机拍照，仿佛见到了三星堆。大概是坐车坐久了，丸子头有些碎发落了下来，凌乱地散在脑后，女生的背影蹦蹦跳跳的，很是活跃，头发也跟着动作一起起伏。顾延灼感觉自己已经不太能体会年轻人的兴奋点了，毕竟他是个快要迈入三十岁大关的人，除了工作上的事，生活里已经没有其他什么东西能够让他有太大的情绪起伏了。

　　姜白白拍够了照片，回头发现顾延灼一直站在后边看着她。突然意识到在这广阔天地上，只有他们两人，四周很静，连风声都没有，只有树林里偶然飞过的鸟扇动翅膀的声音，蓝天白云烈日，她的眼睛被太阳光照得微微眯起，顾延灼本来就穿着白色衣服，在猛烈的阳光下，他像是发着光。

　　姜白白小跑回顾延灼面前，眼睛眯成一条缝，变成两只小月牙。顾延灼突然觉得她还挺可爱的，脸上的神色不禁松弛下来，嘴角微微笑了下："房子在后面。"说完转身，带姜白白朝住处走。

大约走了一百来米，姜白白看见一处平房，青瓦泥墙，再走几步，发现平房后面有条小路，上面还有几间房子，一律都是青瓦泥墙。这种老房子现在住的人很少了，想必是他们为了施工方便租的以前农民留下的房子。

"我们住上面，其他工人住下面。"顾延灼开始爬坡。

姜白白这时才注意到他裸露出来的脚踝，纱布已经拆掉了，伤到的地方还有点红肿，但看他走路的模样应该是没什么问题了。

"这里倒离我认识的一个婶婶家很近。"姜白白跟在后面，"她家儿子就要结婚了，到时我可以带你们去吃喜酒。"

顾延灼之前就听说了乡下人爱凑热闹，看来是真的了，不过对于他这种不喜欢人太多的人而言，非常不友好。

见顾延灼没反应，姜白白当他默认了。她其实不太清楚什么是社交恐惧症，虽然明白这个词的意思，但仔细回想起来，她身边没人得过这个病，印象里倒是有个小学男同学，几乎从来不和班上的同学说话，成绩总是倒数第一名，走路的姿势有点奇怪，所以班上也没人愿意和他做朋友。后来，姜白白听姜聪说男孩小时候得过脑瘫，所以才变成了那样，有次放学姜白白在路上遇到了他，想到姜葱说的"人都是希望有朋友的，一起吃吃饭聊聊心事多好，怎么可能没人愿意交朋友"。于是，她主动跟那男孩打招呼，对方显得特别腼腆，从此她成了男孩的第一个朋友，不过到了第二学期男孩就转走了，现在她连对方的名字都记不住了。

姜白白抬头望向前面顾延灼的背影，他向前移动的时候，衣服背后恰巧留下了轮廓剪影。她想，顾延灼应该也渴望交朋友吧，比如白城拓和他看上去关系就挺好，所以她会努力成为顾延灼的朋友，就像小时候对那个脑瘫男孩一样。

他们进了院子，有个大婶正在晾衣服，瞧见进来的人，先是笑起来，而后顿了顿，开心得大叫："小白！"

是春婶。

姜白白惊讶地看向春婶，半天没说出话来。

"怎么是你来啊，姜聪那老头子呢？"春婶问。

"他早上摔断了腿。"姜白白实话实说，"你没见到他吗？"

"我刚刚才来。"春婶突然腼腆起来，黑黑的脸上泛起红晕，"今天第一天上班。"

顾延灼挑了一下眉毛，原来大家都认识，他正好省去了介绍的流程，径直进了屋子，不多留一秒钟。

姜白白帮春婶晾衣服，一边押开衣服，一边问她："他们是做什么的呀？为什么要建仓库？"

"其实我也不是很清楚。"春婶一辈子没出过南城，对外面的世界了解甚少，"他们还承包了几十亩的咖啡种植地，可能是要把咖啡拿到其他地方卖吧。"

姜白白想到了镇上用来做咖啡馆的白色小洋楼，大概清楚了顾延灼做什么。不过她和春婶一样，也仅局限于咖啡层面。但咖啡对他们来说，就跟大米一样常见，所以她瞬间失去了兴趣。

春婶带姜白白去她房间，是最左侧的一间小屋，虽然面积不大，但很干净，一张小床、一张桌子，还有一盏红色的台灯。

"被子都是新的。"春婶说，"我明天不来，得回家监工，新房子要砌墙了，最开始一天得盯着那些工人。"

姜白白见春婶一脸喜滋滋的模样，忍不住打趣道："那你儿媳妇什么时候回来呀，新娘子一定很漂亮吧。"

春婶喜形于色，拿出手机翻出照片给姜白白看："这是二娃传给我的照片。"

是周宇和一个女生依偎着的照片。女生脸蛋圆圆的，眉眼清秀，长相看起来很舒服。姜白白顺势夸赞道："长得像个小仙女，跟周宇哥很配。"

听姜白白这么说，春婶更高兴了。两人又闲聊了几句，然后春婶就去煮晚饭了。煮好的饭，她得先送一份到下面工人住的房子，然后再回来准备姜白白他们的。

桌上摆着三菜一汤，蔬菜是从周围农民那里买的，肉则需要每三天从镇上托人运送过来。姜白白见桌上只摆着两副碗筷，准备去厨房多拿一副出来，结果被春婶拦住。

"顾先生在房间吃呢。"她说这话的时候，压低了声音，"就我们两个人。"

姜白白好奇地朝顾延灼的房间方向看了眼，但其实什么都看不到。

"为什么？"她转头问春婶，一边坐下，一边拿起筷子，眼睛盯住桌上的排骨。

"这是白先生特定叮嘱的。"春婶是白城拓托人招过来的，对她的要求除了完成本职工作外，还有另外两点要求：一是顾延灼没主动找你说话就不要主动和他说话；二是顾延灼喜欢一个人吃饭，他的饭负责每天给他送进房间。

"可能顾先生不喜欢跟人说话吧。"春婶说着不无叹息道，"这男人啊，还是要活泼开朗一点才有异性缘，听说顾先生都快三十了还没对象呢。"

不愧是南兴镇的八卦小能手，春婶短短时间内，就知道了这么多八卦。姜白白夹了块排骨喂进嘴里，吃得津津有味。但她总觉得春婶一脸炽热的目光看着她，她吃着吃着有点不好意思了，侧了侧头。

"好吃吗？"春婶问。本来是一句再平常不过的话，但她的表情让姜白白觉得这饭里莫非有毒？

"以后你想吃什么，提前给我说声，我给你做。"说着，春婶又夹了块排骨到她碗里，笑眯眯的，却让人不寒而栗。

姜白白叹了口气，放下筷子："春婶，你有事就直接说吧。"

对方等的就是这句话，春婶假装不好意思地先笑了笑，眼角的鱼尾纹皱在一起。她缩了下脖子，问姜白白："你能给我儿媳妇做伴娘不？"

"伴娘？"姜白白有点没反应过来。

"我儿媳妇第一次来这里人生地不熟，她朋友又不过来，所以想请你……"

"可以啊。"姜白白没觉得这是一个问题。本来小时候她跟周宇也经常一块玩，虽然长大后没联系了，但这个镇上就那些人，大家低头不见抬头见，互相帮忙也是应该的。

"但你爸可能不同意——"春婶拖长了尾音，"因为你之前都当过两回伴娘了。"

"啊！"姜白白张了张嘴，想起了这回事，当地有个习俗，一个女生要是当了三次伴娘就意味着一辈子都嫁不出去了。看来这确实是顿鸿门宴啊，要么残忍地拒绝春婶的要求，要么牺牲自己未来的婚姻成全他人，怎么选好像都挺难的。不过，姜白白对这东西倒没什么讲究，主要是姜聪肯定不同意。

"我知道我开这个口确实不好，但镇上本来年轻人也不多，实在是……"

"伴娘这个我没问题。"姜白白说，"我爸那里我到时想办法就是。"

春婶见姜白白答应，早就高兴得合不拢嘴，赶紧又给姜白白夹了块排骨："多吃点，还有呢。"

门外，顾延灼端起水杯，喝了口水。他吃饭吃到一半，发现没汤，于是出门来倒水喝，姜白白和春婶说话的声音都不小，他站在那里听得清清楚楚。

午后的阳光猛烈，幸好他站着的地方正好被屋檐投下的一片阴影覆住，外面有微风吹过，反倒比闷热的屋里要舒服些。他又喝了口杯里的水，回味着刚才屋里的对话，怎么觉得姜白白这小姑娘有点……缺心眼？虽然他也不信什么当过三次伴娘就嫁不出去这种鬼话，但春婶明显是信的，还这么明显地给对方下套，他觉得有点不太地道。而姜白白竟然没听出来在给她下套，之前还觉得她挺伶俐的。

"你在这儿干吗？"一个声音打断了顾延灼喝水的雅兴，转头看见姜白白端着碗筷出来，正准备去厨房。

顾延灼没说话，垂眸，继续喝水。

姜白白定定地看了他十几秒。顾延灼手里的杯子是个搪瓷水杯，还有点掉漆，但不知怎的，被他身上慵懒的劲头给喝出了一种手拿高脚杯喝香槟的气质。她心里有点道不明的情绪，一丝丝嫉妒，又一丝丝羡慕，然后发出"啧啧"两声，走掉了。

"……"

下午，姜白白换了套工装服，丸子头扎得紧紧的，一个人来到工地。

包老板已经在那里了，瞧见姜白白，热情地挥了挥手。他旁边站着几个工人，年纪都很轻，穿着背心短裤，还没到开工时间，蹲坐在地上打游戏。其中一个黄毛抬头看见姜白白，眼睛瞬间直了，游戏也不顾了，直接抛弃队友用手戳了戳旁边另一个人的胳膊："女生，你们看，有女生，还是个美女！"

本来工地上女生就很少，何况还是个长得标致的女生，当然是双倍震惊。

"你为了赢我还真是什么谎话都能编。"被黄毛戳中的平头不为所动，眼睛一动不动地盯着手机屏幕，砰砰几声将敌人爆头。

大华就停在工地上，一晚没见，姜白白就开始想念它了。走近大华，她伸手摸了摸被太阳烤得发烫的机身。

平头在游戏里大获全胜，抬起头，远处女生姣好的身影正好落进眼里。他还以为是自己的幻觉，结果黄毛一直嗷嗷鬼叫着"有女生来了"，提醒他自己视力没出现问题。女生正好转身朝他们的方向看来，他不知为何，突然觉得脸有点发烫，又垂下头继续开了一局新游戏。

包老板正给姜白白陈述接下来要干的工作，她听得很认真，微微垂着头，双手背在身后，像个在乖乖听老师训话的学生。她白皙的皮肤被太阳晒红，仿佛涂了一层腮红，整个人像将熟未熟的苹果，时不时地点下头，小鸡啄米似的。

"我明白了。"大概天气太热，姜白白的声音听着有些哑。而后，她爬上大华的驾驶室，准备先练练手。

黄毛见包老板过来，立马拽着平头围过去打听女生的来历。

"姜师傅的女儿，代替他来开阵子挖掘机。"包老板抬眼望了望他俩，伸出两只手，搭在他们肩上，"你们心里别打什么歪主意哈，让我知道了定饶不了你们！"

就算他们有这贼心也没贼胆，更加没机会。姜白白一下午都坐在那个巨大的机器里面，他们根本靠近不得。而且下车喝水的时候，也一副"别跟我说话"的全程冷漠脸。

其实姜白白并没有故意装高冷，而是天气太热，驾驶室里太闷，她整个人都被热得蔫巴巴，没有力气。直到太阳快下山了，她用大华运完最后一铲土，看见山头的夕阳下多出一个人来，顾长挺拔的身材，整个人被笼罩在暖黄色余晖里，自带了一层滤镜。看清是顾延灼后，不知为何她突然精神了点，可能是老板亲自来过来监工，产生的自然反应吧。

顾延灼慢慢走来，手里还拎着一袋子矿泉水和可乐。

姜白白用舌头舔了舔嘴唇，她正好渴了。

把最后一铲土运完，今天的工作完成。姜白白下车的时候，发现因为坐太久，自己的尾椎骨那截特别酸痛，她扶了扶腰，从车上跟跄地跳下去，结果差点摔一跟头。

顾延灼正好看到，被这个滑稽的场面逗乐了，嘴角忍不住勾了勾。

包老板看见顾延灼后，立马屁颠颠跑过来，声音很大："顾总，你来啦。"

顾延灼点点头，把水递给他。

包老板接住，然后给大家发水去了。

顾延灼手里拿着施工图纸。他的手长得很好看，又长又细，骨节分明，姜白白忍不住多看了眼，抬头，发现他也在看她，两人视线对上，大概两秒，又各自移开。

顾延灼在的时候，他身旁两米都没人靠近。大家都非常自觉地和他保持着距离，仿佛他是什么危险物品。包老板告诉姜白白，说这都是白城拓之前叮嘱过的，让大家不要太靠近顾延灼，也不要主动说太多话，能闭嘴则闭嘴。姜白白觉得顾延灼……还挺变态的。

她接过包老板给的水，偏过头，悄声问道："来检查我们的工作情况？"

包老板伸出另一只手，侧挡在嘴边，好像是个特别的秘密。他说："施工图纸是顾总亲自画的呢，建筑专业和航空专业双学位高才生。"

姜白白啧啧两声，觉得无论是建筑还是航空专业，听上去都比博物馆专业好就业多了，其实准确来说，挖掘机专业是就业率最高的，高达百分之百。

她拧开矿泉水瓶盖，仰头灌下一大半水。

晚上吃饭，仍然只有姜白白和春婶两人，顾延灼在房间里吃。

吃完饭，春婶收拾完就回家了，她明天不来，留了饭菜在厨房。春婶拜托姜白白明天把饭菜热好送到下面工人那里，姜白白一口答应下来。

大概是在家里睡习惯了，姜白白有点认床，她躺在床上翻来覆去都睡不着。最后，她起床披了件外套出门，想去院子透透气。结果拉开门，就看见独自坐在院里小竹凳上的顾延灼。他闻声侧过头来，看到姜白白，没有表情，视线落在她身上不到两秒，又回过头去。

"看星星吗？"姜白白问他。

顾延灼自然是不会答话的，姜白白扬起脖子来。他们这个地方虽然偏远了点，但每晚都能看见明亮的星星，一颗一颗如同钻石般闪耀。姜白白眯了眯眼，自顾自道："那个是天鹰座，中间最亮的那颗白色星星是牛郎星，隔着银河对面的像梭子形状里最亮的星星是织女星。"

顾延灼听见女生说话，转过头来看她。

姜白白披着一条薄薄的毯子，山里的晚上气温比较低，她似乎有点冷，说话的时候顺手紧了紧。散下来的头发随意搭在肩上，毯子下面露出两截细小的腿。不知怎的，他突然想到白城拓的话，"因为涉黄账号被封"的事来，他觉得嗓子有点干，回过头，依然没说话。

姜白白走过去，在他身边蹲下，两只手托住腮，仰着脖子继续看天上那些星星。小时候姜聪最喜欢抱着她看星星，给她讲牛郎织女的故事，讲着讲着有时候会眼眶湿润。她有时候会想，是不是他和妈妈就是这样一对牛郎织女呢？因为一些不得已的苦衷最后才会分开的？

顾延灼感觉到身边女生的气息，晚上洗了澡，头发和身上还残留着淡淡的沐浴露和洗发水混合的气味。他其实不太喜欢别人离他这么近，但又懒得说话。而且不知为何，姜白白给人一种人畜无害的舒服感，他心里本身也没有像排斥其他人一样排斥她。

听到女生突然讲起了星星，他下意识地抬眼去寻找天空中的牛郎星和织女星，最后也不知道找得对不对，但两只眼睛就静静地盯着。他记不清上次看见这样的夜空是多久以前了，反正很久了，城市里根本没有星星，那个时候一心想着比赛，也压根儿没有闲情逸致去看什么星星。不知怎的，他突然从嘴里发出了一声"嗯"，好似在应答姜白白刚才说的话。

姜白白惊讶地转头看向身边的人，不可置信道："没想到冰山美人竟然主动跟我说话了。"

"……"如果"嗯"也能算话的话。

顾延灼给了姜白白一个"你是傻子吗"的表情。

"其实我小学的时候也遇到过一个像你这种情况的男同学。"姜白白尝试开导顾延灼，舔了舔嘴唇，继续道，"他也不喜欢说话，也没有朋友，后来才知道他原来是个脑瘫儿。"

"……"这是拐弯抹角骂他脑瘫？

"但是后来我和他成了朋友，我觉得只要真诚一点、勇敢一点，没有……"

姜白白话还没说完，只听见旁边的板凳发出"吱嘎"一声，顾延灼站起身来，头也没回地走掉了。

"……"

怎么还生气了呢？

她这不是在表示友好吗？

不能仗着自己长得好看就为所欲为吧！

第二天，姜白白是被闹钟吵醒的。没睡够，她脑子蒙蒙的，但想到答应姜婶的事，强打着精神下床，去厨房热早饭。早饭是豆浆和馒头，午饭是木耳炒肉和清炒土豆丝，分量足够他们吃两顿了。

她站在灶台边，一只手撑着台面，一只手捂住嘴打了个哈欠，开火烧水，然后把豆浆和馒头放进去蒸熟。转眼看了眼外面的天，阴沉沉的，像是要下雨了。如果下雨，今天就开不了工。

姜白白揉了揉眼睛，又打了个哈欠。

早饭热好，姜白白先把工人们的那份给送下去。这还是她第一次去工人住的地方，其实她心里有点忐忑，都是大老爷们，她一个女生过去，不太合适，但总不能劳驾屋里那位顾老板来送吧。

刚出门，发现下雨了。雨滴很密，姜白白又急忙退了回来，去屋里找伞。

这时，顾延灼起床了，他看见姜白白在屋里翻翻找找的，忍不住走过去拍了拍她的后背，把手机举到她眼前。

姜白白回头，就看见手机屏幕上亮着一句话：找什么？

"伞。"姜白白抬头看向顾延灼，指了指门外，"下雨了。"

顾延灼收回手机，转身走掉了。就在姜白白以为他不打算帮自己找伞后，过了一会儿，他从自己房间拿了把黑色的伞出来，递给姜白白。

"谢谢。"姜白白接过，虽然只是一把伞，但伞骨密实，有点沉，她觉得自己打着这把伞去送饭简直就是苦力劳动。

顾延灼见小姑娘接过伞后脸上露出一丝为难，没反应过来原因，直到见她一手端着一大盆豆浆和馒头，一手费力地举着撑开的大伞，在风雨中走得歪歪斜斜，才意识到他的伞其实挺……不，有点碍事吧。

他看了看自己，还穿着家居服，脸也没洗，踢踏着拖鞋，犹豫了几秒，冲了出去，跑进雨幕里，伸手拿过姜白白手里的伞，帮她撑住。

姜白白完全没反应过来，只觉拿伞的那只手重量突然轻了，她一抬头，身边就多了个人。顾延灼额前的刘海被雨水微微打湿，举起伞来，遮住早饭和她。

姜白白觉得心里有什么东西软了下来，她垂眸，说了声谢谢，但这次的声音比刚才要小许多。她也不知道怎么回事，好像少了点底气似的，可她又没干什么亏心事啊！

两个人走到下面房子的院子时，发现已经有人洗漱好，开始坐在屋里抽烟打游戏。平头先看到了外面的人，赶紧拍了拍旁边的黄毛，朝门外扬了扬下巴。

"开饭了。"姜白白进门后，冲他们笑了笑，她还不知道他们的名字，昨天一直在忙，忘记了自我介绍，"对了，我叫姜白白。"

"知道，是姜师傅女儿对吧？"平头有点不好意思，赶紧把烟头灭了，挥挥手想把空气里的烟味扇走，"我叫余越。"

"叫我大辉。"叫大辉的黄毛看上去非常自来熟，直接伸手抓了一个馒头就吃，"你这馒头送得真及时，我都快饿死了。"

姜白白笑了笑，她发现顾延灼没进来，回过头，他一个人站在门外的屋檐下，背对着他们，低头看着手机。

"那你们慢慢吃，今天这天气估计也开不了工了。"姜白白无奈地摊了摊手，突然想起了什么事，于是对余越和大辉说，"中午你们可以来厨房端一下饭菜吗？因为有点多，不像早饭，我一个人端不了。"

"行，自家兄弟，别客气。"大辉给自己盛了满满一碗豆浆，开始喝起来，是真没有丝毫客气。

余越还是有点包袱的，觉得大辉在一个小姑娘面前这样不讲究，太丢人了，不想搭理他，于是对姜白白说："我去叫其他人起床吃饭。"

"好，那我也回去吃饭了。"姜白白说完转身就朝门外走去。

余越见她没拿伞，本来想多问句要不要送她，结果转眼就看见门外突然撑起一把黑伞，把她罩了进去，顾延灼和她并肩走在雨幕里，远远看去，竟然有点像在拍MV。

"兄弟，别看了。"大辉早看出余越那点心思了，"这小姑娘身上有股劲儿，肯定不是什么池中之物。"

余越回头，瞪了他一眼："没听懂你说什么。"然后就去叫其他人起床了。

因为下雨，今天停工一天。山里网络信号不好，又没有其他娱乐活动，把姜白白给憋坏了。吃完早饭，她先是不断在屋子里踱步，后来大概是累了，就一直坐在门槛上盯着外面的雨水发呆。

雨水淅淅沥沥的，没有一点减小的形势，估计今天一天都只能这样闲过去了。姜白白打开手机，发现有人申请加她微信，验证信息是"您的战友，大辉"，她笑了笑，通过了好友申请。过了一会儿，余越也发来了申请信息。

大辉知道余越面子薄，为了兄弟的幸福，于是身先士卒，先加了姜白白的微信，免得女生多想。不过姜白白压根儿就没想什么，她不像其他女生那么敏感，对男女之间的事一向比较神经大条。

大辉发信息问她，要不要下去跟他们打牌玩。她直接拒绝了，她对打牌毫无兴趣，何况她牌技不行，要是去跟他们玩，估计自己那点仅剩的零花钱得全给输光。

因为网络信号不好，发出的信息前面一直在转圈，姜白白也没注意，就把手机放了回去。大辉和余越见姜白白好半天都没回复，还以为她不想搭理他们，便知趣地和其他工友打牌去了。

姜白白百无聊赖，把双手放在膝盖上，托着脑袋。直到听到身后传来一阵窸窸窣窣的响动，扭头一看，顾延灼正在吃饭的桌子上摆弄着一大堆瓶瓶罐罐，大大小小的玻璃杯、水壶、装着咖啡豆的罐子，洋洋洒洒摆满了整张桌子，看起来格外有气势。

顾延灼在衣服外面系了一条咖啡色围裙，围裙款式简单、布料精良，一点不土，反倒给人一种莫名的职业神圣感。

"你是咖啡师？"姜白白小声问了句，自然没有得到任何回应。她早就习惯了，于是转回身子，面朝着屋里，双手继续托着脑袋，静静地看着顾延灼摆弄面前的东西。

虽然南城种植咖啡豆，几乎家家户户都有喝咖啡的习惯，但大多都是用的最简单的冲泡方式。姜白白不喜欢喝咖啡，姜聪倒还喜欢，特别是有活的时候，早上会冲泡一大缸咖啡喝掉，他说这样干活一天都有精神。但眼前的顾延灼显然不是，他先从一个小瓶子里取出一点咖啡豆，放在量秤上称好，再放进磨豆机里把豆子磨碎，接着拿出一张白色的扇形滤纸仔细铺在滤杯上，再倒入咖啡粉，把烧好的热水壶抬高，右手在空中慢慢画圈冲泡咖啡。

顾延灼握着咖啡壶壶柄的手指微屈，骨节分明，在等待滤杯里的咖啡漏到下面的玻璃壶里时，他的手指会轻轻叩几下，然后继续倒水画圈，又停顿几秒，如此反复。他盯着咖啡的神情严肃认真，仿佛在实验室里进行试验的研究人员。姜白白还是第一次见人这样冲咖啡，感觉在这样方式冲泡下的苦涩咖啡，味道应该也不会难喝吧。

一杯咖啡冲好，顾延灼一手端起杯子，另一只手做扇风状，鼻子靠近杯沿闻了闻，然后拿起桌上的笔在本子上记下些什么。接着，他拿起一根又细又长的勺子，从杯里舀出一勺咖啡吸进嘴里，他吸的声音非常大，好像咖啡在他嘴里产生了振动，一阵响声后他才咂了咂嘴，闭了闭眼，又拿起笔在本子上涂涂写写。

姜白白好奇极了，张了张嘴，睁大眼睛直勾勾地望着顾延灼，好似他是一个外星人。顾延灼一直埋头做事，第一杯咖啡尝完后，又接连从其他瓶子里拿出不同的咖啡，重复之前的动作。最后操作下来，五六杯咖啡全被他用长勺子吸了一口，就放在了桌上。

顾延灼尝完最后一杯咖啡后，长长地松了口气，伸手捏了捏僵硬的脖子，然后抬头，愣了下。

对面坐在门槛上的小姑娘正睁着她那双漂亮好奇的杏眼盯着他，眼神里就差没直接写上"十万个为什么了"。他突然觉得有点可爱，又有点好笑，低头看了眼桌上的东西，刚刚冲泡的那壶咖啡还有剩余，没有过最佳赏味时间。于是，他扬了扬眉，抬眸，冲姜白白勾了勾手指，示意她过来。

姜白白立马起身，屁颠颠跑过去，就像发现新奇玩具的小孩儿。但她只是站在桌旁，也不敢伸手乱动。

顾延灼给她倒了一小杯咖啡，递到她面前。

"给我喝的？"

顾延灼点点头。

姜白白接过咖啡，直接喝了一大口，不怎么苦，但有点酸，感觉依然不好喝……不过，她忍着没有表露出来，面无表情地咽下了嘴里的咖啡。

顾延灼真的要被她气笑了。

"你之前喝咖啡吗？"顾延灼以为这里的人对咖啡都情有独钟，没想到姜白白露出了"比屎还难吃"的表情，这让他不太爽，仿佛在侮辱他的人格。

姜白白先是惊讶顾延灼竟然跟自己说话了，而后点点头，又摇摇头："喝，但不喜欢，太苦了。我爸冲的那咖啡，比中药还苦。"

顾延灼伸手揉了揉眉头，继续说："你可以先闻闻咖啡的香味，然后小口小口喝，去感受咖啡的香味。"

姜白白把鼻子凑近闻了闻，味道倒是挺香的，跟她之前喝到的咖啡很不一样，但她也说不清到底是哪里不一样。然后，她仰着脖子，抿了一小口咖啡。两只漆黑的眼睛露在杯沿外，见顾延灼在看她，于是弯了弯眼角，像两汪秋水。顾延灼移开视线，看向她身后的墙壁。

味道偏酸，咂咂嘴，感觉到有股说不出的香味，让她想起了平常吃的鲜花饼。这种体验很奇妙。姜白白问顾延灼："这咖啡里怎么好像有花香？"

顾延灼听到这里，神色终于松弛下来，不再像之前跟个严厉的班主任似的瞪着姜白白，颇为欣慰地笑了笑："你感官还不错，这是埃塞俄比亚的咖啡豆，名字叫'花魁'，它的风味有草莓、哈密瓜和玫瑰花香。不过具体根据每个人的感官而定，厉害的人可以喝出十几种风味来。你也可以像我刚才那样啜吸，让鼻腔都充满咖啡，感受它的味道，或者让咖啡在舌头上绕圈。"

"啊……"姜白白不可思议地眨了眨眼，按照顾延灼教的方法去试，猛吸了一口，结果把自己给呛住了。于是她学乖了，不要走还没学会就想着速跑了，又用正常的方式喝了口手里的咖啡，舌头绕圈，去感受味道，她感觉自己渐渐能够适应这种酸味了，并不仅仅是酸，还掺杂着一些她描绘不出来的风味。她不禁感慨，"为什么我爸做的咖啡就没有这些味道？"

"咖啡的风味会因为产地、处理的方法、冲泡的方法不同，而呈现不一样的味道。哪怕是同一个庄园种植出来的咖啡豆，也能有不一样的味道。"

姜白白恍然大悟，她觉得今天收获了价值百万的新知识点，不由得小鸡啄米般点点头，然后赞叹道："好厉害，你怎么这么厉害！"

她的赞赏真心实意，顾延灼听得非常受用，顿时觉得这个小姑娘悟性不错，虽然有时候烦了点，但人挺机灵。

姜白白垂眸瞥了眼桌上的本子，好奇地继续问："那你刚刚在本子上写了什么？"

顾延灼勾了勾嘴角："我在记录咖啡的风味。"

"所以你是咖啡师吗？"姜白白又问了一遍这个问题。

"不是。"顾延灼垂下眼睛，收拾桌上的东西，"爱好而已。白城拓家里是做咖啡生意的，我们两家从小是世交，耳濡目染罢了。"

姜白白想到包老板之前说过顾延灼是建筑专业和航空专业的双学位高才生，于是好奇地道："那你是建筑师还是飞行员？"

不知为何，顾延灼刚才还和颜悦色的脸，在听到姜白白这个问题后，突然就飘过一朵乌云，瞬间沉了下来。他看上去不太高兴的样子，又不说话了。

姜白白也不知道自己哪里说错话了，不就问了句"是建筑师还是飞行员？"？这句话好像没什么贬义的意思吧？这位大佬喜怒哀乐的构造神经似乎跟常人不一样，一不小心就会踩到他的雷区。但今时不同往日，毕竟顾延灼现在是她老板，他们是雇佣关系，她放下咖啡杯，立马调整情绪，笑得异常谄媚，对顾延灼说："东西我来收拾吧，这些事哪能劳驾您呢！"

东西收拾完，差不多到午饭时间了，姜白白又去厨房热饭。本以为喝了咖啡会很精神，但她还是连着打了好几个哈欠，早知道刚才那会儿就不当好奇宝宝看顾延灼冲咖啡了，应该回房补觉。

余越和大辉非常准时地出现在厨房门口。大辉先探了个脑袋进来，两只眼睛扫视了一圈厨房，看见姜白白的眼睛都要闭上了，回头冲余越比了个嘘声的动作，然后悄悄进去，绕到姜白白身后，吓了她一大跳。

"你们要死了！"姜白白的瞌睡瞬间被吓没，抚了抚脆弱的心脏，然后瞪了大辉一眼，"是不是一天没工作，精力没地方用？锅里的饭自己装。"

"都让你别吓她了。"余越也加入谴责大辉的行列，然后主动帮忙盛饭盛菜，他们装了满满几大碗，然后挥着手道谢回去。

本来以为他们人走了，没想到大辉又突然蹿回来，问："早上你怎么没回我们信息？"

"啊？"姜白白没反应过来。

"微信信息呀。"

"我回了呀。"姜白白掏出手机，发现那条回复的信息显示"未发送成功"，"网络不好，有事你们直接跑上来说吧。"

大辉冲余越眨眨眼，知道姜白白不是故意不回信息后，他俩瞬间开心起来，大辉对姜白白比了个"OK"的手势，神情高兴地走了。

姜白白开始热自己和顾延灼的那份饭菜，结果手一抖，碗"啪"的一声掉在地上碎了，菜撒了一地，全给弄脏了。

面对这突如其来的惨剧，姜白白先迅速毁尸灭迹，不能让顾延灼发现她毁掉了他们的午饭。

剩下的饭菜分量也只够晚上一顿，要是匀到中午来，晚上肯定不够。姜白白的小脑瓜飞速运转着，她焦虑起来就又开始在厨房走来走去。走到门口，她见到外面的雨，突然灵光一闪，拍了拍自己的脑袋，啧啧两句："真是天无绝人之路。"

今天的午饭比平时晚了近一个小时，顾延灼早上本就没吃多少，加上上午喝了不少咖啡，现在肚子已经开始唱起了空城计。他走出房间，去厨房想看看饭什么时候能好，结果发现厨房干净得像从来没有人待过似的。他去敲姜白白的房门，没人回应，这小丫头跑到哪里去了？

　　正在他茫然之际，一把黑伞蹿入眼帘，伞像一朵云飘进了院子。顾延灼认出那是自己早上放在客厅的伞，好方便姜白白用。

　　姜白白一只手举着伞，一只手托住后面背着的竹篓。顾延灼见她满脸雨水，鞋上全是泥巴，好奇她去干什么了。等她把竹篓放到地上，看清里面各种形状的蘑菇后，反应过来，她是去山上采蘑菇了。南城每年夏天，当地人都流行吃野生蘑菇，味道鲜美，做法多样，但每年吃蘑菇吃中毒的也不在少数。顾延灼之前只听说过，现在看见满竹篓的野生蘑菇后，意识到所言非虚，并非只是传说。

　　姜白白看见顾延灼，猜到他肯定是饿了，她有些不好意思地笑了笑："对不起，我把饭菜弄到地上了。中午我们吃这个吧，野生蘑菇，我们当地人叫菌子，特好吃，你来南城不吃这个，就跟没来过南城一样。"

　　顾延灼无奈地叹了口气，他总不能说不吃吧，于是冲姜白白点了下头。

　　姜白白把竹篓搬到厨房，她身材瘦削，在山上找了那么久的蘑菇，又饿着肚子，脸色看上去更白了。顾延灼走到厨房，看见她在清洗蘑菇，开口问："有什么需要帮忙的吗？"

　　姜白白转头，诧异地看着他，一时以为自己听错了。

　　顾延灼真是有点拿她没办法，只好解释："我不是哑巴，不用每次听见我说话都一副见鬼的表情，我只是不想说。"其实他之所以不想说话，是懒得说，感觉很麻烦，因为只要说话，就免不了你来我往的交流，所以能不说话就尽量不说话，让其他人自觉不主动找他，可以省去很多不必要的精力和事情。

　　姜白白眨眨眼，还是不太明白："你为什么不想和其他人交流？"

　　顾延灼想了想，随口胡说八道："社恐呀，之前不是告诉你了吗？"

　　呵呵，姜白白一听这句话，就知道他又在胡编乱造了。一开始她还姑且相信，但"狼来了"说了三次后，就很难再信，但还是假意配合着，淡淡"哦"

了声。

顾延灼没做过饭，见姜白白把每朵蘑菇都洗得干干净净，自己也伸手抓了个蘑菇来洗。这些蘑菇每个都长得不一样，有些看起来样子格外丑陋，他不禁心生疑惑，怀疑这些蘑菇到底能不能吃，但他没直接表明，好歹别人辛辛苦苦摘回来的，于是委婉地问姜白白："这个蘑菇叫什么名字？"

"青头菌。"

他又随便指了另一个："这个呢？"

"牛肝菌。"

"这个呢？"

"鸡油菌。"

顾延灼看了姜白白一眼，还是感觉有点怪怪的，但没再多想，继续低头洗蘑菇，随口说了句："竟然都认识，厉害。"

其实姜白白根本不认识这些蘑菇叫什么名字，野生蘑菇太多了，每年都会有新品种，大家取名都是根据蘑菇长相瞎取的，不过小时候姜聪经常带她上山采蘑菇，所以她大概也知道哪些能吃哪些不能吃，但至于什么蘑菇叫什么名字，她全靠蒙。

半个小时后，姜白白端着她的油炸蘑菇、水煮蘑菇、清炒蘑菇上桌了，本来满满一背篓的蘑菇，在她厨房杀手的折腾下减少了至少一半，剩下的全都在桌上了，将就着也能凑合一顿。

顾延灼太饿了，已经顾不上好吃不好吃，填饱肚子再说。两人一人盛了满满一碗米饭，就着野蘑菇，迅速吃光。

野蘑菇自带鲜味，所以姜白白忘记放盐这件事，吃起来也显得不那么严重了。顾延灼觉得这蘑菇如果能生吃，不用煮都能下饭，经姜白白那双手烹饪过，完全是暴殄天物。

"好吃吗？"姜白白没想到自己人生里竟然还能做出一顿能让人光盘的菜，不由得喜上眉梢，乐滋滋望着顾延灼问，"我厨艺是不是还可以？"

顾延灼牵了牵嘴角，"嗯"了声敷衍。

"话说回来，这还是我们第一次同桌吃饭，是不是突然发现人多一起吃饭，会更好吃点？"姜白白用手撑住下巴。感觉经过中午一起洗蘑菇后，她跟顾延灼之间增添了一点革命友谊。

顾延灼瞥了她眼，发现女生脸上带着笑意，柔和的、温暖的，他怔了下，然后说："不好意思，我刚才没发现你在对面。"

"……"姜白白呵呵两声，翻了个白眼，把自己的碗筷收拾好端进厨房。至于顾延灼的，反正他那么有本事，就自己洗吧。

顾延灼在椅子上坐了会儿，他不知道自己是咖啡喝多了，还是怎么了，总觉得脑袋昏沉沉的。他站起身，走了两步，感觉脚下越来越飘，就像太空漫步似的，一溜烟就滑出很远的距离。这种体验，即使在他高烧近40℃的时候都没经历过，所以一瞬间，他心里有点慌。紧接着，他眼前渐渐开始发光，面前出现了许多小星星，一闪一闪地飘荡在周围，他伸手想要去抓，结果落了空，身子向下倒去，栽进了银河里。

"顾延灼！"厨房传来姜白白大声的呼喊声，"我看到星星了！不！是宇宙！"

顾延灼心想自己也看到了，但是他发不出声音。此刻他仿佛灵魂出窍，漫步在银河系里。他干脆闭上了眼睛，想着等睁开后，也许幻象就会消失了。以前当飞行员的时候，他经常进行活动滚轮训练自己的抗眩晕能力，所以他现在很平静，轻轻闭上眼睛，在心里数了十秒，一、二、三……八、九、十，再次睁开眼，姜白白正踏着星星朝他飘来。她兴高采烈地挥了挥手，冲过来，拉住他的手，兴奋道："是你吗？我刚刚看到了好多奇怪的人，终于看到一个有鼻子有眼睛的正常人了！"说着伸手抱住他，大有喜极而泣的架势。

　　不过有鼻子有眼睛的正常人……顾延灼打了个哆嗦，姜白白究竟是看到了什么恐怖的东西？

　　"美男子，我们现在在宇宙里哦，你看刚刚有流星飞过。"姜白白指着远处欣喜道，眼睛亮亮的，仿佛也是两颗星星，"我们许愿吧。"

　　"许愿？"

　　顾延灼还没反应过来，姜白白已经松开了牵着他的手，双手合十，非常虔诚地闭上了眼睛，然后说："我希望有生之年，能够见到我的妈妈。"

　　顾延灼愣了愣，脑子来不及细想姜白白话里的意思。他闭了闭眼，梦魇再次袭上心头。鲜红的血像曼陀罗花绽开，机舱里撕心裂肺的叫声，滚滚的浓烟从窗户里往外冒……顾延灼惊出一身冷汗，眼前的星星突然变幻了模样，旋转开来，像万花筒似的，他眼前一黑，直接晕了过去。

　　姜白白觉得脑子很重，胃里恶心想吐，实际上她也吐过好几次了。余越请了距离最近的医生来给他们检查，然后开了药，送水服下，现在她身体已经恢复了许多。

　　蘑菇中毒，她和顾延灼看见的那些全都是幻觉。

　　大辉说他和余越来找她，结果就看见她和顾延灼站在院子里淋雨，两个人手牵着手跳舞，嘴里还念叨着一些奇奇怪怪的话。

　　"当时吓死我了，我还以为你们疯了。"大辉心有余悸地拍了拍胸脯。他没见过蘑菇中毒产生幻觉的人，颇受了些惊吓。

　　还好余越家里以前有人发生过吃蘑菇中毒的事情，他跑到厨房看见垃圾桶里蘑菇的边角料后，就立马跑去找医生了。

　　姜白白喝了一大杯水，仍觉得口渴。她看上去气虚无力，脑子也不太好使，过了好一会儿，才想起顾延灼来，于是问："顾老板呢？他人还活着吧？"要是顾延灼吃蘑菇中毒而死，她这辈子可也得跟着完了。

"他……"大辉皱了皱眉，一副哀伤的神情，看见姜白白跟着紧张地提了口气，他立马笑了，"他没事，在睡觉呢。"

姜白白白了他一眼，松了口气："那就好。"但心里一直悬着块石头，不知道待会儿顾延灼醒了，该怎么找她算账。

顾延灼这人吧，本来性格就有点奇怪，阴晴不定，摸不着他什么时候生气，什么时候开心。姜白白不想因为这件事惹得他不高兴，所以在床上休息了会儿，就下床准备去找顾延灼赔礼道歉。

既然是赔礼道歉，那就得赔到点子上。姜白白没什么钱，自然没法像电视剧里飞扬跋扈的富二代惹了祸大手一挥，随随便便用钱解决就是。目前为止，姜白白就知道顾延灼喜欢咖啡，那他自然见过不少咖啡豆，加上自己也种咖啡，一般的豆子肯定入不了他的法眼。之前姜白白听姜聪提起过，南城的深山里有古树咖啡，野生的，长了上百年时间，因为无人问津，那些结出来的咖啡果最后成熟又腐烂，成为泥土的一部分，有时候一些去山上寻找药材的医生会偶然发现一两株，恰巧遇到咖啡果成熟，就会采摘下来带回家，和邻居们一起分享。现在距离咖啡豆成熟的时间还有段时间，她打算先找到古树咖啡，然后做个标记，先给顾延灼一点甜头，等到咖啡豆完全成熟的时候，她再去采摘。

姜白白换上衣服，穿好鞋子，扎起头发。外面的天色渐渐暗了下来，雨已经停了，但空气中还有层水雾，导致什么东西看上去都雾蒙蒙的。她朝大辉借了个手电筒，自己在屋子里找到一把镰刀，绑在腰上，就这样往山里去了。

大辉和余越不知道她要干什么，她也没说，寻找古树咖啡这种事对他们来说可能就是天方夜谭，因为连她自己心里也没什么底，但既然存在，那么总能找到。

"我去溜达一圈。"姜白白摸了摸镰刀锋利的边缘，就像语气平常地在说"我要去砍一个人"。

虽然余越和大辉今天才算和姜白白稍微熟悉起来，但大概也知道了她是个什么性格。看上去长得娇气文弱，实则很有自己的主见，有主见到她真要干什么根本不会跟你说实话。说起话来也落落大方，虽然常常一本正经地胡说八道。不过她毕竟是土生土长的本地人，附近连个人影都没，不需要担心她遇到坏人什么的，所以余越和大辉就没再多问，只是让她早点回来休息，毕竟身体里残留的毒素还得靠慢慢调养才能全部排出。

姜白白比了个"OK"的手势，揣着镰刀，拿着手电筒，一脸气定神闲地去山上溜达了。

顾延灼蘑菇吃得比较多，所以醒得也比姜白白慢。他起床吐了几次，直到吐到没有东西再吐了为止。他又想到中午和姜白白一起洗蘑菇时，她那副胸有成竹的样子，对每个蘑菇熟悉得仿佛是她自己亲手种的一样，结果……

想到这里，他压了压火，小时候看的武侠小说里都说人在中毒的时候要是生气，很容易毒气攻心，所以他要保持心态平和，然后平和地去找姜白白，再平和地跟她面对面算账。

顾延灼觉得口干舌燥，脑袋仍旧昏沉沉的，便下床沿路撑着桌子板凳走到客厅倒水喝。然后看到屋里站着个人，一身黑衣，一动不动地站在墙角那里，顾延灼还以为自己又产生幻觉了。

"哟，你醒了。"熟悉的声音，灯光亮起，是白城拓，他脸上带着似笑非笑的神情，"听说你吃蘑菇中毒了。"说完又一阵大笑。还是熟悉的声音，还是熟悉的同款欠揍表情。

这神经病大晚上跑来就是专门嘲笑他的？顾延灼不动声色地倒了杯水，一口气喝光，觉得胃里好受了些。

"公司的事处理完了，我过来看看你。"白城拓上下打量了一番顾延灼。两天没见，不知为何，感觉顾延灼好像跟之前有点不一样了，怎么说，感觉多了点人气？大概是这里环境使然，住在深山老林里，吃喝拉撒都比不得从前家里的日子，人难免要接地气些。

"话说，怎么没看见那个小姑娘？"

顾延灼这才想起姜白白来，他还有笔账没跟她算呢。

"卧室里没人？"

"刚敲过门了，没人。"白城拓双手环在胸前，狐疑地看向顾延灼，"该不是你的冰山脸把她给吓走了吧？想到自己亲手采的蘑菇毒晕了上司，还是一个难搞的上司，正常人都会胆战心惊吧。"

顾延灼瞪了他一眼，懒得理他。

白城拓这次来找顾延灼，是有重要的事告诉他。

"南城森林飞行救援队在招人，你想试试吗？"白城拓掏出一份招募文件来，递给顾延灼，"救援队里的人我家都很熟，可以帮你打声招呼。"

顾延灼没有伸手去接，微微蹙着眉："我已经很久没有摸过飞机了，飞不了了。"

"因为那件事吗？"白城拓问完就自觉问多了，于是转移话题，"作为客人，我竟然连杯水都没有，太难过了。"

顾延灼眼皮都没动一下："你什么时候变成客人了？"

白城拓继续叹了口气："我本来是那富贵乡闲散之人，要不是因为家里要扩大生意，正好你又在这边，我才不会来这鸟不拉屎的地方呢，你还不对我好点？"

白城拓嗔怪的语气，要是外人听了还以为他和顾延灼在打情骂俏。白城拓和顾延灼是发小，交情很深，很多人都以为白城拓是那个照顾顾延灼的人，要帮他跑腿，要帮他说话，但实际上，白城拓的少年时期，如果没有顾延灼的保护，根本就没有现在。

顾延灼终于垂了下眼睛，看了眼白城拓欠打的模样，磨了磨牙，说："你要是个女的，我还能考虑考虑。"

没想到这句话让白城拓更加得寸进尺，干脆顺着杆子往上爬："哎呀，要是你喜欢，我也可以考虑考虑变性什么的。"

"……"顾延灼觉得自己又想吐了。

顾延灼和白城拓是在大辉过来借水盆的时候，才得知姜白白上山去了。

"她上山去干吗？"顾延灼皱了皱眉。这深山老林的，大晚上一个人上山这不是没事找事干吗。

白城拓看了眼顾延灼，见他焦急的模样，笑了笑："突然想到某人前两天也不听人劝，一个人跑去找古树咖啡呢，结果崴了脚，坐着挖掘机就回家了。"

不提这事还好，一提顾延灼的脸立马拉了下来，瞥了眼白城拓，声音冷冷的，带着威胁的意味："你说什么？"

白城拓伸手对着嘴边的空气做了个拉拉链的动作，乖乖闭上了嘴巴。

"她说去溜达溜达，我还以为她回来了。"大辉伸手挠了挠头，不禁担心起来，"不过她当时还拿了把镰刀走，感觉又不像是散步那么简单……"

顾延灼顿时觉得这些人心太大了，一个小女生大晚上上山竟然没人拦着。他压着火说："你先去村子找个对山里熟悉的师傅，让他带我们去找人。"

大辉立马去办事，走路走到一半，突然想起了什么，有些惊异，刚刚跟他说话的人是顾老板吗？顾老板今天居然说了这么多话？

不过，还没等大辉把人找回来，姜白白自己先回来了。她腰后别着镰刀，扎着的头发散乱了些落在肩上，脸有些脏，身上的衣服和鞋子都沾满了泥土，突然出现在院子里，背后的月亮晴朗皎洁，颇有点披星戴月的意味。她找了根树枝，弯腰清理鞋上的泥巴。白城拓正好出来，见到她人后，先是吓了一跳，随即反应过来，喊了句："姜白白？"

屋里的顾延灼听到声音后，走出来，看见姜白白，脸上一直紧绷的神色终于松弛下来，不过立马又换上严肃的表情，冷冷看向姜白白，问："你去哪儿了？"

姜白白抬起头来，眼睛清亮，看见他们两人后，脸上微微露出得意的神色。她扔掉树枝，走过去，从包里掏出一张皱巴巴的纸，打开，然后展示给他们看："我去找古树咖啡了，找到了两株呢，我画了地图标识出来，等咖啡树果实成熟后，就可以直接去摘了。"说完，她弯起嘴角特有成就感地笑起来，没意识到顾延灼的脸色越来越沉，而一旁的白城拓显然已经感知到空气里的低气压了，于是担忧地看着眼前这个对自己未来还一无所知的女生。

姜白白说了半天，口都渴了，见对面两人都不搭理自己，反倒沉默着用一种很严肃的神情盯着自己，她觉得有些奇怪。以为顾延灼还因为蘑菇中毒的事在生自己的气，她垂下眸子，内疚道："对不起，今天害你吃蘑菇中毒，所以想送个东西补偿你，想到你正好喜欢咖啡，所以我就去找古树咖啡送你，你要是不喜欢的话我再想想别的办法补偿你好了……"

女生的声音低低的、哑哑的，没了平日里那种活泼乱跳的高昂神色，像只受伤的小白兔似的，缩着肩膀，垂着头。白城拓有点看不下去了，虽然大晚上擅自跑到山里很危险，要是出了意外他们可得承担全部责任，但姜白白毕竟是出于好意，而且人已经平安无事回来了。他正想劝说两句，只见身旁一直沉默没说话的顾延灼突然抬起手来，他倒吸了口气，还以为顾延灼准备动手，心想从没见过顾延灼打女人啊，这不太好吧？

结果，只见顾延灼伸手轻轻将姜白白脸上沾着的泥巴给擦掉了，动作温柔，仿佛生怕弄疼了对方的脸。他的手指有些凉，姜白白愣了下，下意识缩了缩脖子，再抬头，看见他微微蹙眉的脸，不过没之前那么严肃了，虽然仍有种不太耐烦的神色在里面，但眉眼里难得有了一抹温柔。

姜白白张了张嘴，正想说点什么，就听见顾延灼冷冰冰的声音传过来："这个月奖金没了。"

♥
——— 第三章 ———
我以后给你建房子

姜白白从来没有正式上过班，对工作上的一些规章制度也不是很了解，但她总觉得自己去山上找个古树咖啡，好像对工作没影响吧，为什么要扣她奖金？凭什么扣她奖金？

因为这个问题，姜白白躺在床上翻来覆去睡不着，最后决定第二天去找顾延灼申诉。

第二天一早，春婶就回来了。她家的新房子月底就能装好，办酒席的饭店也订好了，一切准备就绪，现在就等着新郎和新娘归位。她每天都把开心挂在脸上，一边做着早餐一边哼着歌，结果转头就看见了白城拓。

白城拓靠在门边，一边打哈欠一边对春婶说："早饭我们一起吃，不用单独给顾延灼送了。"

白城拓也想不通顾延灼怎么突然改了性，竟然主动提出以后都和大家一起吃。想到昨晚顾延灼扣掉姜白白奖金，事后他私下找到顾延灼，翻出劳动法来，告诉顾延灼："你这个乱扣奖金的行为，已经违法了。"

顾延灼淡淡瞥了他一眼，看着手里拿着的姜白白画的古树咖啡路线图，说"杀鸡儆猴，免得以后员工动不动就往山上乱跑，出了事你担待得起？"

从小到大，他们之间最有主意和做决定的都是顾延灼，白城拓天性散漫，很多事都不想管，觉得费心。自从顾延灼来帮忙打理他工作上的事后，他就越发懒惰散漫了，既然顾延灼说是那就是吧，只能委屈一下人家小姑娘了。

早餐吃得极其沉默，四个人围着桌子，安静地吃完早餐。姜白白本来想开口提奖金的事，但觉得人太多，决定私下单独找顾延灼比较好。于是吃完饭她就去工作了，但一上午心里都憋着这事，好不容易挨到中午休息，她匆匆跑回去，结果屋里只有姜婶一个人。

"他们人呢？"姜白白问。

"出去了。"春婶说，"刚刚包老板过来找他们，不知道说了什么，三个人就一起走了。"

姜白白靠在厨房的桌子边，抓了个洗干净的西红柿喂进嘴里，点了点头，像是喃喃自语："好吧。"想着待会儿他们回来了，再去找顾延灼也不迟。

但姜白白没想到的是，顾延灼他们这一走就是一周，仿佛人间蒸发了似的，没人知道他们去了哪里，干了什么。不过想想也正常，工地上环境辛苦，身为老板自然不需要留在这里跟大家一起吃苦，反正工作分工清楚，每个人各司其职，做好手里的事就行了。姜白白每天按时上班下班，完成工作任务，闲下来就帮春婶做点家务，日子一天天过去，但她总觉得心里好像少了点什么。

姜白白晚上躺在床上睡不着，披着外套到院子里看星星，不过这次外面没有人坐在竹凳上能够让她遇见了。她拿出手机，打开白城拓的朋友圈翻开，内容为"朋友仅展示最近三天的朋友圈"。

姜白白没有顾延灼的微信，所以只能每天翻翻白城拓的，希望他能在朋友圈里更新个动态，让她知道他们在做什么也好，可惜连这个小小的奢求也没能够实现。

她坐在竹凳上，手撑着膝盖，下巴撑着手，抬头望着天上那些闪动的星星，突然想到那天蘑菇中毒后，她惊喜地发现自己身处于银河之中，身边的牛郎星和织女星触手可及，她和顾延灼两人牵着手漫步星空，这样的经历恐怕一生只有一次吧，虽然只是幻觉。

姜白白的思绪飘出很远，手机屏幕亮了下，随之发出一声响动，才把她重新拉了回来，是包老板发来的信息。他说："小白，明天一早把挖掘机开回镇上，这边有其他事要做。"

姜白白拿着手机看了又看，包老板肯定和顾延灼他们待在一起，明天把大华开回镇上的话，应该就能见到他们了吧。她嘴角忍不住笑起来，回复道："保证完成任务。"

姜白白早上六点从床上醒来，没吃早饭，就开着大华回到南兴镇了。结果时间太早，包老板还在睡觉，她便买了早餐去看姜聪。

本来以为姜聪在修养的这段时间会很无聊，因为病房里只有一台不能换台的电视，没有其他娱乐活动。结果推开病房门，就看见姜聪床头的柜子上放着几盒扑克牌，旁边还压着几张写着名字的纸，谁打牌赢了谁输了都清清楚楚记在那上面，令姜白白叹为观止。她把早餐放到桌上，看了眼熟睡的姜聪，他气色看上去已经恢复得差不多了，她没忍心叫醒他，于是留下让他记得吃早餐的字条，就离开了。

姜白白把大华停在顾延灼的白色房子附近，时间还早，她进了驾驶室后打算补个觉。此时天已经亮了，镇上的人也多了起来，外面传来嘈杂的人声，太阳渐渐爬上天空，天气开始炎热起来。

不知睡了多久，姜白白听到有人在敲驾驶室的玻璃窗，她歪了下头，睁开眼来，包老板站在外面冲她招手。

姜白白打开门来，揉了揉眼睛，冲他打了声招呼。

"唉，出了点事。"包老板一开口就唉声叹气的，眉头间都皱成了"川"字。

"怎么了？"

"白总他们那个房子恐怕得拆掉。"包老板此时额头上已经出现一层细密的汗水，他抬手擦了擦，对姜白白说，"当初把房子卖给他们的人，产权证手续有问题，不合规，现在要求拆掉，我们忙活了好几天也没用，唉！"

"怎么会这样？"姜白白不太清楚建房子需要哪些手续，但既然这房子都建好了，总不能说拆就拆吧？

包老板往四下看了眼，压低了声音道："好像是顾总得罪了什么人，结果好巧不巧这人跟土地局有点关系，一查就查到这房子手续不全，一直咬着不放，按照法律来说，拆掉也合理合法。"

"那房子拆了他们住哪里？"姜白白问。

"可能暂时住酒店。"包老板说，"叫你来就是拆房子的。"

姜白白望了眼远处的那栋白房子，想到第一次见到的时候就特别想进去看看，那房子一定费了设计者不少心思，她都还没进去看过样子，就要亲手把它拆了。

姜白白开着大华过去，房子里的东西都已经清理出来，四周拉上了警戒线，房子依然白得耀眼，像遗世独立的伊人，静静地伫立在这座镇上。

顾延灼不知道什么时候来的，姜白白看见他站在警戒线外看着房子，神情有点哀伤，他今天穿了一件白色短袖，和白房子融为一体。

姜白白从车上下来，走过去喊了声他的名字。

顾延灼转过头来，因为阳光太强而眯了眯眼。

"顾老板，我要拆这房子了。"姜白白说完才意识到自己说了句废话，不拆房子把她叫来做什么呢。但她心里想的是，如果顾延灼想再看看这房子，她就晚点再动手，她又想到第一次见到这房子的情形，想了想，犹豫着开口轻轻问了句，"我可以进去看看吗？"

顾延灼看了看姜白白，女生比他矮一个头，他能看到她头顶浅浅的白色的线。他眨了眨眼，说："我带你进去。"

这房子是顾延灼亲手画的设计图，里面的软装也是他一点一点弄出来的。当时白城拓本来建议他买栋房子直接重新装修，但他想到自己本来就是建筑系毕业的，一直想亲自动手设计一栋房子，于是就有了它。可惜它才建好没多久，就要拆掉了，心里不觉得可惜是不可能的。

姜白白跟在他身后，古拙的木质大门打开，进入玄关，里面的装修很简洁，偏米白的纯色墙壁，上面有挂画的痕迹，木质地板，窗户是北欧风格的，每个细节都做得非常精致。

站在空荡荡的屋子中间，姜白白觉得心里有点闷，如果是以前让她拆房子，她肯定高兴得直接蹦起，但现在要拆掉这么好看的房子，心里有些不舒服。

"我小时候，一直希望能够住在自己亲手设计的房子里。"旁边的顾延灼突然开口，"我爸妈都是建筑师，常年在国外，小时候我跟着爷爷奶奶长大，有时候会被接到大姑家住一段时间，或者其他亲戚家里，感觉一直在漂泊，就特别想有个固定的房子能够长久住下来。"

说这些话的时候，顾延灼的声音淡淡的，没有太多情绪在里面，好像只是在说一个关于别人的微不足道的故事。姜白白转头看他，他身后窗户钻进来的阳光把他包裹在一片阳光里，看上去又灿烂又哀伤。

姜白白也不知道自己脑子里怎么想的，话已经直接从嘴里说了出来："我以后给你建个房子吧。"

顾延灼身上的阳光有些晃眼，姜白白没看清他脸上的反应。过了会儿，见对方没吱声，姜白白心想他是不是误会自己要送他房子了？于是，她解释道："开着大华给你建房子。"当然，建房子的钱还是你出。

顾延灼笑了，伸手轻轻拍了拍姜白白的头，答应道："好。"

等他们出去的时候，见外面站了几个人正围着房子看。

姜白白乍看下，觉得人有些眼熟，直到看清他们露出的胳膊上面的文身时，她终于反应过来，这不是之前吃夜宵时被顾延灼教训了一顿的社会大哥嘛。

站在中间，看上去最有气势的就是被顾延灼在巷子里揍了一顿的青龙大哥，他瞧见顾延灼后，抬了抬眉，露出得意的神情，啧啧两声，用阴阳怪气的声音说："哎呀，这么漂亮的房子就要被拆掉了，真可惜呀。"

顾延灼扫了他一眼，压根儿懒得搭理那群人，回头对姜白白说："你做事去吧。"

姜白白点了下头，又有点不太放心，看了眼社会大哥们，心里疑惑着他们怎么会在这里？

"上次你打我的账就算还清了。"青龙大哥继续说，"不过你这个代价有点大啊。这个房子应该花了不少钱吧，没关系，要是兄弟你手上紧的话可以来找我借钱，给你十个点的利息。"

姜白白这回算是听明白了，敢情包老板说的那个被顾延灼得罪的人就是青龙大哥。她爬上驾驶室，启动大华，手里握着操纵杆，一个铲斗下去，房子立马缺掉一大块。她心里窝着火，看见那几个社会哥还站在那里看热闹，有人还掏出了手机开始拍摄，手上的操纵杆忍不住往旁边侧了侧，故意把铲斗里的沙砾往他们跟前一倒，只见尘土在阳光下肆意飞扬，几个社会大哥直接吃了一鼻子灰，猛烈咳嗽起来。

有人气急败坏地朝姜白白的方向看来，结果顾延灼不动声色地移动了下身子，正好挡住了驾驶室里姜白白瘦削的身影。

那几个社会大哥虽然表面很猖狂，但自知不是顾延灼的对手，打架打不过，耍嘴皮子又吃了一嘴巴灰，于是自认倒霉地离开了。

姜白白工作到一半，从车上下来休息，发现顾延灼又不见了。她喝了口水，才想到自己还有一件很重要的事情没找他问。

是委婉客气地询问他为什么扣掉奖金，还是直接质问凭什么扣掉她的奖金？或者这两种方式都不太好，她应该直接泪眼婆娑在他面前表演个五秒落泪，然后死皮赖脸要他不准扣自己奖金？

姜白白正在心里斟酌着，面前突然挡下一道阴影。顾延灼买了冰水回来，见姜白白站在太阳下发愣，以为她晒傻了。

"你在干吗？"他问。

姜白白抬起头来，鼻翼上沁出一层汗珠。她咬了咬嘴唇，决定一不做二不休，直接大喊了句："顾延灼，你不能这么对我！"

因为天气热，街上也没几个人，所以姜白白这句令人想入非非的话并没引起其他人的注意。不过包老板正好过来看施工情况，就站在距离他俩身后几米的位置，突然听到姜白白这句话，心里打了个激灵，满脑子都冒出问号来："他俩什么情况？"

顾延灼盯着姜白白看了会儿，眨了眨眼，声音里带了丝揶揄的味道："我怎么对你了？"

姜白白说话的时候没往其他方向想，但说完后加上顾延灼反问她的语气，她突然觉得有点不对味了。还好太阳大，她的脸本来就红彤彤的，现在脸颊更烫，她觉得自己的耳根子都快被热得熟透了，不过她没有躲闪眼神，而是故作坦然地继续和顾延灼对视："你为什么要扣我奖金？我又没在工作上出现失误，你这是滥用职权，我可以去劳动局告你的。"

顾延灼眯了眯眼，原来是为这事。其实奖金的事他就随口那么一说，主要当时太生气了，一个小女生一声不吭大晚上跑到山里去这事怎么想怎么后怕，算是为了以防再出现类似的事，顾延灼也没想到别的方式，当时顺口就说出了要扣姜白白奖金的话来，但也不会真扣。没想到小女生会自己跑来找他说奖金的事，眉眼间藏着委屈，看来当时确实戳到她的痛处了。

顾延灼看向她，笑了笑："你有劳动合同吗，就想去告我？"

姜白白感觉自己的智商受到了凌辱，她脑子里闹出了无数个新的问题，姜聪和他们有劳动合同吗？劳动合同上写的什么？要是没有劳动合同她是不是就要不回奖金了？

作为没有正式上过班的职场新人，姜白白感觉今天自己上了人生中的重要一课，她眨了眨眼，理直气壮地道："没有。"

姜白白脸上的表情好似在说"没有，你能拿我怎样"，顾延灼忍不住勾了勾嘴角，往前倾了倾身子，望着她的眼睛，决定不再逗她了："放心，只要好好工作，奖金照发。"

本来姜白白紧绷着神经，像只随时准备出去战斗的斗鸡，准备和试图剥削劳动人民血汗钱的顾延灼抗争到底的时候，没想到对方突然轻飘飘地缴械投降了，这让她瞬间有点不知道该怎么反应，感觉一口气卡在了食管里，不上不下的。

顾延灼拎着水去分发给其他人，留下姜白白站在原地独自发呆，等回过神来，发现她的休息时间早就结束了，于是马上返身回到大华那里。她上车后，看见顾延灼往回走的背影，所以刚刚他来就是为了送水吗？

姜白白真是越来越搞不懂他了，难怪有人会说千万不能和老板做知心朋友，因为最后往往是老板知你心，你不知老板心。

姜白白工作结束后，天已经快黑了，包老板让她明天早上跟顾延灼一起回乡里，今天就先在镇上住一晚。

顾延灼和白城拓住在酒店，吃在酒店。白城拓听说姜白白晚上要留在镇上，便主动发微信问她要不要去酒店找他们一块吃饭。姜白白本来打算随便找个路边摊解决晚饭的，结果能去酒店吃高级晚餐，自然不会拒绝，于是屁颠屁颠就跑去酒店大厅等他们了。

这家酒店是镇上唯一一家五星级酒店，一楼是大厅，二楼是海鲜自助餐厅，上面则是酒店的客房。白城拓坐电梯到达大厅去见姜白白，远远地冲她挥挥手。

姜白白走过去，问他："顾老板呢？"

"我来接你，结果你一开口就问其他人。"白城拓做作地挤了个悲伤的表情来，"我可真是伤心啊。"

姜白白顿了顿，解释道："因为不是我们三个人一起吃饭嘛。"

白城拓按下电梯按键，转头冲姜白白笑了笑："其实我看过你的直播。"

"啊？"姜白白没反应过来。她做直播半年来，所有交流全部局限于网络上，现实生活中没人知道她在做主播，更不会把她和网络主播联系到一块去，所以她觉得有点神奇。

电梯门开了，白城拓走在前面，转过身来，面对着姜白白，边学着她在直播里的语气，边往后退："帅哥们，与其每天晚上使用量子速读术看《如何钓到富婆》，不如直接开辆挖掘机到她家楼下，得不到的就毁掉……"说着，忍不住大笑起来。

姜白白也被他滑稽的模样给逗笑。她以前没觉得自己很搞笑，但被白城拓这样一模仿，她好像能理解那些网友为什么总喜欢在评论里发五个以上的"哈哈"了。

在自助餐厅门口等他们的顾延灼，刚好看到了这一幕。白城拓背对着他，手舞足蹈的不知道在讲些什么，逗得姜白白哈哈大笑。

顾延灼心里有点说不清原因的不悦，等到白城拓转过身来，就看见他那张沉着的冰山脸了。

"可以进去了。"白城拓拍拍了顾延灼肩膀一下，往前走了一步，然后发现对方没动，回过头疑惑地望向他，"怎么了？"

顾延灼淡淡瞥了他一眼："你不知道姜白白归我管吗？"

白城拓一脸茫然："我知道啊，所以？"

顾延灼没说话了，直接绕过白城拓往餐厅里走，留下白城拓继续一脸茫然站在原地。

后面跟上来的姜白白，不明所以，没管白城拓，跟着顾延灼一起进了餐厅。

白城拓瞬间有种自己被全世界抛弃的错觉，这两人不就是个上下级关系嘛，至于弄得这么团结一致？

自助餐里的菜品需要自己拿盘子去挑选，姜白白夹了一只大螃蟹、一盘鲜虾、一盘意面和一盘蛋糕，分了两次才拿完。她在顾延灼对面坐下，才发现对方只拿了一份意面。

"这个虾很好吃。"姜白白大方地把自己的东西拿出来共享。

"谢谢，我吃面就行。"说完，他继续低头扒拉盘里的面。

姜白白戴上一次性手套，开始剥虾。她一次性把盘子里所有虾全给剥完了，拿东西回来的白城拓一脸惊叹，夸赞她不仅是灵魂挖掘机手，还是一个优秀的剥虾选手。

姜白白笑了笑，把剥好的虾放了两个到顾延灼的盘子里，然后低头开始吃自己的东西。

"我说，为什么我没有？"白城拓露出不满的神色，拿起筷子轻轻敲了敲对面姜白白的盘子边沿，"你不能因为顾延灼是你直系老板就这样差别对待啊，我好歹也是你的老板啊，信不信我扣你奖金？"

姜白白现在听到"奖金"两个字就觉得头大，这好像成了她现在最容易被人抓住的把柄了。正要表达抗议的时候，顾延灼从自己盘子里分了个虾给他，然后冷不丁道："食物都堵不住你嘴？"

白城拓瞬间心领神会，夹起虾子，一口喂进嘴里，不再说话。

吃完饭，白城拓问姜白白要不要去他们房间玩电动游戏。他们住的是总统套房，里面有两间独立的卧室，还有一个公共区域。姜白白本来觉得她一个女生去两个男生房间，好像不是太好，但她现在一个人回去又没有别的事可做。她抬头朝顾延灼的方向看了眼，发现他正低头看手机，想了想，她问白城拓："那我可以再叫一个女生来吗？她是我朋友。"

"当然可以。"

于是，姜白白打电话把宋清颜叫了过来。

他们四个人坐在房间公共区域的地毯上，玩的是分组射击游戏。两个女生一组，两个男生一组，本来白城拓以为可以轻松完爆她俩，没想到第一局竟然打了个平局。

　　顾延灼嫌弃地看了白城拓一眼，总结他们没能赢的原因："是你太菜了。"

　　顾延灼说这话，白城拓也不好意思否认，因为这次游戏，大部分被击毙的角色都是顾延灼击中的。他揉了揉额头，不服输道："我们不如一对一？我对姜白白！"因为姜白白和他一样菜。

　　姜白白呵呵笑道："你以为你单独和我打，就能赢了？"

　　为了争夺倒数第二名，两人开始了第一轮的比赛。宋清颜便起身去洗水果了，回来的时候，看见顾延灼还坐在那里，不过眼神一直看着姜白白的游戏角色，微微蹙着眉，似乎在为她的输赢感到担忧。没过一会儿，就传来了姜白白哀伤的叹气声："我输了。"

　　他们又接着玩了几局游戏，天越来越暗，宋清颜第二天还要上早班，于是姜白白和她一块离开了。

　　白城拓把她们送到电梯口，回来的时候见顾延灼坐在桌子边磨咖啡豆，他走过去，在旁边坐下，一只手撑着脑袋，问顾延灼："你今晚怎么了，感觉一晚上心情都不好？"虽然平时顾延灼也不爱说话，但今晚顾延灼明显有些反常。

　　顾延灼把磨好的咖啡粉倒进罐子里装好，然后抬起头来，对白城拓说："我还是觉得你游戏打得太烂了。"

　　这是什么生气的理由？白城拓思来想去，最后想到了姜白白身上，这厮今晚从见到姜白白和他一起到自助餐厅后，就开始阴阳怪气起来，莫非……

　　"你该不是对白白有意思？"白城拓问，"看来中了一次毒的情谊是不一样。"

　　"白白"两个字听得顾延灼有些刺耳，他瞪了白城拓一眼："滚。"

♥

──── 第四章 ────
你会修挖掘机吗

第二天回到乡下，春婶给他们准备了许多好吃的东西，然后把姜白白拉到一旁，说要给她看个东西。

一个漂亮的大盒子，用红色蝴蝶结系着。春婶拿给姜白白，让她拆开看看。姜白白觉得这东西看着过于庄重，有点紧张，慢慢拆开蝴蝶结，打开盒子，发现是一件白色的伴娘礼服。

姜白白捏着裙子的吊带提起来，面料上带着飘逸的羽毛，款式简洁大方。她忍不住称赞起来："连伴娘裙都这么好看吗！"

春婶笑起来："毕竟是一生一次的大事，所有东西都得准备最好的。你快试试。"

顾延灼和白城拓站在外面的院子里聊天，正说着话，他就看见白城拓的视线往后看去，直直地盯着什么看。于是，顾延灼也跟着回头，姜白白正穿着一件白色羽毛长裙从房间走出来，春婶走在她前面，拿出手机拍照给她儿子和媳妇传过去。

平时看惯了姜白白穿短 T 恤短裤，现在换上一条优雅的白色长裙，确实让人眼前一亮，虽然仍旧素着脸，但她的身材被裙子完好地勾勒出来，V 字领口带着温柔的小性感，裙摆刚好长至脚踝上面，露出她漂亮纤细的脚踝，裙子上面的羽毛随着她的走动轻轻飘动起来，像一个落入凡间的白色精灵。姜白白本来是想在院子里走走，看看裙子穿起来行动方不方便，没想到顾延灼他们刚好也在，她有点尴尬，举起手来冲他们不自然地挥了两下。

"白白，你穿这裙子好漂亮！"白城拓不吝赞美道，"不愧是我们白家人！"

顾延灼瞥了他一眼："她什么时候成你们白家人了？"

"我们两个人名字里都有白，她两个白，比我还多一个呢。"白城拓觉得自己的解释逻辑严谨，毫无破绽，只是不知为何感觉顾延灼的目光又冷了几分，于是转头装作没看见他，朝姜白白走过去，"你这是要参加什么重要的场合吗？"

姜白白有些不好意思道："是春婶的儿子要结婚，需要一个伴娘。"

"哇，那恭喜春婶，到时一定要叫上我和顾延灼。"白城拓笑道。

他们三个人聚在一起叽里呱啦讨论婚宴的事，顾延灼觉得无趣，又看了眼姜白白。女生侧身对着他，身体被白城拓挡住了，只能看见她露出的纤长脖颈和瘦削的肩膀，他有时候不太明白，这个看上去瘦弱的女生怎么会跑去开挖掘机，但或许正是这种奇怪的力量反差，才让他觉得挺有意思的。

这几天天气渐渐转凉，炽热的太阳终于被云层给挡在了后面，大家工作起来也轻松了许多。

姜白白早上醒来就觉得全身乏力，去厕所一看，才发现自己来大姨妈了。她找姜婶要了块红糖泡上喝掉，然后就去工地开工。

不知道是心理因素，还是大华出了故障，姜白白今天工作起来感觉格外不顺手，好像有什么东西卡住了似的，用操纵杆操作挖掘机的时候，速度比平时慢了许多。

顾延灼来工地巡查时，也发现了这个问题。他当时正和大辉、余越说话，然后转头就看见姜白白从驾驶室里下来，似乎非常生气，还冲挖掘机踢了一脚，结果把自己脚给踢疼了，一瘸一拐走到一边坐下。

顾延灼眯了眯眼，对他们说："我过去一下。"然后朝姜白白走去，远远地，看见女生拔了根野草垂头摆弄着。

"你怎么了？"顾延灼问道。

"唉！"姜白白直接叹了口气，"今天不是很在状态。"

"身体不舒服？"

姜白白点点头，又摇摇头："感觉挖掘机出了点问题，但我不会检查和修理。"毕竟只花了一周时间学会开挖掘机，但因为没有实践经验，所以对于挖掘机很多原理上的东西都还不是很了解。

"我以前觉得开挖掘机是件特别容易的事，不就是操作机器嘛，只要熟悉了流程都很简单。"姜白白把手里的野草缠绕到手指上，无奈道，"这几天工作下来，我才发现光是会使用一个机器还不算真正的熟练，你还得去了解它的原理，在它出问题的时候能够及时发现然后修复。就跟人一样吧，不是光和他能说几句话就行，你还得去了解他的情绪和心理。"

顾延灼没想到这小丫头开个挖掘机竟然总结出了人生的道理，忍不住笑了："那也用不着这么沮丧，出问题了就解决，自己解决不了就找大家一起想办法。"

姜白白抬头看向顾延灼，咬了下嘴唇，有点不好意思道："我知道，特殊日子所以有点烦躁。"

"今天是什么节日吗？"听到"特殊日子"，顾延灼首先想到是不是什么节日，他向来对节日生日这些日子都不敏感，所以还以为是自己忘记了。

姜白白尴尬地笑了笑，急忙摇头："不是，不是节日，没什么啦。"然后起身，重振士气，准备先去检查大华哪里出故障了。

但是一通操作下来，姜白白也找不出个所以然来，这里没有其他人懂挖掘机，她不想打电话给姜聪，因为让他知道了，他肯定会觉得她搞不定这里的工作，说不定还会着急出院自己过来处理。

姜白白望着大华庞大的钢铁身体，多么希望眼前这个"钢铁直男"可以自己告诉她，到底是哪里出现了问题！

顾延灼看见姜白白脸上的神情比之前还要沉重，于是问大辉要来工具箱，然后过去准备帮姜白白检查。

"我来吧。"顾延灼戴上手套，对姜白白说，"你告诉我电路保险丝在哪里。"

姜白白讶异地看向顾延灼："你……你会吗？"

"虽然不会开挖掘机，但机器的原理都差不多，我试试。"

姜白白立即带他去打开挖掘机的电路保险箱，然后看他低下身子，手里拿着镊子，小心翼翼地剥开保险丝检查。

"没断路没短路。"顾延灼说着又去检查先导压力是否正常，仍旧没有问题。他拿出手机打开网页，看了会儿，又去检查别的地方。

姜白白见他动作熟练，沉着又冷静，好像对挖掘机每个线路都了如指掌，不禁心里暗暗佩服，感觉他这人好像什么都会似的。

顾延灼戴着口罩，低头检查机器的侧脸，看上去认真又严峻，侧面的轮廓流畅而锐利，天生一副好骨相，令人羡慕。垂下眼睛的时候，睫毛显得又长又翘。姜白白看得入了神，直到对方直起身子，站起来，没注意到姜白白离自己这么近，结果直接撞到了她的额头。

姜白白"哎哟"了声后，捂住被撞的地方，往后退了一步，差点没站稳，幸好顾延灼及时伸手拽住了她。

"没事吧？"顾延灼低声问。

姜白白摇摇头说："没事。"她有点尴尬，于是转移话题，"你刚一直在手机上看什么呢？"

顾延灼拉下口罩，眨了眨眼，认真道："百度。"

姜白白咽了口口水，有点不敢相信："所以你刚刚是在百度上现学的？"

"算是吧。"顾延灼又拉上口罩，去检查其他地方了。

姜白白突然有点为大华的生命安全感到担忧了，这可是她家最值钱的东西，要是被顾延灼修坏了，应该能得到赔偿吧？

"好像是伺服活塞卡死了。"顾延灼完全没注意姜白白那些心里的小九九，他终于找到问题所在了，用手把活塞装配间的间隙重新调整了一下，然后站起身来，"你开着试试看好没好。"

"已经好了吗？"姜白白还沉浸在他那句从百度上看来的话里，不敢相信顾延灼真的把大华修理好了。但不论他有没有修理好，姜白白都不是很开心。因为他要是修理好了，那么只能证明她智商欠费，反正她是没法光看个百度就能修好大华的。但要是没修理好，她的工作饭碗可能就不保了。精神和现实，总是难以两全其美。想到这里，姜白白又轻轻叹了口气。

见姜白白站着没动，他取下手套，伸手拍了她头一下，又重复了一遍："开着试试看好没好。"

姜白白回到驾驶室，启动大华，重新操作起来，发现大华的动作速度变回了先前的样子，真的没问题了。姜白白有点心塞，不过转念想想，人家毕竟是双学位高才生，她只是一个冷门专业毕业还找不到工作的硕士，智商比不过也不足为奇。一通自我安慰后，她就不再纠结了。

这几天正好是南城当地的一个节日，每年临近夏天的尾巴，南城当地的人都会去山上采摘大自然回馈给人们的礼物，然后载歌载舞一天一夜，吃掉这些食物。不过这几年，节日渐渐走向商业化，为了迎合游客们的口味，食物也失去了最本真的样子。

因为在山里，春婶就地取材，准备让大家简单地过个节日。晚上召集所有人聚到一个院子里，摆上三张桌子，点了堆篝火，还托人送来了几箱啤酒。

姜白白看到桌上摆着的食物，不禁打了个激灵。她记得小时候过节日的时候，每次都会吃很多叫不出名字的食物，等长大后，才知道原来是羊脾脏鸡腰子蜈蚣蜻蜓猪牙床等奇奇怪怪的食材做成的，不禁为南城人民的生活智慧折服，感觉他们不管放到哪个年代，都不会轻易被饿死。

当然，春婶给大家准备的食材虽然没那么齐全，但依然让顾延灼和白城拓这两个外地人瞠目结舌。

"这是什么？"白城拓指着一盘菜问姜白白。

"炸蜈蚣。"

"什么？"白城拓以为自己听错了，眉毛都抽搐了下，"蜈蚣不是有毒吗，你确定我们吃了不会死？"

"你没听过蜈蚣可以拿来泡药酒吗，喝了强身健体，一个意思。"姜白白为了证明吃蜈蚣真的不会中毒，特意当着他的面吃掉一条，然后笑道，"看吧，没事。"

"那这又是什么？"白城拓指着另一盘菜问。

"凉拌蜻蜓。"

白城拓觉得自己的鸡皮疙瘩都要起来了："蜻蜓可是益虫，你们这行为太伤天害理了。"

一旁站着的顾延灼听完菜名后，就一直没再说话，看到姜白白又信誓旦旦承诺所有菜都很好吃，且绿色健康的时候，他就不得不想到那天她洗蘑菇时说的话，还一本正经地介绍完了所有蘑菇的名字，结果还不是中毒了！

"你要不要尝尝这个？"姜白白不知什么时候用筷子夹了个东西，递到了顾延灼的嘴边。

顾延灼看了眼，不动声色地往后退了步，用狐疑的眼神看向姜白白："这是什么？"

"猪牙床啊。"姜白白以为这个东西很常见，所以才夹了一块给顾延灼。

顾延灼有些不太确定，又问了一遍："猪牙床是猪的牙床？"

姜白白直接笑了："不然是人的牙床？"

"不好意思，打扰了。"顾延灼往后又退了步，朝另一边走去。

不喝酒的坐一桌，喝酒的坐另外两桌。姜白白、顾延灼、白城拓和姜婶一桌，包老板和余越、大辉坐同一桌。大辉乐滋滋地抱了几瓶啤酒过去，结果发现没有开瓶器。

"用牙齿咬吧。"余越提议。

"这里这么多瓶啤酒，每瓶都用牙齿咬，估计明天得去医院。"大辉想到这里，就觉得牙齿疼。

"那怎么办？"包老板拿起一瓶啤酒，试图用筷子给大家表演开瓶，结果瓶盖没开，酒飞了出去，直接浪费掉一瓶酒。

"看来今晚是喝不成酒了。"大辉懊恼道，"这送酒的人怎么也不给送开瓶器呢。"

姜白白见他们讨论了半天开瓶的事，想到自己之前做直播的时候，曾表演过用挖掘机开啤酒瓶，当时观看量直接破百万，她也因此狂涨了几十万的粉丝。虽然喝啤酒她没什么话语权，但在开酒瓶上，她灵魂挖掘机手觉得有必要出来说两句。

"那个，我来开吧。"姜白白打断他们的争论，歪着脑袋，笑了笑，"我觉得我能开。"

于是，余越和大辉，一人抱着一箱啤酒，跟在姜白白后面。天色还没完全暗下来，他们打开工地的电灯，见姜白白像个战士一样上了挖掘机。其他的人也陆陆续续跟来看热闹，毕竟用挖掘机开啤酒瓶这事听上去跟天方夜谭没什么区别。

余越和大辉按照姜白白的指示，拿出几瓶啤酒并排放到平地上，然后退到一边。

姜白白操作着操纵杆，让铲斗慢慢往下移，然后借助它凸出来的部分，往酒瓶旁挨个扫过去，瓶盖就全部飞出去了。

在场所有人沉寂了一秒后，瞬间爆发出雷鸣般的掌声。

姜白白甩了下头发，接连开掉了剩下的啤酒瓶盖，然后像个女王般带着胜利的姿势从驾驶室下来。

"你这技术也太牛了！"大辉抱着啤酒跑过去，不敢相信自己刚才看到的一切，"我觉得姜师傅肯定都做不到吧。"

姜白白把食指轻轻放在自己嘴边，故作高深道："不可揣测我爸的挖掘机技术，只能说龙生龙凤生凤，挖掘机师傅的女儿会开瓶。"

站在远处看完姜白白精彩开瓶表演的白城拓对顾延灼说："其实我之前在直播里看过了。"

又是直播，顾延灼掏出手机来。白城拓瞥了他一眼，问："你在干吗？"

"搜直播是什么意思。"

白城拓无语地伸手拍住他肩膀："连我爸最近都有喜欢的网络主播了。"

五分钟后，顾延灼迅速理解了白城拓口里的"网络主播""直播"是什么意思后，在手机里下载了直播软件，注册的时候需要填写一个用户名，他写的是"魔鬼飞行员"，然后在软件里搜索"灵魂挖掘机手"的 ID 名，最后显示出来的是姜白白的一张自拍头像——直接把脸顶到手机屏幕前，一张笑得非常灿烂的脸。

不过灵魂挖掘机手的账号没法查看，显示的原因是"该用户因发布内容涉及法律法规，暂时无法查看其发布的内容"。他想到白城拓之前说的账号被封原因，抬头看向正朝他们走来的姜白白，眯了眯眼，退出软件，把手机放回了包里。

天色渐渐暗下来，春婶在院子里牵了一条电线出来，接通了灯泡，院子里立马有了光，大家又热热闹闹开心地吃起来。

喝酒的那两桌人已经开始划拳，白城拓在姜白白的强烈推荐下，吃了几口奇奇怪怪的食物后，就被攻陷了，也不管什么蜈蚣、猪牙床了，好吃就行。

顾延灼只喝了点汤，他还是没法接受吃虫子或者猪牙床这件事。

余越在大辉的撺掇下，拿着一瓶酒过来找姜白白，他有些不好意思地低头道："可以跟你喝一杯吗？"

姜白白本来也能喝酒，只是觉得这里除了春婶没别的女生陪她喝，觉得不是太好，而且她要是跟那些男人喝，肯定是喝不过的。不过既然余越都亲自来找她喝了，一杯酒对她来说，并没有什么问题，所以她拿了个杯子过来，让余越给她倒上。

姜白白和余越碰了个杯，然后一口喝掉了杯里的啤酒，眼睛都没眨一下。

接着大辉过来了，他也拿着瓶酒，说要和姜白白喝一杯。一旁的春婶忍不住打趣："你们这些男人，怎么都找女生喝酒啊，老板在这里都不敬个酒。"

白城拓巴不得没人找自己喝酒，听到春婶把导火线往他们这边引，立马开口道："我酒精过敏。"然后往旁边一指，"找这位喝。"

顾延灼扬了下眉，转头看向白城拓，心想他什么时候酒精过敏了。

于是，余越又和顾延灼喝了杯。顾延灼以前因为工作的关系，滴酒不沾，但他酒量挺好的，读书的时候跟室友偷偷逃课去喝酒，所有人都喝醉了，就剩他还是清醒的。

这边姜白白已经喝掉一瓶酒了，大辉又给她倒了杯："这杯酒就祝我们能够认识吧。相逢即是缘，毕竟上辈子的五百次回头才能换来今生的一次擦肩！"

"那你上辈子是不是啥事没做，光顾着回头了。"春婶忍不住揶揄，"上辈子是脖子扭断死的吧。"

姜白白忍不住笑起来。大辉脸红了下，然后摆摆手，说："反正就是有缘分嘛，别管是因为什么，都不容易。"

姜白白正要拿起杯子喝酒，手上的力道被人挡了下。旁边的顾延灼把她杯里的酒倒进了自己杯里，对大辉说："她的那份缘分，和我的这份缘，就一起喝了吧。"说着仰脖，喝光了所有酒。

大辉愣了愣，完全没想到顾延灼把那杯酒喝掉了，但他又不能让他不喝，于是自己把手里的酒也喝掉了。

这之后，顾延灼就自作主张地承包了姜白白的酒，不管谁来找她喝酒，都是顾延灼喝，连着几次，也就没人再敢过来喝酒了，因为顾延灼身上的气压太低，和他喝酒感觉就像在历经九九八十一难似的。

姜白白有点茫然，她转头看向顾延灼，伸出食指，轻轻戳了戳他胳膊，用有点抱怨的语气道："你把我的酒都喝光了。"

顾延灼看向她，可能是因为灯光不太亮的缘故，他脸上被打出一层阴影来，显得他看上去很不高兴的样子："你喝得了那么多吗？"

姜白白觉得他的语气像是在质疑她的能力，略带挑衅意味，于是直了直身子，说："怎么不能。"

顾延灼瞥了她一眼，语气缓和下来，仿佛向姜白白妥协了似的："答应了姜师傅要看好你。"

顾延灼的声音有点沙哑，难得听他用这么柔和的语气跟人说话，姜白白觉得心里微微暖了一暖，便不再跟他争辩喝酒的事了，拿起筷子，夹了一根蜈蚣放进他碗里："那你吃个蜈蚣补补吧，听说有解酒的功效。"

一周后，姜白白的工作临近尾声，她快要离开这里回家了。

姜白白没想到半个月时间会过得这么快，姜聪已经康复出院，不过医生让他注意休息，好好调养。本来他打算亲自过来把姜白白接回家的，但姜白白让他在家里好好休息，她到时自己把大华开回家就行。

姜聪打电话给姜白白说："我最近在镇上听到一件事，据说我们镇上可能要修建一个咖啡博物馆。"

"要让你去开挖掘机吗？"姜白白不明所以，全然没有抓到重点。

"挖你个头啊挖，你还真打算开一辈子挖掘机？"姜聪恨铁不成钢道，"你的专业不是不好找工作吗，如果镇上要修咖啡博物馆，你不就有地方工作了，我们镇上没人比你专业更对口了，你好歹还是个硕士生，能不能给你爸长点脸！"

姜白白这才醒悟过来，许久没有摸过书本的她，确实差不多都要忘记自己的专业知识了。不过这种没谱的传言，她并不抱太大希望，而且在这里工作了一段时间后，她感觉自己好像越来越喜欢挖掘机这份工作了。想到要离开，其实心里挺不舍的，于是她对姜聪说："到时再看吧。"不等姜聪继续唠叨，她就挂了电话。

余越和大辉得知姜白白即将离开工地，决定帮她办一个送别会。结果这两天，姜白白总觉得他俩鬼鬼祟祟的，还总是来问她一些莫名其妙的问题，比如她喜欢什么颜色、喜欢的食物、喜欢的音乐等等，感觉就像人口普查似的。她眨了眨眼，狐疑地看向他们，问："你们到底要干吗？"

大辉立马打哈哈道："随便问问。"

姜白白伸了个懒腰，淡淡地"哦"了一声，说："那我也随便想不回答就不回答，反正随便嘛。"

"哎呀，姑奶奶，你就乖乖回答嘛。"大辉说。

"你们不说原因，我就不回答。"姜白白强硬道。

"我们想给你办个送别会。"余越说。

"送别会？"姜白白微微皱眉，"听上去好像我要死了一样，能不能取消这种形式主义的活动？"

"为什么啊？"大辉不解。

"因为肯定会麻烦春婶的。她每天那么累了，还要弄什么送别会，你们以为做家务不累的吗？"姜白白对他们说，"我就回个南兴镇，别弄得我好像要去外太空似的。"

既然姜白白自己都这么说了，余越和大辉便打消了这个念头，不过他们又准备了一个礼物送她——他们合唱的《啊，朋友再见》。姜白白本以为是首非常深情的歌，点开一听，这两人捏着嗓子努力往美声唱法上凑，唱得参差不齐："那天早晨，从梦中醒来，侵略者闯进我的家，啊游击队快带我走吧，啊朋友再见吧再见吧再见吧……"

姜白白其实心里也挺舍不得大家的，但是工作已经结束，她没有再继续留下来的理由，她总不能主动申请留下来搬砖吧，就算她愿意，她也搬不动。

回家的前一天，她去山上摘了一些野花回来，送了些给余越和大辉，剩下的拿回自己房间，找了个空的矿泉水瓶，灌上水插上，然后去找顾延灼。

顾延灼正在房间里修改图纸，见姜白白拿着一束花站在门口，愣了愣，问她有什么事。

"我明天就要回家了，这个花送你。"姜白白把花递过去，"每天醒来看到花，心情也会跟着变好。"其实她想说，没事多笑笑，别老一副冰山脸，让大家都不敢靠近他。

他怔了怔，接过花，对她说："谢谢。"

姜白白笑了笑。

"你明天什么时候走？"顾延灼把花放在书桌上，回过身来问她。

"早上一早就走。"

顾延灼想了想，先看了眼桌上的图纸，又转向姜白白："你今天的工作完成了吗？"

姜白白点点头。

"你工作很认真，完成得也很好。"

姜白白继续点头，以为顾延灼在临走之前想要表扬一下她的工作能力，接着意料之中的听到他说："我给你一个奖励吧。"

姜白白抬眸，眨眨眼："奖金吗？"

顾延灼笑了："不是钱，别的要吗？"

不是钱的奖励？那能是什么？姜白白见顾延灼正低头看着自己，等她的回答。她来不及多想，便点点头说："要。"

顾延灼勾了勾嘴角："那你等我一会儿。"说完关上了门。

等顾延灼出来的时候，他换了一身方便运动的衣服，背着双肩包，对姜白白扬了下下巴："走吧。"

姜白白也没多问，跟在他身后往房子下面走去。

顾延灼将车开出了山里，朝南兴镇相反的方向又开了半个小时后，他们到达一座古镇。姜白白小时候跟着姜聪经常来这里玩，已经玩腻了，以为顾延灼也是要带她来古镇玩，虽然觉得有点没意思，但为了不打击他的积极性，她装作兴奋的样子跳下车，朝周围看去："哇，我们要来古镇玩吗？"

顾延灼关上车门，看了她一眼，说："古镇没意思，我们玩点别的。"

五分钟后，他们登上了去附近度假村的游览车。度假村是这几年新建的娱乐项目，姜白白只去过一次，不过依然觉得没什么意思。她摸了摸鼻子，问坐在身边的顾延灼："感觉去度假村还不如在古镇玩呢。"

顾延灼轻轻笑了下，伸手摸了摸她的头："到了你就知道了。对了，你恐高吗？"

姜白白摇头："不怕。"

"那就行。"

到达度假村后，姜白白看见门口拉了一个很长的横幅，上面写着一行金色的大字：欢迎广大游客体验低空旅游飞行项目。

顾延灼伸手拉了下姜白白，让她跟上自己。没一会儿，他们就买了低空飞行的门票，穿上飞行服，戴上头盔，准备飞行了。

姜白白现在脑袋还有点蒙，这个低空旅游飞行是度假村最近才兴起的娱乐项目，目前只有两个分项目，一个是乘坐直升机体验低空观光，一个是持有飞行证的人可以直接驾驶飞机体验，他们未来还会开发培训游客考取运动飞行执照的项目，不过现在还在筹备过程中。

　　直接搭乘直升机体验的游客很多，他们排着长长一条队伍，但姜白白他们选择的是直接飞行，所以一路畅通无阻。顾延灼掏出自己的飞行证件给工作人员看了眼，就带着她畅通无阻地到了没人排队的直升机前。不过为了安全，还是有个副驾驶员会跟着他们一起登机。

　　副驾驶员姓贾，是个二十出头的小伙子，脸黑黑的，笑起来露出一颗可爱的虎牙。他跟在顾延灼身后，像个小粉丝似的："你的飞行证是商照吧，你是飞行学院毕业的？"

　　面对贾副驾的热情询问，顾延灼一个字都没回答。姜白白有点于心不忍，出于善意，伸手拉了拉贾副驾的衣袖，小声告诉他："不好意思啊，他有社交恐惧症，不喜欢说话。"

　　贾副驾一副恍然大悟的模样，点点头，比了个明白的手势，对姜白白说："那你作为女朋友，还真是挺辛苦的。"

　　姜白白轻轻咳嗽了两声："我不是他女朋友，我是他员工。"

　　顾延灼做好飞行准备后，回头看了眼坐在后面的姜白白，检查她系好安全带没，见她规规矩矩坐在位置上，才放心回身准备起飞。

　　贾副驾报告起飞前的今日天气："当前大部晴朗，气温35℃，降雨概率10%，空气湿度20%，可以起飞。"

　　伴随着螺旋桨的轰鸣，姜白白感觉自己的心都要紧张得提到嗓子眼了。这还是她从出生到现在第一次坐直升机，这种感觉跟坐飞机完全不一样，至少坐飞机是在一个相对密闭的环境里，起飞后对于自己身处多高的位置并没有具体的概念，而且空间很大，乘客很多，在人多的地方人自然也会更有安全感些。但直升机空间不大，只有他们三个人在飞机上，而且转头就能看见窗外的风景。过于清楚地感知到自己身边的事物，有时候不见得是件好事。

　　姜白白手不由自主地抓紧了座椅边缘，深吸了口气，直升机瞬间腾空而起，飞向空中。直升机离地面越来越远，地上的人变得越来越小。

姜白白往窗外看了眼，整个度假村就在他们脚下，就像地图板块似的，缩小成人的肉眼一看就能揽尽的程度。

顾延灼通过后视镜看到姜白白的脸色有点苍白，知道她在紧张，于是让直升机保持平稳的速度进行飞行，减小颠簸。

贾副驾还在一旁惊叹顾延灼的技术："你以前是做什么的，你这飞行技术感觉起码有好几年经验了吧？"

顾延灼自然不会搭理他，从旁边拿了瓶水往后面扔去，对姜白白说："别紧张，有我呢。"

他声音温软坚定，似给姜白白打了一针强心剂，她慢慢觉得没那么可怕了。

直升机沿着航线飞行了一圈，姜白白已经完全放松了下来，她侧头从窗户往外看经过的景色，生活了二十多年的南城，此刻一览无余，森林、小镇、河流、夏末的应季野花，纷纷在眼前展开，她觉得自己像是一只小鸟，可以在空中肆意飞翔。

但飞行时间很快就到了，贾副驾提醒顾延灼他们该返航了，姜白白这才注意到前面的顾延灼，他一直没有说话，沉默地驾驶着直升机。

深色的制服非常适合顾延灼，好像是天生为他打造的一样，他认真地注视着仪表盘和各种数据，看上去有条不紊，姜白白也不禁开始怀疑，这个人以前该不是开飞机的吧？开民航吗？是像电影《萨利机长》那种吗，会在面对危险时临危不乱，帮助飞机上所有乘客渡过难关的类型？

姜白白眨了眨眼，觉得自己想得实在太多了，但似乎认识顾延灼越久，就越觉得这个男人仿佛是个谜，不知道还隐藏了多少没有泄露的隐藏技能。

直升机顺利返航着陆，姜白白下飞机后，伸了个懒腰，脸上还带着兴奋的神色："没想到坐直升机这么好玩。"

顾延灼笑了笑："开直升机更好玩，以后有机会教你开。"

姜白白听到"开飞机"三个字，先吓了一跳，她完全没想过自己能开飞机，开挖掘机是她目前最大的想象力极限。不过如果真有机会，她倒是挺想尝试下。

贾副驾收走他们衣服后，顺手撕掉上面贴着的姓名标签，看到"顾延灼"三个字的时候，愣了愣。这个名字他觉得很眼熟，但又想不起来在哪里见过。

下班后，贾副驾还在想着顾延灼的事，突然想到他可以去飞行论坛上搜搜这个名字，说不定能有收获。结果一搜，果然出现了很多信息条目。

"航大校草顾延灼有女朋友吗？好好奇他到底喜欢男人还是女人！"

"听说航大校草顾延灼毕业去了海事救援队，太帅了吧。天知道要被选上有多难，有什么其他方法可以进去吗？"

"今天看到顾延灼在打篮球的样子，帅爆了，都快毕业了，他还是没女朋友吗？"

贾副驾刷了好几页内容，发现都是诸如此类的花痴信息，直到刷到后面，突然看到一条不太显眼的标题：航大的顾延灼因为 925 事故被开除救援队这件事，是真的吗？

下面有两条回复的信息，但贾副驾点开，发现所有信息都被隐藏了。

姜白白、顾延灼他们离开度假村的时候，时间已经不早，开车回去肯定是赶不上晚饭时间了，于是两人决定去古镇上吃点东西。

古镇街道很狭窄，加上人多，姜白白一不小心就被挤到后面去了，眼见顾延灼越走越远，她连忙在身后喊他的名字。顾延灼回头，见姜白白被人群越挤越往后退，于是返身挤过人流，伸手拉住她。

"要不你拉住我衣服吧。"顾延灼说，"人太多了，你在我后面跟紧点。"

刚才顾延灼回身过来拉她的时候，她的手被他紧紧拽住，很温热的掌心，瞬间包裹住了她的，她脸瞬间热起来，不过幸好顾延灼没太注意，已经转过身去了。

姜白白捏住他衣摆的布料，紧紧拽在掌心里，她的身体被前面的顾延灼挡着，替她完全避开了人流，她就这样一路畅通无阻地跟他走到了一家小店。

这家店是古镇的老店，开了十几年了，只卖米线，许多人都是慕名前来，在门口排着队。姜白白许久没吃，路过的时候忍不住多看了眼，顾延灼察觉到了，于是停下脚步，偏了偏脑袋，问她："想吃这个？"

姜白白看了眼排队的人，估计不等个一小时轮不到他们，于是皱了皱眉："人太多了。"

"如果想吃的话，我们就等等。"

姜白白想了想，她确实挺想吃的，她担心的是顾延灼会不会不想等，因为感觉他是一个对食物没什么兴趣的人。

顾延灼见她没立即答话，明白了心思，于是走到柜台处领了排队的号码牌，然后交到姜白白手里："你先排好队。"

还没等姜白白说话，他人就走了。

嗯？难道他不一起排吗？姜白白眨了眨眼，低头看了眼号码牌，前面还有九桌客人，她突然有点后悔了，虽然米线好吃，但她现在已经有点饿了。

等姜白白排到还剩五桌客人的时候，顾延灼回来了，手里还拎着一口袋各种小吃，他放到姜白白手里，自己拿过号码牌，对她说："先吃点垫垫肚子。"

姜白白怔了下，虽然隔着袋子，但仍能感觉到里面的东西还是热的。她以为顾延灼自己跑去玩了，让她排着队，没想到原来是去买小吃给她填肚子。她瞬间感动万分，抬起眼睛，看向他："你对我太好了。"

顾延灼眨了眨眼，淡淡道："对员工好，理所当然。"

好吧。姜白白心想今天就是他最后一天员工了，于是打开袋子，从里面捏了一个肉饼喂进嘴里，有点感慨，颇有种她明天就要上路，所以顾延灼带她吃好喝好玩好的感伤情绪。

顾延灼见她表情有点哀伤，疑惑道："肉饼不好吃？"

姜白白嘴里正含着肉饼，她赶紧嚼了两下，吞下，解释道："肉饼很好吃，只是想到今天是我们雇佣关系的最后一天，以后你可能就不会给我买肉饼了，有点难过。"

顾延灼笑了，看到她委屈巴巴的模样，感觉不是因为没有肉饼吃，而是要世界末日了。他伸手拍了她头一下，轻轻揉了揉，安慰道："没事，你可以自己做，没肉的那种。"

"……"

姜白白瞪了他一眼，没想到这人竟然还在为第一次见面吃到的没肉的肉饼耿耿于怀，怀恨在心。算了，反正以后见面的机会也不多了，甚至于没有机会，她又咬了口肉饼，没有跟他斗嘴。

很快，前面的队伍都入座了，终于轮到他们。

姜白白点了两份招牌米线，米线里面有姜蒜。服务员端上桌后，她抽出筷子把其中一碗里的姜蒜全部挑进另一个碗里。

顾延灼扬了下眉，问："你不吃姜蒜？"

姜白白抬头："不是你不吃吗？"她把没有姜蒜的碗推到顾延灼面前，"我记得你不吃这两样东西的。"之前一起吃饭，她就注意到了。

顾延灼有点意外，抬眸看了看姜白白，对她说："谢谢。"

吃完米线后，顾延灼开车和姜白白回去。

一路上，天上的星星都出来了，姜白白靠在车窗旁，吹着晚风，思绪万千。快到住的地方时，姜白白侧过身子，想对顾延灼说点什么，比如"以后有空再见"之类的话。顾延灼早感觉到旁边的小姑娘有点不对劲，似乎憋着话要跟他讲，于是提前停下了车，转过头来，望向她："说吧。"

姜白白张了张嘴，睫毛扑闪扑闪的，看向顾延灼，说："老板，以后有活儿记得找我。"

❤

─── 第五章 ───
老板以后有活儿找我

姜白白回家后，就一直宅在家里没出来。姜聪接了别的地方的工作，开着大华走了，留下她一个人在家每天对着墙壁发呆。

百无聊赖的时候，姜白白就打开微信，再点开顾延灼的微信头像，再点开他的朋友圈，再退出他的朋友圈，再退出微信，然后把手机扔到一边继续发呆。

顾延灼的微信是姜白白离开前的晚上加上的，为了以后有活儿方便找她。可惜顾延灼的朋友圈连三天可见都没有，直接是一条直线，他从来没有发过一条朋友圈。

姜白白觉得自己必须找点事情来做，再这样无聊下去她真会成为废人，以前可以进行网络直播，但账号还没解封，她觉得可能这辈子平台都不会再给她重出江湖的机会了，于是开始思考别的事。

宋清颜这两天休假，来姜白白家里找她，一进门就大声问她："你听说那件事了吗？"

姜白白正在泡茶，对宋清颜大惊小怪的样子见怪不怪，于是眼皮都没抬下，问："什么事？"

"我们镇上要把以前的老厂改成咖啡博物馆了，现在正在招人呢。"

姜白白抬起头来，有点不敢相信："真的假的？"

之前听姜聪提起的时候，她没当回事，但既然连宋清颜都在说，估计这事十有八九是定下来了。

宋清颜在姜白白对面的椅子上坐下，拿出手机找出政府官方网站的招聘信息，递给她看："据说是为了大力发展咖啡旅游经济。我们这里不是生产咖啡的主要地方嘛，所以政府出台了相关文件。我看了招聘信息，薪资待遇挺好的，而且你学历专业完全没问题，你投个简历试试看？"

姜白白盯着手机屏幕发了会儿呆。其实大学报考这个专业的时候，她就知道博物馆学有多么冷门和难就业了，但还是义无反顾地报考了，研究生依然读的是该专业，因为听姜聪说她的妈妈以前就在博物馆工作，他们就是在博物馆认识的。姜聪这辈子没读过什么书，去博物馆完全是当时雇用他的老板送了两张票给他，他觉得不去挺浪费的，没想到就结识了在导引台工作的姜白白的妈妈。

姜白白是带着某种宿命般，或者好奇与窥视的心情学的这个专业，她想知道妈妈究竟是一个什么样的人。学了这么多年后，姜白白觉得在博物馆工作的人，大抵都有着安静的性子，才能在作古的万事万物前耐下心日复一日年复一年，但其实她性子活泼，不适合过于安静的工作。

"小白。"宋清颜伸手在她眼前挥了挥，"你怎么了？感觉你回来后整天都魂不守舍的。"

姜白白收回思绪，摸了摸鼻子："哪有。"

"你是不是对那个顾大帅哥念念不忘啊？"上次她去酒店和他们玩游戏的时候，就察觉姜白白看顾延灼的眼神不太一样了，她俩认识这么多年，姜白白那点"尿性"，她还是清楚的。就算真的喜欢上一个人，姜白白自己恐怕都不知道那是喜欢吧，在感情方面的智商发育还处于小学水平。

"他是我前老板而已。"姜白白瞪了她一眼，"不要把我对老板纯洁的感情想得那么龌龊，这样会影响我开挖掘机的。"

姜白白当天晚上把简历做好，然后投给了招聘信息上的官方邮箱，没想到第二天中午就收到了回复。对方让她下周一上午十点准时去镇上的文化局面试。

姜白白上午到文化局后，才发现还有另外一个面试者，也是女生。她说她是外地人，看到招聘信息后特意从外地飞到南城，信心满满地坐在休息室里，正拿着粉扑补妆。

"要不是看到待遇不错，我才不会来这种小地方。"女生又掏出口红，开始涂口红。

姜白白坐着没说话，她这几天查阅了本地咖啡的历史资料，有点没太睡好，忍不住打了个哈欠。恰巧工作人员进来，他面无表情地扫了一眼，然后把外地女生先叫进去了。

过了差不多半小时，外地女生回来，脸上是胸有成竹的笑容。她看了姜白白一眼，眼里带着一点不屑的神情："博物馆需要的是门面，你好歹也把自己收拾好点吧。"

姜白白低头看了眼身上的衣服，她觉得没什么问题。这是她毕业时买的一套女式西装，可能比不上外地女生身上的香奈儿套装，但干净整洁，并不丢人。她不想在面试前和人斗嘴影响心情，于是没搭理对方，径直走出了休息室。

工作人员带她穿过一条走廊，走到一扇房门前，轻轻敲了敲，然后推开，让姜白白进去。

整个气氛非常肃穆安静，姜白白忍不住轻轻提了口气，有点紧张起来。她进门后，视线先盯着脚下的地毯，走了几步，朝前面坐成一排的面试官们微微鞠了一躬，声音清亮柔和："各位面试官们早上好，我叫姜白白。"随后抬起头来，眼睛看向在座的人，一共五位，她淡淡扫过去，在看到最边上坐着的人后，她还以为自己眼花了，眨了眨眼，没错，确实是顾延灼。

相比姜白白的惊讶，顾延灼表现得非常淡然，好像今天才是他们第一次见面似的。不过姜白白很快调整好情绪，在椅子上坐下，接受面试官的提问。

坐在最中间头发有些秃顶的中年大叔，是咖啡博物馆未来的馆长，姓傅。他扶了扶脸上的眼镜，一边看着姜白白的简历，一边说："我看你简历上写的会英语和法语两国语言，那你分别用这两种语言进行自我介绍吧。"

姜白白口语流利地用英语和法语做完自我介绍后，傅馆长微微点点头，又继续说："你之前没有任何工作经验是吧，特长这栏写的是……会开挖掘机？"

"其实也不算完全没有工作经验。"姜白白把自己开了半个月挖掘机的事说了出来，不过傅馆长在听完后脸色变得不是很好。

"其实我还挺喜欢开挖掘机的，你必须完全保持专注才不会让你操控的机器出错。其实任何工作都一样，当你投入足够的精力和专注力的时候，都会产生一种令你愉悦的心流状态，我很享受这种状态。"

馆长问完后，其他几个面试官又接着提了一些问题，姜白白都很顺利地回答了出来。

"顾总，你看你还有没有什么问题要问的。"馆长看向坐在最边上的顾延灼，"你可是咖啡专家，你来问点什么吧。"

顾延灼这次来其实主要是走过场的，本来这次的面试会邀请的是白城拓，因为他家里是国内最大的咖啡生产商，在行业里颇有点影响力，但他今天有事，于是就推荐了顾延灼过来。顾延灼早上才拿到今天面试者的简历，在看到姜白白的简历后，觉得这世界可真小，但本来不想参加面试会的心情也跟着变成了隐隐的期待。看到女生从进门坐下后，整个人一改之前毛毛躁躁的性格，显得沉静又淡然，让他有点不敢相信眼前的人竟然是那个给他吃毒蘑菇的姜白白。

"我没有关于博物馆工作的问题。"顾延灼说，"不过因为我们公司之前收购了南城几十亩的咖啡种植地，把朱苦拉村的咖啡苗移植过来栽种，因为我们发现南城的天气和地理环境更适合这些咖啡苗。再过一个多月，就是咖啡果成熟的季节，我们最近正在想这批咖啡推向市场后应该叫什么名字，不知道姜小姐有没有什么建议？"

姜白白知道这个朱苦拉村，这是中国最早种植咖啡的地方，也是最早形成喝咖啡氛围的村落。1892年，法国传教士田德能来到朱苦拉村进行传教活动，并带来了咖啡苗。从种下咖啡苗迄今已有124年，也是中国大地上的第一株咖啡树。

姜白白把朱苦拉村的历史和咖啡苗的来历说完后，她看着顾延灼的眼睛弯了弯："朱苦拉有'人间天堂'的意思，它又是我国第一株咖啡树诞生的地方，我觉得可以考虑叫'天堂咖啡'。好的咖啡喝完后，会带给人身心愉悦之感，不亚于身临天堂的感受。"

姜白白说完后，在场的面试官们交头接耳讨论了一阵。顾延灼似乎是在思索她刚才说的那番话，他眯了眯眼，笑着对姜白白说："我没有问题了。"

姜白白离开房间，重新回到休息室，等待结果。她出来的时候，才发现手心里都是因为紧张而沁出的细汗。她去洗手间洗手，回来的时候看见那个外地女生正坐在休息室里哭。

她愣了下，就见女生抬头狠狠瞪了她一眼："听说最后留下的人是你，恭喜了。"

女生低头擦了擦眼睛，收拾东西准备离开。

姜白白忍不住笑了起来，音调上扬道："谢谢。"

女生没埋她，拿上包往外走。姜白白趁女生没注意，悄悄伸出脚来，结果女生直接绊了一下，身体不稳，朝前面的门撞去，只听"砰"一声，她的额头和玻璃门来了个亲密接触，白皙的皮肤立即红肿起来。

"抱歉。"姜白白对她说，"我腿太长了，没注意，以后你走路当心点呀。"

女生又痛又气，捂着撞到的额头，本来想找姜白白理论，结果工作人员这时进来了，推开门，看见姜白白，立即冲她招了招手："哎，你终于回来了，跟我去人事部报到吧，你通过面试了。"

姜白白笑道："好。"然后直接无视女生，走了出去。

姜白白在人事部填完资料，走出文化局，看见顾延灼的车停在门口。车窗开着，露出驾驶室里他好看的侧脸。

姜白白舔了舔嘴唇，轻轻吸了口气，然后朝他走过去。敲了敲车门，俯下身叫顾延灼的名字。

对方侧过脸来，看到姜白白后，脸上露出淡淡的笑意："恭喜你面试成功。上车吧，我送你回去。"

姜白白上车后，突然想起什么来，转头问他："我能面试成功，是因为你吗？"

顾延灼笑了笑："我可没那么大的权力，是你自己表现好，我没有任何决定权。"他说着想到了什么，嘴角弯了下，"如果我有决定权，肯定先把你淘汰了。"

"啊？"姜白白还以为顾延灼会帮自己呢，嘟了嘟嘴问，"为什么？"

"你去博物馆上班了，我很难再找到你这么兢兢业业的挖掘机师傅了。"

姜白白嘻嘻笑道："如果你出价高，我还是可以考虑的。"

"算了吧。"顾延灼瞥了眼身旁的人，语气里带着戏谑，"毕竟你的挖掘机技术只值那个价。"

面对顾延灼的打击，姜白白并没有气馁："仓库什么时候竣工？你还要在乡里待多久？"

"快好了。"顾延灼看着车前方的路，"那边结束后就要去咖啡庄园了，等咖啡果成熟了，工作就更忙了。"

姜白白轻轻叹了口气，是啊，马上就要到咖啡果成熟的季节了，顾延灼只会越来越忙，而她也要开始工作了。她想到那两株在山上发现的古树咖啡，想着到时候一定要把咖啡豆带回来送给顾延灼。

"到了。"不知不觉，顾延灼已经把她送到家了。

姜白白立马解开安全带，感谢他道："你待会儿有事吗，要不要来我家坐坐？"

顾延灼本来打算直接回乡里的，但听到姜白白的邀请，顿了顿，他说："没有，但方便吗？"

姜白白笑道："方便，我爸不在家，他出工去了，我给你泡我们当地的茶喝。"

姜白白告诉顾延灼她从小到大读书，都是读的寄宿制，因为姜聪工作的缘故，每次有活，他基本都会离开家很长一段时间。

"我爸不放心我一个人在家，所以就把我扔给学校了。"姜茶茶一开门，家里翠花的鸡鸣就传了出来，她有点尴尬地冲顾延灼笑了笑，"这是我家翠花，它下蛋特别厉害。"

见顾延灼一脸茫然，于是姜白白带他去鸡圈里面看翠花。

翠花正坐在干草铺成的垫子上，旁边放着米，它不时啄一下，抬头望着眼前两个突然出现的奇怪生物，两个眼睛滴溜溜转着，又叫了一声。

"还有小芳，你要不要去看？"

姜白白带顾延灼走出房间，绕到房子后面去。那里是她家的猪圈，一头黑猪正慵懒地躺在地上，呼呼大睡。

"这是小芳？"顾延灼笑了笑，"我还以为是你妹妹呢。"

"我爸特喜欢给家里的东西取名字。那台挖掘机也有名字，叫大华。"

顾延灼觉得挺有意思，想必是对事物有强烈热爱心情的人才会花时间给家里每样东西都取名，所以也才能教出姜白白这样乐天的性格来吧。

姜白白带顾延灼重新回到屋里，取出茶，烧上水，拿出一盒点心来，递给他："这个杏仁酥可好吃了，你尝尝。"

顾延灼拿出一块，放进嘴里："嗯，好吃。"

姜白白的家里布置得很简单，但很有生活气息。墙上挂着姜白白小时候的照片，还有在学校里得的各种奖状，什么三好学生、优秀少先队员、市奥林匹克比赛第一名等等，想必姜白白从小到大都是一个成绩优秀的学生，她爸爸应该很为她自豪吧。接着，他的视线落到桌上一台咖啡机上，他起身走过去，问姜白白："这个咖啡机什么时候买的？"

姜白白看了眼，嘴里正吃着杏仁酥，口齿有点含混不清道："很早很早之前了吧，我记事以来家里就有了，但从来没用过，我爸说这是传家宝，不能乱动。"

"这是一台古董咖啡机，很有些年头了，说是传家宝也不为过。"顾延灼问她，"我可以拿起来看看吗？"

姜白白鸡啄米似的点头："随便看。"

顾延灼手掌摩挲着咖啡机，好奇道："你爸很喜欢喝咖啡吗？"

"一般吧。"姜白白把泡好的茶倒进两个杯子里，"我们这里的人喝咖啡都是习惯，谈不上喜不喜欢。"

顾延灼把咖啡机重新放回桌上，走回来坐下，端起杯子喝了一口茶，淡淡的茶香萦绕在唇齿间。他心里清楚，能买那台咖啡机的人，如果不是咖啡机收藏者，就是喜欢咖啡的人，不然不会随便花费那种闲钱，但他什么也没对姜白白说。

谁都有秘密，而一旦被戳破的时候，秘密可能会变成伤害。顾延灼看了眼开心吃着点心的姜白白，觉得她这样生活着就已经很好了。

博物馆因为还要过一段时间才正式对外开放，姜白白便留在家里等上班时间。她看了眼日历，才发现马上就要到周宇的结婚日了，春婶那边却一点动静也没有。于是，她打电话主动问春婶，没想到春婶说："不办了，婚结不成了。"

姜白白震惊得半天都没说出话来,春婶那头也没了声音。

静默了十几秒后,春婶叹了口气道:"二娃回来了,你有空来找他聊聊天吧,我怕他一个人在家闷着想不开。"

原来周宇的未婚妻悔婚了,他们之前其实根本没在外地办过婚礼,也没有正式领证,因为对方家里嫌周宇家条件不好,他当咖啡师每个月又赚不了多少钱,因为经济条件的关系,两人吵了很多次架,这次好不容易说好回南城办婚礼领证,但他未婚妻突然认识了新的喜欢的人,经济条件比周宇好很多,于是干脆地和他分了手。

"我也不知道该怎么安慰他,他每天都待在家里不说话,唉!"春婶重重地叹了口气,声音仿佛苍老了十岁。

"我明天去看看周宇哥,顺便把伴娘裙还你。"姜白白挂完电话,静默了会儿,仍旧不敢相信这是真的。可转念一想,这世上的事本就是变化无常,谁也无法肯定将来一定会发生什么。不过周宇的事,让她想到了自己父母的婚姻,其实能提早发现不合适未尝不是好事,如果等结了婚,才在柴米油盐的生活里发现自己想要的不是爱而是好的物质条件,那时候后悔才真的晚了吧。

第二天一大早,姜白白就去了春婶家。春婶刚做好早餐,准备去工地上,周宇还在睡觉。

"小白,我得走了。"春婶对姜白白说,"你自己去厨房拿吃的吧,当自己家里就是。"说完,就走了。

春婶的新房子修好后,姜白白还是第一次来。一栋两层楼高的欧式房子,大门是一个拱门,进去后就是宽敞的客厅。姜白白从厨房拿了豆浆和馒头到餐厅吃,吃到一半的时候,周宇就起床了。

姜白白和周宇已经很多年没见了,她对他的记忆还停留在中学阶段。周宇比她大两岁，他们读同一所学校，因为个子高长得清秀成绩还不错的缘故，周宇当时很受学校女生喜欢，姜白白班上还有女同学给他递过情书。

青葱少年长大后去了外地，就很少回来。姜白白觉得像周宇这样的男生，毕业后可能会做一个坐在办公室里的白领，没想到他当了一个咖啡师。

周宇穿着睡衣，头发睡得乱糟糟的，下巴上留着青色的胡楂，发现餐厅里坐着一个女生正在吃东西，先是愣了下，随即认出是姜白白，他揉了揉眼睛，和她打了声招呼，声音里带着浓浓的鼻音。虽然很久没联系，两人间倒也没有生疏和尴尬感，就像兄妹一般。

他在洗手间简单洗漱后，出来发现姜白白就站在门口处，双手举着一杯豆浆，递到他面前，脸上带着灿若朝阳的笑容："请陛下用早膳。"

小时候，姜白白和周宇很喜欢扮演古装电视剧里的角色玩。每次周宇都是皇帝，她和小朋友要么是丫鬟要么是太监，然后围绕这个角色展开各种剧情。

周宇无奈地笑了笑，接过豆浆："谢谢了。我妈也真是，麻烦你这么大老远跑来。"

"不麻烦不麻烦。"姜白白说，"我反正在家里也没事。"

"听说你面试上了博物馆的工作。"周宇在餐桌前坐下，开始吃东西，"真厉害。"

姜白白盯着他看了会儿，好像也看不出特别忧伤的神情，故意绕开他结婚的事问："你打算在家里待多久呀？"

"不走了。"周宇说。

姜白白没反应过来他这句"不走了"是什么意思，周宇继续说："我打算在镇上开家咖啡馆。"

姜白白差点被嘴里的食物给噎住，猛烈咳嗽起来，好不容易才缓过来，觉得是因为周宇受到的打击太严重了，才会这么想不开。

"你觉得我们镇上的人会花钱去咖啡馆吗？"正因为咖啡常见，加上经济水平比较落后，在南兴镇开咖啡馆几乎等于没有出路。

不过周宇已经决定好了，他喝了口豆浆，声音懒洋洋道："我对其他事已经没有兴趣了。"

后来姜白白才知道，周宇作为咖啡师还去参加过国际上的咖啡师比赛，拿了冠军回来，但还是只能在以前的咖啡店里做28元一杯的美式咖啡。对于心高气傲的周宇来说，心里肯定很难受。结果现在未婚妻又因为经济条件的关系跟人跑了，此时的内心里一定憋着什么东西吧。不服输也好，赌气也罢，那是姜白白没法问清楚的东西。

吃完早餐，姜白白陪周宇在附近散了会儿步，结果突然下起大雨。

"我妈出门的时候没带伞。"周宇说，"你知道她工作的地方怎么走吗，我给她送伞去。"

姜白白想了想，对他说："我跟你一起。"

周宇家离工地走路大概二十分钟就能到，但今天下了雨，地上的泥路都积了不少水，鞋子一不小心就会陷入泥里，拔都拔不出来，因此二十分钟的路，他们比平时多花了将近两倍的时间才走完。

下雨的时候开不了工，姜白白脑子里猜测着顾延灼这会儿在做什么，她领着周宇往山上的房子走，刚到院子里，就看见了春婶。

"你们怎么来了？"她站在屋檐下，手里还拿着扫把。

"给你送伞。"周宇走过去。

姜白白他们进屋后，春婶给他们倒了热茶，让他们祛湿气。

"这雨很快就停了。"春婶一直盯着周宇看，不知道他现在心情有没有因为姜白白的劝说变得好些。虽然取消婚礼这事传出去不太好听，但跟面子比起来，她更关心自己儿子开不开心。

姜白白发现屋里除了他们，就没有其他人了，于是她问春婶："顾老板人呢？"

"他今天早上就开车出去了，还不知道什么时候回来。"

听到这里，姜白白心里有点失落。她不动声色地端起茶杯喝了口水，之前高昂的情绪像杯里的茶叶缓慢地往下沉去。

大概是淋了点雨，姜白白忍不住打了个喷嚏，春婶问她要不要喝点板蓝根，不然明天可能会生病。

"不用了。"姜白白身体一向挺好，她讨厌吃药，哪怕是板蓝根。她说她想去自己以前的房间里休息会儿，让出空间给母子两人可以谈谈话。

姜白白之前住的房间，还保留着她走之前的原样，推门进去，就闻到一股熟悉的气味，是淡淡的樟脑香。她脱掉鞋子，和衣躺下，早上醒得太早，本就没有睡饱，于是很快就昏昏沉沉睡了过去。

等姜白白醒来的时候，时间已经是下午。窗外的雨停了，不过路面还湿漉漉的。她走到院子里，伸了个懒腰，眼睛倦懒地眯了眯，对着远处的山发了会儿呆，都没注意到自己身边什么时候多了个人。

她转过头，结果鼻子正好撞到对方的肩膀上，然后往后退了几步，吃痛地摸了摸自己鼻子，抬头看向顾延灼，一脸茫然："你不是出去了吗？"

"刚回来。"他见女生鼻子被撞得微微发红，蹙眉道，"过来。"

"干吗？"姜白白站着没动。

顾延灼抬了下眉毛，语气淡淡道："这么快就忘记上下级关系了？"

"我现在又不是你员工了。"姜白白虽然嘴上这么说，人还是老实地走了过去。

顾延灼轻轻拉开她摸着鼻子的手，盯住她的脸，语气不容置疑："我看看。"

姜白白看见顾延灼眼睛一眨不眨盯着自己看，心里不免有点紧张起来，感觉呼吸都变得沉重了些。

顾延灼眯了下眼睛："你有黑头了。"

"……"姜白白又立马捂住鼻子，往后退去，觉得眼前这个男人完全是个魔鬼。

顾延灼意识到自己不该如此诚实，于是清咳了两声，想要补救一下："没事，随便擦点粉应该就看不出来了。"

姜白白冲他翻了个白眼，不想搭理他了，绕过他往屋里走。

春婶不在，只有周宇一个人。

周宇坐在椅子上，面前泡了杯茶，整个下午都在手机上收集关于开咖啡店需要准备哪些东西的资料，见姜白白睡醒了，立马招呼她过去，拿出手机让她挑一款桌子。

"你觉得咖啡店里选哪款桌子比较好看？"看来周宇是铁了心要开咖啡店了。

姜白白指了指面积更大的一款："如果要在镇上开店，大家去店里的目的可能更多是为了聊天，单独会去喝咖啡的感觉会很少，所以选大桌子比较合适。"

周宇佩服地看了她一眼，冲她竖了个大拇指，然后伸手揉了揉她的头："不愧是我们镇上的高才生，选个桌子都这么逻辑缜密。"

结果这幕正好被进来的顾延灼看到，他有些不悦地走过去，看了姜白白一眼，问她："这是谁？"他刚回来，还没有进屋过，所以还不认识周宇。

"他是春婶的儿子。"姜白白介绍道，"周宇，这是顾老板。"

周宇懒洋洋地看了顾延灼一眼，他不喜欢和人刚见面就臭着一张脸的人，所以也没给顾延灼好脸色。两个人互相看了看对方，都没说话。

姜白白意识到空气里突然的沉默后，干咳了两声，伸手拉了拉顾延灼的衣摆："坐下喝茶吧。"

顾延灼的眼睛往下瞥了眼姜白白拉自己的手，心情稍微好了点，于是坐下。

周宇还在研究他咖啡馆的布局陈列，时不时咨询一下姜白白的意见。

"那个……"姜白白对周宇使了使眼色，"你知道吗，顾老板可是建筑系的高才生，会设计漂亮的房子，你要不找他给你设计咖啡馆？"

周宇完全不理会，看都没看顾延灼一眼："我没那么多钱请人给我设计。"

姜白白觉得自己没法接这句话，默默地端起杯子喝水，眼睛往旁边顾延灼的方向一瞥，然后发现他眼里正盛着杀死人不偿命的冷光。她觉得有必要对顾延灼说几句好听的话，适当拍拍马屁。

"对了，我最近在看咖啡方面的书。"姜白白说着提高了音量，尾音微微上扬，"才发现咖啡真的是一门非常厉害的学问，能把咖啡做好的人，真的很厉害。"

顾延灼还没开口，就被一直盯着手机的周宇抢过了话："也还好吧，本来就是做这行的。"他以为姜白白是在夸他自己。

姜白白转头看了眼插话的周宇，不知道该说什么好了，只能冲顾延灼耸了耸肩，无奈地笑了下。没想到，顾延灼竟然也冲她笑了笑，眉眼温柔，刚才的戾气也全都消失不见了，整个人看上去清朗柔和。他情绪转变得太快，姜白白有点跟不上他的节奏，还没说话，只见顾延灼已经站起了身，对她说："我回房间处理点事，你们聊。"

见顾延灼离开后，姜白白轻轻地松了口气，转身拍了周宇肩膀一下："你太不会看人眼色了吧。"

"我为什么要看人眼色。"周宇放下手机，双手环在胸前，"就因为他是你们老板？"

"就算不是老板，出于刚认识的面子上，也该友善点呀。"姜白白揉了揉额头，"刚才气氛太压抑了。"

周宇笑了："那是他的问题。你看他一走，你不就放松了吗。"

之前姜白白并没意识到这个问题，听周宇一说，她才恍然过来，好像是这样。顾延灼身上自带着一种令人自动退避三舍的气场，让人无法自然亲近起来。

见姜白白愁眉不展的，周宇在桌上撑住下巴，调侃道："你该不会对他有意思吧？"

"你想多了。"姜白白说，"我们就是前雇佣关系。"

"嗯。"周宇点点头，由衷道，"我也觉得他配不上咱家妹子。"

晚上，姜白白和周宇都留下来吃饭。

自从姜白白走后，顾延灼又开启了他一个人在房间里吃饭的习惯。姜白白在厨房盛好菜和饭，送到顾延灼房间去。

顾延灼坐在房间的书桌前，他正埋头在纸上画什么东西，姜白白把饭菜放到一旁，抻长脖子好奇地看了眼，发现他在画房子。

"当设计师是不是画画都很厉害？"姜白白好奇道。

顾延灼放下笔："不一定，但至少要清晰，不然施工的人拿到图纸看都看不懂。"

"那你画人吗？"姜白白问，"可以帮我画幅画吗？"

顾延灼瞥了她眼，淡淡道："你很好画的。"

"为什么？"

顾延灼垂下眼眸，在桌上重新找了张纸，拿起笔来："你长得很有辨识度，只要把你脸上的主要特点画出来就行了。比如你的眼睛很大，眼尾有点上翘，画的时候就……"他神情专注地用画笔在纸上勾勒出姜白白的样子。

姜白白站在一旁看得很认真，在听顾延灼描述她鼻子眼睛的时候，她心里就会轻轻想到，原来她在他心里是长这样的，像是要重新确认一遍自己的长相似的。

一张简单的素描很快就完成了，顾延灼把画好的画拿给姜白白，看到她欣喜的样子，嘴角不经意笑了笑。

"这素描如果拿出去卖的话，起码也得卖五十吧。"姜白白真诚地赞叹道。之前她在古镇上也看到过有人摆摊给人画素描，三十元一张，她当时没舍得花那个钱，显然顾延灼画得比那些人好多了。

但面前的顾延灼听完后，并没有表现出高兴的样子，神情反而沉了下来，声音不悦道："我的画只值五十？"

姜白白发现顾延灼又露出那副冰山脸后，才意识到自己说错了话。她本来今天脑子就一直有点反应迟钝，又晕乎乎的，感觉有点不舒服，一慌乱，于是更加口齿不清道："不……我不是那个意思，就突然想到古镇摆摊给人画画的……"

见对方紧张地解释，顾延灼突然轻轻笑了笑，伸手安慰地摸了摸她的头，本来想说"别解释了"，结果摸到女生的额头有些发烫。

"你发烧了。"

"嗯？"姜白白没反应过来，顾延灼已经站起身来，拉着她往外面走，"我们要去哪儿？"

顾延灼没回头，仍旧牵着她的手，掌心很温暖，他说："带你去医院。"

❤
—— 第六章 ——
带我飞

一般感冒发烧这些小病，姜白白从来不会第一时间去医院，都是自己在家先吃药，如果实在好不了才会去医院看医生。但顾延灼看起来比她还要紧张，直接带着她开车去镇上的医院挂了门诊。

"我没事啊。"姜白白觉得他有点小题大做了，"其实我自己回家吃点药就行了。"

顾延灼看了她一眼，没说话。

姜白白想，可能是他们两个成长环境不同才会对生病这事出现分歧，顾延灼一看就是那种在富裕的家庭环境下长大的小孩儿，所以感冒发烧才会常常第一时间选择去医院吧。可是去医院看病的钱，对于姜白白这样的家庭来说会显得有点奢侈，只要不是大病，他们一般都不会主动去医院。

护士先帮姜白白测了体温，38℃。姜白白侧头看了眼顾延灼，笑了笑："看吧，只是低烧。"

"所以呢？"顾延灼脸色很难看。他看到姜白白生病了还故作一副没事人的样子对他笑，就更生气了。

"你是觉得要发烧到40℃才要来医院吗？"他语气凌厉，令人生畏。

姜白白没想到他会因此生气，有点蒙，眨了眨眼睛，不知道该说什么。她微微垂着脑袋，闷声闷气道："我以前发烧也没这么小题大做过啊……"声音小小的，非常委屈。

顾延灼心里窝着的火一下消失了。他真拿姜白白没辙，只要她稍微一示弱，他就生气不起来了。他无奈地叹了口气，蹲下身子，凑近姜白白，语气柔和又耐心地道："我知道感冒发烧因为太常见，所以大家都觉得是小病，但有时候可能是其他地方病了引发的症状。我奶奶以前就是感冒发烧以为是小病一直在家吃药，结果后来再去医院检查，发现是肺结核。所以以后要是生病了，你如果觉得来医院麻烦，可以让我陪你。"

姜白白抬眸看向他，咬了咬嘴唇，她觉得她和顾延灼的思维确实有些差别。

"不是麻烦的问题。"说到这里，她犹豫地没有道出真实原因，但毕竟别人好心，她也不好意思拒绝他的好意，于是答应道，"好，谢谢你。"

这时护士来给姜白白打针，让顾延灼出去在门外等。

姜白白的手刚刚一直被顾延灼握着，现在手心里还残留着他掌心的温度，虽然顾延灼表面上看是个很冷漠的人，但内心里其实比谁都要柔软吧。

姜白白打完针，医生又给她开了药，顾延灼把她送到家后，又开车回去。

姜白白觉得挺不好意思的，她解开安全带，觉得自己欠顾延灼一个人情，于是对他说："谢谢你了，就当我欠你一个人情，下次有什么需要尽管开口。"

顾延灼淡淡地看了她一眼："免费开挖掘机也行？"

姜白白点头："也行。"

"行吧，下次有活儿我会记得找你的。"

又过了段时间，姜白白开始去博物馆上班。第一天她就被分配到一个重要任务，负责博物馆对外的第一批陈列展览。

傅馆长坐在办公室，严肃地扶了扶眼镜，把这个重任交给姜白白的时候，心里其实有过犹豫，但博物馆里人才稀缺，确实找不到比姜白白更适合的人选了。有经验的人年纪太大，跟不上年轻人的思路，太年轻的人又没有姜白白学历高能力强，所以他思前想后，最后还是决定让她来负责。

"加油，博物馆的未来就靠你了。"

姜白白听完傅馆长的话，感觉自己的肩头瞬间沉了沉，但也只能硬着头皮答应下来。很多人以为在博物馆工作很悠闲，但其实并不是，第一天上班，姜白白就加班到很晚才回家，姜聪已经煮好饭，见她蔫头巴脑的模样，以为是被上司批评了。

"不是啦。"姜白白坐下吃饭，"馆长让我负责博物馆第一期的陈列展览，可是我还没想好主题。"

姜聪不懂她博物馆的工作，也给不了什么好建议，于是给她夹菜，鼓励道："放轻松，你肯定能想到的。"

姜白白进博物馆这事，姜聪别提多开心了，逢人就到处炫耀，现在整个南兴镇的人都知道姜白白在博物馆工作了。姜白白觉得要是自己因为工作没做好被辞退的话，姜聪估计得把她拿去用油炸了。

吃完饭，她坐在客厅里继续想点子，想着想着，她就站起身走了起来，结果不小心撞到了桌子角，疼得她龇牙咧嘴，再抬头的时候，就看见了顾延灼那天在她家里提到的咖啡机。

姜白白以前一直没怎么注意过它，感觉它就和家里的其他东西一样平常，但是顾延灼说它是台古董咖啡机，于是她拿起来开始仔细端详。

姜聪刚洗完碗从厨房出来，见姜白白拿着咖啡机摆弄，脸色突然有点紧张起来，走过去问她："你怎么研究这个东西了？"

姜白白抬头，看向姜聪，问："这台咖啡机是你买的吗？"

姜聪脸上闪过一丝不太自然的神色，他努力让自己看上去很平常的样子，淡然道："别人送的。"

其实这台咖啡机是姜白白母亲留下来的，这么多年过去，关于她的物件也就只剩下这台咖啡机了，姜聪把它留着也算是留着一个念想。

"我听顾老板说这是台古董咖啡机，是不是很值钱呀？"

"一台破咖啡机，能值几个钱。"姜聪走过去，拿过姜白白手里的咖啡机，不让她再碰，"你工作不是还没完成吗，别在这里待着，我要看电视了。"

姜白白觉得姜聪今天的反应有点奇怪，不就一台咖啡机吗，要是不值钱干吗表现出一副宝贝的样子。她瘪了瘪嘴，站起身来："我已经想到第一期做什么主题了，哼。"说完，回房间去了，反正她感兴趣的又不是那台咖啡机。

第二天，姜白白把自己做的策划书交给傅馆长。她说："南城已有百年的咖啡历史，肯定家家户户都会有喝咖啡的工具，但这么久的时间，使用的咖啡工具肯定也有一个演化过程，我想向镇上和乡里的人征集他们家里使用的咖啡器具进行展览，给那些愿意提供展品的人，我们送免费门票，并做一套纪念咖啡杯送给他们。"

傅馆长看完姜白白的策划，觉得有点意思，但又还不太够："感觉不够高大上，能不能跟国际接轨呢？"

国际？姜白白心想离他们这里最近的国家是越南，但显然傅馆长想要的不是这个，她觉得肩上的担子又重了点，舔了舔嘴唇，说："但我们的经费……"

"你是不是认识顾总？"傅馆长突然问道，又扶了扶眼镜，露出一副"你们可逃不出我的五指山"的表情来，"那天你面试结束后，我看你坐他的车走的。"

姜白白立马解释道："我们只是认识，但不熟，之前我面试时说的开挖掘机的工作经历，就是在顾总那里。"

"这样啊。"傅馆长若有所思，跷起二郎腿，身体往后仰了仰，仍旧没有死心，"要不你问下可不可以借助他们手里的资源，跟我们一起合作？"

见姜白白一脸茫然，傅馆长给她抛出线索来："这次中国的咖啡交易会是白总家里在负责，如果能让他们的交易会跟我们合作，我觉得可以为博物馆导入不少人流。"

姜白白点了下头，又摇了摇头："这个……我不能向您保证一定可以拿到合作，但我会试试。"

傅馆长露出欣慰的神色："当初果然没有选错你。"

　　姜白白不想因为自己认识白城拓和顾延灼的关系，就让对方卖人情给自己，希望对方是真的认可自己的能力才答应合作。于是，她回到办公室又修改了一上午的策划案，然后发微信给白城拓，询问他最近有没有时间见一面。

　　白城拓倒是很快回复了她消息：我就在镇上呢，什么时候约？

　　姜白白约了下午见面，然后给人事部提交了外出办事单，抱着电脑去酒店找白城拓了。

　　白城拓还住在上次那家酒店里，他们约在二楼自助餐厅旁的水吧，点了喝的坐下聊。

　　白城拓看见姜白白一身职业装打扮，还有点不太适应。他之前听顾延灼说过姜白白现在在博物馆工作，只是没想到变化会这么大。

　　"我找你，其实是来谈工作的。"

　　白城拓歪着身子，一只手的手肘撑着椅子的扶手，看上去懒洋洋的模样。姜白白给他发信息说想聊博物馆的事时，他就差不多猜到是什么事了。他跟那个傅馆长以前见过几次，对方每次见到他，就想拉他家族的公司合作或者投资，明显是看准了他这棵大树好乘凉，但又拿不出令他满意的方案和提议来，所以每次都不了了之。白城拓毕竟是生意人，他不可能做亏本买卖的。

　　姜白白大致介绍了一下博物馆要办展的事，然后拿出电脑，打开修改后的新方案，给白城拓看。

　　"我们博物馆打算策划一个当地居民使用的咖啡器皿演化展，但博物馆刚修建好，人气上比较薄弱，所以想跟你们举办的咖啡贸易会结合在一起进行，互惠互利。"姜白白说，"我们博物馆场地大，而且设备齐全，又位于咖啡种植重地南城，非常适合承办这次活动。"她想用提供免费场地的条件，来交换和白城拓的合作权。

　　白城拓之前其实也考虑过这点，但南城交通没有省会城市方便，到时还会有很多国外的咖啡品牌商来参加，如果安排在南城，交通住宿都不太方便。

姜白白已经想到了这个问题，于是她把方案继续往下滑动："虽然到南城的交通不太方便，但其实我们可以利用这个特点，做一个'咖啡之路'的短途游览项目，让大家在省会城市下机后，搭乘旅游大巴，沿路参观咖啡树种植地、品尝咖啡，这是我策划的线路，大概需要两天时间，这样可以让参会者更生动地了解当地咖啡文化，光是在展会上用咖啡豆和话语表述，永远也没有亲自去参观实地来得印象深刻。"

白城拓坐直身子，弯下腰，拿过姜白白手里的鼠标，仔细看她的方案，他觉得有点意思，不过提出疑问："参会人数上千人，哪有那么多大巴车？"

"我们可以向其他地方征用。"

"要不这样吧。"白城拓也不想打击她的积极性，让步道，"如果你可以找到一百辆大巴车供我们使用，我们就跟博物馆合作这个项目。"

"真的？"姜白白听到白城拓愿意和她合作的时候，瞬间高兴了起来，"我会努力找到一百辆车。"

"那你加油。"白城拓笑道，心里并没抱什么希望。

姜白白在网上能发布租车网站的地方都发布了租车信息，又联系了当地和周边地方的车行，最后也只租到四十多辆车。她又想了很多办法，但效果甚微，最后就只差没去街边贴小广告了。

下班后，姜白白和宋清颜约了吃晚饭，见姜白白嘴里咬着饮料的吸管一副愁眉不展的神情，她问发生什么事了，姜白白就把大巴车的事告诉了她。

"一定要大巴车吗？"宋清颜问，"用其他车凑数呢？"

"但只有大巴车装人最多。"姜白白撑着下巴，吸了口杯里的椰奶，"如果是一般的小汽车或者面包车，需要得更多。"

"那什么地方最常用大巴车？"宋清颜帮她开拓思路，"旅游大巴、汽车客运站……"

姜白白突然松开吸管，抬起眼睛来，看向宋清颜："你说得对，我之前怎么没想到呢。"

宋清颜一脸茫然，不知道自己的哪句话让她兴奋成这样。姜白白已经凑过来，抱了她一下，开心道："我明天就去度假村一趟。"

上次顾延灼带姜白白去度假村的时候，她就发现度假村的旅游大巴特别多，但是每辆大巴车上的人数都很少，完全坐不满，一看这度假村的老板就是财大气粗的主儿。姜白白觉得可以向度假村申请租用旅游大巴，不过事情进展得一点都不顺利，度假村的前台见她没有预约，压根儿连进都不准她进去。

姜白白好说歹说，对方都置若罔闻，只看她的预约记录。

实在没办法，姜白白只好垂头丧气地离开了。

今天一大早她就起床坐车过来，连早餐都没来得及吃，现在又渴又饿，她决定先在度假村里找个地方吃点东西。结果走在路上，身后突然有人拍了她肩膀一下。

姜白白回头，一张黑黑的笑脸正看着她。

"今天又来玩啦？"对方和她打招呼道。

姜白白没立即想起眼前的人是谁，对方看出来了，于是提醒道："我是小贾呀，上次你们飞机的副驾驶。今天我休假，没穿工作服，是不是没认出来？"

姜白白想起来了，今天贾副驾穿着日常的休闲服，确实没让她和上次的副驾驶联想起来。

"我来办点事。"姜白白轻轻叹了口气，"不过没办成。"

"什么事，也许我能帮你想点办法。"

姜白白看了看他，觉得他一个毛头小子，顶多也只是给别人打工，虽然人很热心，但这事终究不是靠热情就能办到的，于是没有告诉他实情，只是简单说："工作上的事遇到了点麻烦。"

"没事，不开心的时候就吃一顿。"贾副驾说，"我正准备去吃饭，要不要跟我一块，带你去蹭我们度假村最好的食堂。"

等他们到了食堂，姜白白才发现贾副驾所言非虚，确实是很好的食堂，外观装修得像个城堡。要不是他说这里是食堂，姜白白绝对不会把这个地方跟吃的联想到一块。

贾副驾用他的员工卡刷了两份员工餐，然后带着姜白白找位置坐下。姜白白打开饭盒，两荤一素，不过令她讶异的是，菜里竟然有鲍鱼。

"你们这个员工餐，未免太奢华了吧。"姜白白咽了咽口水，想到自己在博物馆食堂吃到最多的菜是土豆和萝卜，相比之下，真是一个天上一个地下。

贾副驾笑起来："一般的员工餐肯定不会有鲍鱼，但我用的员工卡是我舅给我的，所以吃到的东西都是最好的。"

"你舅舅是度假村的高管？"

他正夹着一块鲍鱼往嘴里送，含混不清道："我舅是度假村的老板。"

姜白白终于体会到什么叫作"踏破铁鞋无觅处，得来全不费工夫"的心情。她托贾副驾帮忙安排自己和他舅舅见面，但贾副驾露出了为难的神情："我舅舅这人平时都不在度假村里，天南海北到处玩。度假村只是他的业务之一，所以他根本没把心思放在上面。"

姜白白眨了眨眼，过了会儿，轻轻感叹了句："你舅舅真是太有钱了，那他应该不会在乎借大巴车这种小事吧？"

"那你又错了。"贾副驾解释道，"虽然他有钱，但他这人吧，又非常抠门，对自己的东西占有欲都特别强。所以你想借大巴车，是不可能的。"

"那租呢？"姜白白说，"我们付钱。"

"他不在乎那点钱啊。"

姜白白不知道该说什么好了，感觉贾副驾的舅舅是个油盐不进的人。借不行，给钱也不行，除了这两种办法还有别的吗？她实在想不到了。

　　贾副驾见姜白白苦着一张脸，他有点于心不忍，于是给她指了一条明路："我舅舅其实是个飞行爱好者，所以才会大费周章地在度假村里弄了个低空飞行项目，其实他主要是想自己玩。"

　　姜白白没明白他到底想说什么，以为只是在介绍他舅舅的喜好，于是淡淡地"哦"了声。

　　"所以啊，"贾副驾继续说，"你可以从这上面入手。你不是认识顾延灼吗，上次那个男的，他可是航大校草，年度优秀飞行员，还在海事救援队工作过，如果你能让他来和我舅谈，那肯定没问题。虽然我舅这人抠门吧，但其实是个性情中人，只要是他认可欣赏的人，别说借个东西，直接送都行。"

　　姜白白嘴里咬着筷子，脑子还在想还有没有别的地方有大巴车的时候，贾副驾就突然一股脑给她塞去"航大校草""优秀飞行员""海事救援队"等跟她八竿子打不着的信息，她一时没消化完，茫然地抬头望向贾副驾："你刚刚在说谁？顾延灼吗？"

　　"啊……"这回轮到贾副驾惊讶了，他还以为姜白白和顾延灼关系很熟，因为上次在直升机上，看见顾延灼对她关心备至，还想着是不是什么上下级恋爱关系、办公室恋情，想想就有点刺激，不过现在看女生的表情，好像他俩并不太熟的样子。

　　"是啊，顾延灼。"

　　在贾副驾热情且悉心的介绍下，姜白白觉得自己对顾延灼的了解实在太少了。

　　"你身边藏着这么一个宝藏，都没发现。"说着，贾副驾颇为可惜地啧啧两声，"我因为大学也学的飞行，所以我舅舅特意把我请来工作，虽然也有一部分的血缘因素，但他本人真的是个飞行爱好达人，他有运动飞行证，没事的时候也会自己飞飞，他对自己感兴趣的东西砸多少钱都愿意。"

　　姜白白理解了贾副驾的意思，如果让顾延灼来跟他舅舅谈大巴车的事，肯定会容易很多。但是顾延灼和她负责的工作又没关系，她觉得自己有点开不了口，而且上次生病欠下的人情都还没有还，现在又要厚脸皮再欠一个吗？

贾副驾见姜白白面露难色，话也就说到这里了，这毕竟是人家的事，他在旁边再热心，最关键的一环仍然在姜白白身上。

姜白白吃完饭，向贾副驾道过谢，就回镇上了。

在返程的车上，她拿出手机，点开顾延灼的头像，犹豫了会儿，最终打下一段话，发过去："你什么时候有时间，我有事找你。"

发完信息后，顾延灼一直没有回复，姜白白便把脑袋靠在车窗上，在汽车摇摇晃晃的颠簸下，慢慢睡了过去。

姜白白回到南兴镇上，去博物馆打卡下班，收拾东西的时候，傅馆长正好经过她办公室门口，瞧见她从外面回来后就一脸垂头丧气的样子，估摸着事情进展得不太顺利，于是敲门进来。

"馆长。"姜白白看见他，以为找自己有什么事。

傅馆长扶了扶眼镜，也不知道现在的年轻人喜欢听什么话，他想了想，伸出右手握拳，在胸口处上下摆动了两下，对姜白白鼓励道："加油，我们博物馆的未来就看你了。"他故意把话说得严重了些，年轻人嘛，身上有点担子才容易进步得快。

姜白白已经觉得挺有压力了，不过她不好驳了傅馆长的心意，于是扯了扯嘴角，也伸出右手握拳："加油。"

傅馆长心满意足地离开了，他觉得他在管理年轻职员这方面，还是挺得心应手的，说明他仍旧宝刀未老，走起路来，也不禁衣襟带风，不多的头发也随之飘逸起来。至于博物馆能不能和白城拓合作这事，他早就做好最坏的打算了，毕竟他之前也好几次想和白氏集团合作，最后都不了了之。他只是想给姜白白一点压力，现在的年轻人就是太懒散随意了，他必须树立一个威严的领导形象，让这些年轻人明白，这世上很多事情都不是简简单单就能完成的。

姜白白走路回家，路上脑子里还想着如果顾延灼回复消息问她有什么事的话，她该怎么说才能让他答应帮自己。结果想着想着，她就觉得自己因为工作的事先是麻烦白城拓，现在又要找顾延灼，这让她觉得有些公私不分，乱欠人情。如果顾延灼并不想帮这个忙，那就算了吧，毕竟她能力有限，主动给傅馆长说明就行，要是因此丢了工作也没办法，尽人事听天命。

姜白白还没到家，远远就看见家门口停了一辆车，是顾延灼的。她掏出手机，发现顾延灼仍旧没有回她信息。她有点不解，用钥匙打开门，一眼就看见了坐在客厅里的顾延灼，他正和姜聪边喝咖啡边聊天。

"小白回来了。"姜聪看见姜白白站在门口，一副傻愣愣的样子，招呼她进去，"顾总来了，你陪他坐坐，我去厨房弄饭。"说完就站起身朝厨房走去。

姜白白把钥匙放到桌上，换上拖鞋，朝顾延灼走过去："我看你没回我信息，还以为你没看到。"

"手机掉水里了。"顾延灼简单解释道。姜白白给他发微信的时候，他正在洗手，他平时很少用微信，和姜白白也从没在微信上说过话，所以当时挺好奇，她给自己发了什么，湿着手就去拿手机，结果刚看到信息手机就掉进洗手池了。他担心姜白白有急事跟他说，于是干脆开车来找她，到镇上的时间临近她下班，所以就直接在她家门口等她，没想到正好遇到买菜回家的姜聪，对方热情地把他请进了屋里，还把他留下来一起吃晚饭。

姜白白在姜聪之前坐过的位置坐下，发现顾延灼比之前晒黑了些，不过反而显得更加成熟了，坐在椅子上，深深地看着她。她舔了舔嘴唇，犹豫着对他说："我需要你帮我一个忙，不过拒绝我也没关系。"

顾延灼笑了："你都没说，就想着我会拒绝你了？"

毕竟你有社交恐惧症啊！姜白白心想，这种需要求人的事，实在太为难他了。这样想着，姜白白突然就在心里放弃了。就算顾延灼答应帮她的忙，那对他而言应该也很难吧。

　　见姜白白不说话，顾延灼敛了敛笑容，鼓励她道："没事，你说说看。"

　　"没事了。"姜白白在心里做好了决定，"已经解决了。"

　　嗯？上一分钟不还说需要帮一个忙吗？顾延灼看出她是不想麻烦自己，虽然不知道是什么事，但想必对姜白白来说是一件很重要的事，否则她不会这么纠结。

　　"我去厨房看看菜什么时候做好。"姜白白站起身来，准备去帮姜聪，结果刚转身，手腕就被顾延灼拉住了。

　　顾延灼抬起眼眸，仰头看向姜白白，耐心道："乖，告诉我是什么事。"与其对方不想麻烦他，而把他划在她的生活界限之外，他更希望姜白白能多多来麻烦他。

　　姜白白心里微微一惊，垂下眼睛，她没想到顾延灼会来拉自己。她怔了怔，反而更加不知道该怎么开口了。这时，姜聪端着菜从厨房出来，他并没注意到这两人有什么异常，还叫姜白白到厨房去盛饭。顾延灼拉住她的手才不动声色地松开，将视线移向别处。

　　"我马上去。"姜白白说着转身去厨房了。

　　吃完饭，顾延灼得回乡下了。姜白白把顾延灼送到门口，手里提着姜聪叮嘱她送给顾延灼的礼物，是他们当地的特产。

　　两个人沉默着走到车旁，姜白白把手里的东西放到后车座上，然后回头，发现顾延灼还站在她身后。

　　"今天不好意思让你白跑一趟。"姜白白抱歉道。

　　顾延灼眯了眯眼，盯着她的脸说："我是有点生气。"

　　嗯？姜白白愣了下，看到顾延灼细紧的唇线，意识到他确实是生气了。是啊，如果是她也会生气吧。因为她说有事，他才大老远跑来找她，结果又突然说没事了，怎么想都感觉在玩他，她胆子可真大啊。

"那……那你怎么才不生气？"姜白白意识到他俩现在站着的距离很近，她的背已经快贴到车门了，顾延灼就站在离她不到十厘米的距离盯着她，感觉下一秒他就要老虎发威一口把她给吃了似的，连骨头都不吐出来的那种。

姜白白缩了缩脖子，叹了口气："只要你不生气了就行。"

"是吗？"顾延灼把身体往后移了移，笑了笑，"那你告诉我，到底是什么事？"

姜白白垂下眼睛，犹豫了几秒，最终还是把博物馆和度假村的事对他说了："我开始只想到要完成工作，所以给你发信息找你帮忙，但后来稍微冷静下来，我觉得现在的工作似乎总是要麻烦其他人，我不想变得公私不分，本来就是我一个人的工作，结果搞得身边的人都来帮我。"

顾延灼耐心地听她一口气说完，女生虽然语气平静，但他能感到她心里的无力感。人生的第一份正式工作，大多数人都会非常慎重地对待。他想到自己第一天入职救援队的时候，那时他比现在的姜白白还要年轻，心里对未来有着无限的憧憬和抱负，从小到大，他身边的人都把他看得太过优秀，好像只要是他想做的事，就没有不成功的，仿佛整个世界都是为他而来，所以他不允许自己失败，不允许自己有任何差错，不想辜负身边人的期望，这样的心情他其实比谁都要懂。

姜白白听见顾延灼似乎轻轻叹了口气，她还没反应过来，对方就伸出手，轻轻拍了拍她的头。

"傻瓜。"他的语气里充满溺爱和疼惜，"朋友和家人的作用，就是帮你分担烦恼啊。"

姜白白本来没觉得委屈，但听完顾延灼的话后，突然觉得鼻子酸酸的。她担心自己做不好这份工作，因为姜聪的期待，也因为自己想要做好的心情，可又因为麻烦到别人而内心充满的歉意，都在此时一股脑涌了上来。

顾延灼见她垂下眼眸，吸了吸鼻子，像只可爱的小白兔，手忍不住又在她脑袋上揉了两下："放心，有我在。"

姜白白通过贾副驾约了他舅舅，第二天下午两点在度假村见。姜白白向人事部提交外出单的时候，人事部的负责人看了她一眼，忍不住问了句："怎么天天往外面跑？"

"工作需要。"姜白白懒得和对方解释。她确实是博物馆里最常外出的人，难免会引来一些非议，但她并不在乎，只想快点把手里的事做好。

姜白白走后，人事部负责人就去找傅馆长了，抱怨这个新进来的员工每天都不待在博物馆，天天找她开外出单："她该不会偷偷跑出去玩了吧？"

傅馆长正躺在椅子上看书，他抬起眼皮，宽慰道："现在年轻人有自己做事的方法，让她去吧。"

既然馆长都发话了，人事部的人也不好再说什么。

顾延灼已经等在博物馆门口，姜白白上车后，他递了瓶水给她，问："那个度假村的老板你见到过人吗？"

姜白白拧开瓶盖，摇摇头："我也是今天第一次见，他也姓贾，根据他外甥的描述，感觉是个油盐不进的人。"她突然想到贾副驾之前告诉她的那些关于顾延灼的事，顿了顿，开口问他，"你以前是救援队的飞行员吗？"

"嗯。"顾延灼看着前面的路，没有表情，似乎并不想聊这件事。

姜白白知趣地转移了话题："今天谢谢你来帮忙，又欠你一个人情了。"

顾延灼弯了弯嘴角："我可都记着。"

倒是也真没客气。

姜白白喝了口水，望向车窗外往后倒退的风景，正出着神，然后听到顾延灼的声音说："我已经想好你怎么还我人情了。"

姜白白转过头来："怎么还？"

"秋天了，你上次找到的那两株古树咖啡应该成熟了，你带我上山找吧。"

"其实我本来就打算自己去摘来送你的。"姜白白说，"所以这个不算还人情，你可以留着下次用。"

顾延灼瞥了她一眼，语气有点不悦："你打算一个人去？"

"上次我画了路线，对路已经很熟悉了，我一个人去会很快的。"

顾延灼不悦的声音很重了："你的意思是，我去会拖累你？"

姜白白终于听出他不爽的情绪了，不知道哪里又惹这位大哥生气了。

"没有没有，我没有那个意思。如果你跟我一起去，那肯定事半功倍，怎么可能拖累我。"

"嗯。"顾延灼情绪稍微好转了些，"那就一起去找古树咖啡。"他声音轻扬，像两个小孩儿之间因为一些小事而郑重其事的承诺，却乐在其中。

姜白白觉得顾延灼明明可以坐在家里就能收到咖啡豆，非得亲自上山跑一趟，莫非有受虐倾向？

到达度假村，贾副驾已经在门口等他们许久了，其实他主要是想来看看顾延灼，争取能跟偶像聊上天。上次他们坐得那么近，却没能说上一句话，越想越觉得可惜，所以这次一看到顾延灼，贾副驾就立马冲了过去，和他打招呼："顾学长！"

顾延灼转头看了他一眼，本来想继续不搭理他，可想到今天是有求于人来的，所以扬了下眉，问："你也是航大毕业的？"

贾副驾坦诚道："我不是，我没考上。"声音洪亮，好像没考上是一件值得炫耀的事，"但我们也勉强算是同行，我一直很仰慕你，也听说过很多关于你的传说，我觉得叫你一声'学长'也合适。"

行吧，你爱叫什么就叫什么。顾延灼没说话，算是默认了。

姜白白本来走在顾延灼身边的，结果被贾副驾冲过来一挤，就把她挤到一边凉快去了。贾副驾挨着顾延灼走在她前面，让她瞬间觉得自己似乎有点多余了。

"小白。"顾延灼微微侧过头来，看向姜白白，对她说，"走我旁边来。"

姜白白点点头，小跑着绕到顾延灼的另一边去。

贾副驾还沉浸在自己的世界里，自顾自对顾延灼说："我舅舅小时候的梦想就是成为一名飞行员，可惜他体能测试不合格，但这个梦想从来没有熄灭过，我当年读飞行专业就是他强烈建议我去的。"贾副驾为了讨好偶像，滔滔不绝地爆料自己舅舅的各种事情，他们还没走到他舅舅办公室门口，顾延灼便感觉对这位素未谋面的贾老板，已经了解个八九分。

"对了，我舅舅想单独和顾学长聊。"贾副驾探出头，看向姜白白，"我们两个就在外面等他们吧。"

姜白白抬头看顾延灼，征询他的意见。

"我一个人就行。"顾延灼冲她微微笑了笑。

姜白白略微替他捏了把汗，要是那个贾老板财大气粗说错什么话惹顾延灼不高兴了，他们会不会在办公室里打起来？或者顾延灼的社恐突然发作，对贾老板的任何提问都不想回答呢？但既然顾延灼已经说他可以的，她就必须得无条件相信他，更何况，顾延灼从来没有让她失望过。

姜白白点点头，乖乖地和贾副驾留在了外面。

顾延灼进入办公室后，贾副驾带着姜白白去旁边的休息室等。

等了将近一个小时，休息室门外响起了敲门声，贾副驾急忙去开门，发现外面站着他舅舅的秘书，她说："贾总和顾先生已经去飞行基地了，让我过来通知你们一声。"

"哇！我舅舅要让顾学长教他飞行吗？"贾副驾突然兴奋了起来，他很想再看一次顾延灼驾驶直升机的样子，于是问，"我们可以去吗？"

秘书面无表情道："你们想去的话，现在还来得及，他们刚走没五分钟。"

♥

—— 第七章 ——
没有喜欢错人

姜白白和贾副驾赶过去的时候，顾延灼已经穿戴好飞行服，和贾老板刚登上直升机。

贾老板是个光头，身材微胖，肚子有点大。他坐在驾驶座上，看见贾副驾后，冲贾副驾挥了挥手，颇有领导的架势。顾延灼坐在副驾驶座位，系上安全带，正在和贾老板说着什么。

"我去，我舅太牛了吧。"贾副驾感慨道。

姜白白不明白他的意思，问："不就是驾驶直升机吗，他不是有驾驶证？"

"但他驾驶的那架直升机不是运动飞机驾驶证可以驾驶的。"贾副驾转头对姜白白解释道，"飞行驾驶证有很多类型，民航、商照和运动三大类中，运动驾驶证要求是最低的，它要求驾驶员不能载人。"

"那他们现在这不是违规了？"姜白白说，"你舅难道不知道？"

"他当然知道。"贾副驾摊了摊手，无奈道，"我说了，我舅就是这样的人，谁也管不了。这整个度假村都是他的，要学开直升机，又有顾延灼这么优秀的驾驶员在旁边，难道还有人会拦他？"

贾副驾的话还没说完，直升机螺旋桨就开始响起旋转的巨大轰鸣声，姜白白抬头望去，顾延灼和贾老板已经开始升空了。

"你舅舅为什么不让度假村的其他飞行员教？"

贾副驾把手做成伞状放在眼睛上面挡住太阳，看向慢慢往上爬升的直升机："我说了，我舅就是这样的人，哎哟，你干吗打我？"贾副驾往旁边躲去，不知道自己说错了什么话，招来姜白白的殴打。

姜白白双手环在胸前，翻了个白眼："我不想知道你舅到底是什么样的人了，你就告诉我他们会不会有危险？"

贾副驾觉得自己必须向姜白白把没说完的话，继续说完，不过他这次刻意留出和姜白白一米远的距离："度假村那些飞行员怎么能跟在救援队工作过的顾学长比呢，人家这才叫高水平。我舅这人心气高，觉得一般人教不了他。至于危险嘛，我觉得依照我舅的性格，估计会要求顾延灼教他演示几个高难度动作才会愿意下来。"

姜白白越听越觉得他舅舅是个奇葩，还是一个不作死就不会死的奇葩。

"你舅这么有钱，难道不担心把自己作死没人继承财产吗？"姜白白忍不住吐槽道。

贾副驾笑了，让她不用担心这种事："要是我舅死了，我就是继承人。"

"……"

难怪您舅舅在空中作死的时候，您这么淡定！

她深吸了口气，继续抬头看向空中的直升机，心里为顾延灼捏了一把汗。看见直升机稍微不稳地往旁边摇晃一下，她都觉得可怕。要是顾延灼真出了什么事，她姜白白绝对不会放过这家度假村的，不对，绝对不会放过身边这个作死舅舅的奇葩外甥。

"哇！"贾副驾突然叫了起来，双手捂住嘴巴，做花痴状，"难道他们要开始横滚了吗？"

"横滚？"姜白白看向他，"那是什么？"

"算是直升机的一种表演特技，因为驾驶直升机的时候不知道会遇到什么复杂情况，所以直升机其实也是可以360°旋转的，不过难度非常大。横滚就是指飞机进行的一种动作，该动作以飞行的正方向为轴向，绕轴向进行翻滚。"

听完贾副驾的话后，姜白白想冲上直升机杀了贾老板的心都有了，她生气道："你都知道难度大，你还不想办法阻止？你舅能完成这么复杂的动作吗，这不是找死？"

贾副驾无奈地耸了耸肩："他们人在上面，我在下面，怎么阻止？"

姜白白从来没有觉得这么无力过，她急得都快要哭了，却什么也做不了。她蹲下身子，把头往膝盖里一埋，眼泪啪嗒啪嗒就往地上掉。她没想到这件事会让顾延灼冒着生命危险去帮她，不就是一份工作嘛，没了就没了，可顾延灼要是没了可怎么办，她这辈子都不会原谅自己的。要是顾延灼真的有个什么三长两短，她就用挖掘机先掀掉博物馆的房顶，再掀掉度假村的房顶，不会让他们好过！

贾副驾没想到姜白白竟然哭了，他自己看得非常兴奋，这可是直升机特技表演啊，难得一见的场景，虽然驾驶人是他的亲舅舅，但他非常能明白舅舅的心情，那种愿意为自己所爱之事付出生命的心情。

他走到姜白白面前，也蹲了下去，想说点什么话来安慰她："其实直升机横滚也没那么难，主要是靠旋翼的周期变距作用，改变旋翼上空气动力的方向，然后驾驶员向要横滚的方向压驾驶杆就可以了。很简单的，你看，我都能说出操作流程来。"

姜白白抬起红着的眼睛，问他："那你做过吗？"

贾副驾有点尴尬地用手抓了抓头发，诚实道："没有。"

姜白白觉得自己快要被他气死了。

这时，一旁一直没有说话的女秘书突然发出惊恐的尖叫声，他们齐齐朝空中看去。姜白白倒吸了口凉气，直升机尾翼在冒黑烟！而且东倒西歪的不知道要往哪边开，似乎是驾驶人控制不住直升机，现在正往地面下坠！

"顾延灼！"姜白白大声叫起来，眼泪簌簌往下落。她想朝停机坪跑去，虽然仍旧做不了什么，但哪怕只是离顾延灼稍微近一点也好。

贾副驾也被眼前的场景吓住了，残存的理智让他上前拦住了姜白白，横抱过她的腰，把她往回拖："你别乱跑，太危险了。"他说着转头对秘书说，"快拨 119 和 120，赶紧把度假村的医疗队叫过来。"

姜白白已经不敢再抬头往直升机的方向看，她挣开贾副驾的手，蹲在地上捂住眼睛无声地哭了。她现在脑子里一片空白，被巨大的恐惧攫住，全身发抖。她竟然就这样眼睁睁地看着顾延灼发生危险，却除了哭什么事也做不了，她恨死自己了。

不知过了多久，身边的贾副驾突然叫起来："他们没事了！"

姜白白慢慢松开手指，往空中看去，只见直升机已经慢慢恢复了稳定，然后开始朝停机坪降落，螺旋桨声越来越大，轰鸣声钻进耳朵，令人什么东西也思考不了。

接着，顾延灼从直升机上下来了，然后是贾老板被人搀扶着下来，因为受到了巨大的惊吓，他吓得脚软得都站不了地，被人架着抬上了担架。

顾延灼沉着脸往姜白白的方向走来，对过去询问的医护人员摇了摇头说他没事。

"顾延灼。"姜白白叫了他一声，脸上还挂着眼泪，声音里带着战栗和欣喜，"我还以为……"

她话还没有说完，顾延灼已经走到她身边，伸手一把将她抱住，用手轻轻拍了拍她的头，安慰道："别哭了，我没事。"

姜白白慢慢平复下来情绪，悬着的心终于稳稳地落了地。她靠在顾延灼的肩头，轻轻呼了口气。

直升机失去控制的时候，顾延灼立即和贾老板换了位置，所以才顺利控制住了局面。他在更衣室换掉衣服出来，看见等他的姜白白手里拿着一瓶运动饮料，她特别乖巧地小跑过去，双手递上前："喝点水。"

因为直升机的事，姜白白对他心生歉意，他感觉现在他如果让姜白白去吃屎，她都乐意。他有些无奈，看了眼她手里的水，问："让我自己拧开？"

姜白白立马会意："哪能啊！"然后拧开水盖，再毕恭毕敬地递到顾延灼手里。见顾延灼喝完，她又毕恭毕敬地双手接回来，把瓶盖拧上，活脱脱已经变成了他的小跟班。

贾老板在医务室里休息了会儿，恢复过来精神后，就去找顾延灼了。他被贾副驾搀扶着，看得出来对之前的意外状况还心有余悸。

贾老板一见到顾延灼，就立马过去握住他的手感谢道："谢谢了，要不是你，我估计我们今天就交待在这儿了。"

顾延灼不动声色地从他手里抽回自己的手，拍了拍他肩膀："我们坐下聊吧。"

四个人坐下，秘书给他们倒上水就出去了。

贾老板轻轻叹了口气说："以前我一直觉得开直升机是我的特长，今天才发现不过是我的爱好。"

大家静默了几秒钟，觉得他这个觉悟来得太晚了点。

"你之前跟我提的那件事没问题。"贾老板继续说，"你现在既是我的老师，也是我的救命恩人，大巴车的事好说，直接借给你们，我让秘书已经去了解我们可以借多少辆车给你们了，如果还有别的要求，尽管提，跟我千万别客气。"

顾延灼微微笑道："谢谢贾总。"

"不客气，以后就是自家人了。"说着，他的手搭上一旁贾副驾的肩膀，"这是我外甥小贾，以后他也是你外甥了！快，喊顾舅舅。"

"……"

顾延灼轻咳了声，谢过他的好意："大巴车可以收下，外甥就不必了。"

贾副驾无语地看了他舅舅一眼："顾学长也没比我大几岁好嘛。"

"你懂个屁。"贾老板教育他，"这是尊敬。以后顾老弟的事就是我的事，他要什么不用问我，你直接让秘书去办，听到没？"

贾副驾小鸡啄米似的点点头，在他舅舅的压迫下像只温顺的小绵羊，小声说了句："我知道了。"

"对了。"贾老板似乎想起了什么，视线移向一直没有说话的姜白白，"这位小姑娘是顾老弟你女朋友吗？我之前看她哭得稀里哗啦的，想必当时给吓坏了，实在对不起，都怪我太想飞了。"

面对贾老板真诚的道歉，姜白白之前对他的怒意慢慢平息了下去，但脸色还是不太好看，语气冷冷道："你知道就行。"

顾延灼看了眼还在生气的姜白白，忍不住轻轻勾了勾嘴角，然后对贾老板说："小白胆子小，这次确实吓坏了。"

贾老板抓了抓没有头发的脑袋，笑道："不过很刺激，此生无憾了。"

他们又闲聊了会儿，然后秘书进来，把统计的大巴车数量报给了贾老板。

"我们这里一共可以借出三十辆车。"

姜白白讶异，这数量都快赶上她东拼西凑的数量了，不过还是不够。

"如果弟妹你那里还差的话，我可以从其他度假村调车。"不知何时，贾老板已经称呼姜白白为弟妹了。

还没等姜白白答话，顾延灼就已经替她应下了。

"那就麻烦贾总了。"顾延灼笑道。

虽然贾老板做事太过随性，但也正是因为这份随性，才能让他这么痛快地借出车子。姜白白觉得有必要表示一下感谢，虽然顾延灼已经谢过他了。

"贾总，如果下个月您有时间，希望您可以来参加我们博物馆的第一次展。"姜白白诚挚地邀请他道，"还有咖啡贸易展会。"

贾总哈哈笑起来，随口答应道："行，弟妹的活动我一定去！"

回去的路上，姜白白有点不解，转头看了看顾延灼，还是忍不住把心里的疑问问了出来："贾总好像误会我们的关系了。"

顾延灼神情淡然地注视着前方的路，继续开车，"嗯"了声。

见他这么冷静，姜白白觉得自己要是再盯着这个问题不放，就显得有点不够大气了。

"如果跟贾总说我们只是朋友，或者前雇佣关系，肯定没有女朋友这层关系更亲近，他答应得也不会这么爽快。"顾延灼解释道。

原来是这样，姜白白点点头："确实是的。"可心里期待的好像并不是这样的答案，她觉得有点累了，把头舒服地靠到椅背上，看见车前那个金色粽子的挂件左右摇晃着，像催眠师催眠患者使用的工具，她又渐渐睡了过去。

姜白白醒来的时候，发现已经躺在了家里的床上。姜聪说顾延灼把她送回来的，见她睡着了，就让姜聪把她背回了屋子。

"你干什么去了，累成这样？"姜聪不了解姜白白的工作内容，只是见她每天早出晚归，累得跟头牛一样，心里有时候会想，当初让她去博物馆工作是不是错了。

姜白白打着哈欠吃着姜聪留给她的晚饭："之后就好些了。"博物馆的展定下来了，和白城拓的合作也搞定了，未来她要做的事就是按部就班地推进事项。

"你之前是不是见到周宇了？"姜聪突然提到了周宇。春婶家的事大家差不多都听说了，但碍于颜面，没人敢当着她的面提起这事。

"听说他要留在镇上？"

"他打算开咖啡馆。"

姜聪皱了皱眉，觉得现在年轻人的思路他已经跟不上了，所以没发表意见，只是对姜白白叮嘱了两句："你看看周宇有什么需要帮忙的地方，能帮就帮帮他。"

"知道啦。"姜白白说，就算姜聪不开口，她也会这样做的。

第二天，姜白白找白城拓签了合同，然后提交给傅馆长。

傅馆长正在看书，见姜白白进来，他还有点恍惚，以为她又要申请外出批假的事，结果对方把一份合同放在了桌上，上面清楚地签着"白城拓"三个字。

"谈……谈成了？"本来只是抱着给年轻人一点压力的傅馆长，没想到姜白白还真把事情给搞定了。

姜白白点了点头："嗯，没其他的事我就回去忙了。"然后留下傅馆长独自沉浸在不可思议的情绪里，无法自拔。

姜白白联系广告制作公司制作博物馆的物料，又要对接报名参展的人，还要处理和白城拓合作的事项，事情并不比之前轻松，每天忙得鸡飞狗跳，只有到了晚上，才有片刻的休息时间。但因为工作逐渐充实起来的生活，让每天的日子也过得特别快，没想到半个月时间一晃眼就过去了，如今穿短袖出门都能察觉到冷意，姜白白才意识到秋天已经到了。

她打开衣柜，发现自己好像没有秋天的衣服可以穿，于是周末约上宋清颜一块去买衣服。

镇上的服装店就那几家，宋清颜给姜白白挑中了一件黄色的针织衫："你皮肤白，穿这个颜色好看。"

姜白白试穿了下，感觉还不错，于是就买了下来。两人出去的时候，正好遇见了周宇。

周宇穿着一件黑色衬衣，单肩挎着双肩包，看上去很累的样子，靠在街边的柱子上低头抽烟。

"周宇哥。"姜白白过去和他打招呼，"你怎么来镇上了？"

"找房子租店铺。"周宇抬起头来，看向姜白白和宋清颜，他不认识宋清颜，虽然以前肯定见过面，但从来没有说过话。他顿了下，说，"不过发现店铺租金都太高了。"

姜白白给宋清颜介绍道："这是周宇哥，这是我好朋友宋清颜。"

两人互相点点头，算作打了招呼。

"你需要多大面积的店？"姜白白问周宇，"我可以帮你留意着。"

"不用太大，一百平方米就行。"周宇说，"最好是可以有外摆区，这样能节省不少空间。"

"我认识的一个朋友家正好有个一百平方米左右的门面在出租，你们要不要聊聊？"宋清颜开口，"不过位置比较偏，可能不太适合做生意。"

周宇掀了掀眼皮，拿出手机来："没事，我们加个微信吧，你把对方的联系方式推给我。"

他们又聊了几句，姜白白和宋清颜打算再继续逛逛其他服装店，便先离开了。走了一段路后，宋清颜忍不住回头往后看了看，她问姜白白："这就是你之前说的那个本来要结婚的哥哥？"

姜白白点点头，又轻轻叹了口气："我周宇哥人很优秀的，是对方没眼光。"

宋清颜脑子里还浮现着刚才周宇拿手机扫她微信二维码的画面，她低头的时候，正好闻到了对方身上淡淡的烟草味，还有若有似无的咖啡气息，她嘴角忍不住弯了弯，挽着姜白白的胳膊轻快地走着。

白城拓公司的人提前来博物馆布置展会需要的东西，负责人叫卢倩，是一个短头发打扮十分干练的职业女性。姜白白接待她的时候，才发现对方跟自己竟然同岁，但身上散发的气场和专业的职场态度，令她暗自佩服。

"我们需要一个空间用来陈列我们的咖啡豆，到时会请专业咖啡师现场制作咖啡让参会人员品尝。"卢倩面无表情地拿出自己的方案给姜白白看，"这些是我们需要的东西，希望你们可以尽快提供。"

姜白白看了会儿方案，抬头问卢倩："你们会请专业咖啡师来现场是吧，那咖啡师你们找到了吗？"

"我们雇了三位咖啡师，都是在国际上拿过奖的。"卢倩淡淡道。

姜白白本来想推荐周宇，但听到他们已经找齐了人，便把这个想法自行消化了。

白城拓是在卢倩到来后的第三天才出现的，他和顾延灼一起来博物馆巡查，远远就看见姜白白和卢倩忙碌的身影，两个人面对面说着什么，看神情似乎是在争论。

白城拓啧啧了两声，对顾延灼说："感觉我们家的卢倩会欺负白白了，她做事雷厉风行的态度，我有时候都有点怕。"

顾延灼瞥了他一眼，看向姜白白。她今天穿着一件黄色的针织衫，还是扎着丸子头，在人群中显得很亮眼。他说："我觉得她能处理好。"

白城拓本来以为顾延灼会有所担心，没想到对方竟然这么放心姜白白，或者说是对姜白白的工作能力很自信。他忍不住八卦道："你们进展到哪一步了？"

顾延灼掀开眼皮，淡淡道："什么哪一步？"

"哎呀，你这人，能不能对女孩子稍微主动一点？"白城拓恨铁不成钢道，"算了，其实我还挺喜欢白白的，既然你没什么兴趣的话，我追她好了。"说着转身作势要朝姜白白的方向走去，结果刚走了一步，他的脖子就被衣领给勒住了，接着猛烈咳嗽起来。

顾延灼松开抓着白城拓后衣领的手，朝另一个方向走："我们去看看别的地方进展如何了。"

白城拓咳嗽完，直起身子，气愤道："顾延灼，你这是谋杀！"

姜白白和卢倩就会展的桌子该怎么摆放，争论了近十分钟。姜白白发现卢倩实在太强势了，并且锱铢必较，哪怕是一颗回形针的使用都必须要按照她的方式来。姜白白不喜欢这种盛气凌人毫不讲理的工作态度，所以她也不愿退让半分，最后还是傅馆长出来卖了个人情，让姜白白听卢倩的安排，毕竟他们才是金主爸爸。

姜白白心里有点不高兴，但既然馆长都开口了，她也不便再和卢倩争论，不想再和对方待一块，于是去自动售货机前买了瓶可乐。

"白白。"白城拓突然从旁边钻了出来，把姜白白吓了一大跳，"喝可乐，都不请我们？"

姜白白今天压根儿不知道白城拓要来，听见他说"我们"，立马想到了顾延灼："顾老板也来了？"

白城拓身子倚着自动售货机，挑了下眉毛，暧昧道："你猜。"

姜白白觉得他的表情像是吃错了药，说不出来的奇怪，但还是又买了两瓶可乐，递给他："我还有工作要忙，你们自己参观哈。"

"哎！"白城拓抱着两瓶可乐，突然觉得姜白白不解风情的样子还真是像极了顾延灼。

临近下班前，傅馆长到姜白白的办公室，让她下班后跟他去参加一个应酬。

姜白白正在和广告商那边的人讨论灯箱的尺寸大小，听到"应酬"两个字，她还没怎么反应过来。应酬是去喝酒吗？是不是要拍那些油腻大叔的马屁？这些都是她之前在电视剧里看到的，现实生活里还从来没经历过所谓的"应酬"。

"说定了哈。"傅馆长见她在忙，说完就走了。

姜白白眨眨眼，没细想，又继续打电话。

直到下班，因为在椅子上坐太久，姜白白的腰有些痛，她拎上包去大厅等傅馆长，结果发现卢倩还没走，卢倩坐在椅子上用手机发语音，语气冷冷的，似乎是在给下属布置加班任务。姜白白觉得她身边一米远的距离都自带冷气，于是在隔着她的第四个位置上默默坐下，拉开距离，免得被冻伤。

过了会儿，傅馆长出来，看见卢倩和姜白白隔着老远坐着，谁都不搭理谁的样子，走过去，他先对卢倩笑了笑："卢小姐还在等白总、顾总吗？"

"嗯。"卢倩淡淡应道，似乎不想和他多说一句话。

　　傅馆长有点尴尬："那我和姜白白先过去了。"

　　姜白白觉得卢倩真拽，还真是对每个人都一视同仁，脸上就差没直接写上"老娘不好惹"五个字了。她看见傅馆长冲自己使了个眼色，于是站起身来，跟着他一起先离开了。

　　"你能喝酒吗？"路上的时候，傅馆长突然问姜白白，"酒量如何？"

　　"一般。"姜白白选择了最保险的回答。

　　傅馆长欣赏地看了她一眼："那你今晚就喝个一般的酒量，让白总他们感受到我们南兴镇人民的热情。"

　　姜白白眨了眨眼，反应过来。她看向傅馆长，问："所以今晚是和白城拓他们吃饭？"

　　"对啊。"傅馆长说，"这是基本的礼仪嘛。我们跟他们合作，地主之谊还是需要尽尽的。"

　　傅馆长订了镇上最好的一家饭店，选了最好的一间包厢，里面摆着一张八仙桌，有单独的洗手间。姜白白一进包厢，在椅子上坐下后，就不想再起身了。她太累了，感觉大脑在飞速运转了一天后，好不容易能休息了，整个人仿佛黏在了椅子上，身体软绵绵的，感觉随便靠在哪里她都能睡着。

　　"小姜，打起精神来啊。"傅馆长见她无精打采的样子，问她，"你要不要喝罐红牛提神？"

　　姜白白掀开眼皮，瞥了傅馆长一眼，提起面前的水壶给自己倒了杯水喝下，缓了缓神说："我没想到工作原来可以这么累。"

　　这是在变相对工作表达抗议吗？傅馆长感觉眼皮跳了下。

　　"馆长。"姜白白叹了口气，还没说完后面的话，就被傅馆长打断了。

　　"我不同意你离职。"傅馆长以为姜白白要提出离职，于是先发制人，迅速驳回了她。

　　姜白白愣了愣，她压根儿没想过要辞职，只是想委婉地提出可不可以有加班费之类的补助。这时傅馆长的手机响了，他起身出门去接，留下姜白白错愕地坐在椅子上。

但接完电话，傅馆长心里就开始沉重起来，好不容易才招到一个像姜白白这么能干的员工，这才一个多月时间，她怎么就想离职了呢？

傅馆长站在走道上思前想后，想到这一个多月以来，姜白白几乎天天加班，还一个人揽下三个人的工作，今天好不容易准时下班结果又陪他来应酬，难免心里有所不满。他叹了口气，感觉管理人才果然不是一件轻松的事啊。

"傅馆长。"他听到有人叫他，于是回过神来，转头看见卢倩站在自己眼前，白城拓和顾延灼正在上楼。

傅馆长收起思绪，带他们进包厢，表示歉意道："镇上最好的饭店就是这家了，不知道合不合你们口味，今天就随便先吃点。"他客气地打开门，把白城拓和顾延灼请进去。

当他们四人走进包厢，却发现姜白白坐在椅子上睡着了。她眼睛紧闭，微微偏着脑袋，不时往下点一下头，看上去睡得很熟。

"……"

傅馆长觉得此时的场面甚为尴尬，轻轻咳嗽了下，想把姜白白唤醒，但对方毫无反应。

"让她睡会儿吧。"顾延灼转头，轻声对傅馆长道，"姜小姐今天工作也辛苦了。"

在顾延灼的带动下，剩下的三个人拉椅子的时候，动作都格外小心，生怕发出响动来吵醒了姜白白。

顾延灼在她身边坐下，看见她弯着脖子睡觉，待会儿睡醒了肯定会不舒服，便伸手轻轻将她的脑袋往自己的肩膀上扶了扶，让她靠着自己睡。

白城拓早看出顾延灼的那点心思，波澜不惊地坐下，见傅馆长和卢倩都面露惊愕，便小声解释道："我和顾延灼都认识白白，今天大家都是一家人，随意点。"

傅馆长这才恢复如常，他觉得自己有必要对姜白白好点了，让她感受到博物馆如家般的温暖。作为一个不可多得的人才，还和金主爸爸关系如此要好，他更不能让她辞职了。

姜白白感觉自己做了一个梦。

梦里有一个很模糊的影子，坐在她的旁边，温柔地叫她的名字。

"妈妈？"姜白白艰难地想要睁开眼睛，看清眼前人的样子，但眼皮上好像有千斤重，怎么也睁不开来，"妈妈，别离开我。"她伤心地呢喃着，发出难受的梦呓。

"小白。"一个男人的声音钻入耳朵，熟悉的声音，好像还能闻到对方身上淡淡的香味。

姜白白终于睁开眼来，揉了揉，然后看见对面三张呆若木鸡的脸。

就在刚刚，姜白白睡得流鼻涕了，顾延灼喊她的时候，她顺势把鼻涕擦在了对方的衣服上，自然得就像在用纸巾擤鼻涕。

姜白白茫然了一秒，意识到自己在哪里后，瞬间就清醒了，于是站起身来，冲傅馆长的方向鞠了一躬，对大家道歉道："不好意思，我睡着了。"

"扑哧"一声，白城拓忍不住哈哈大笑起来："没事，你快坐下吧，你要笑死我！"

姜白白坐下，转过头，一眼就看见顾延灼深色外套的肩袖处，有一条鼻涕的痕迹。她眨了眨眼，没意识到就是自己的，端起杯子喝了口水。

结果最后大家都没喝酒，本来喝酒是能促进不太熟悉的人之间的情感互动。但傅馆长觉得大家之间的感情已经很深了，再喝酒就画蛇添足了，于是大家安安分分吃了顿纯粹的晚饭，就结束散场了。

走的时候，姜白白找到顾延灼，有句话她憋了一晚上，觉得自己有必要告诉顾延灼。

见姜白白仰着头, 一脸严肃地望着自己, 顾延灼眯了眯眼, 欠了下身子, 问她: "有事?"

姜白白舔了下嘴唇, 又瞥到他肩袖处的鼻涕痕迹, 吸了吸鼻子, 说: "你衣服脏了。"说完指了指他的肩膀。

顾延灼低下头, 这时才看到自己的衣服脏了, 立即想到姜白白睡着的时候确实在他衣服上蹭了蹭头。

"这是鼻涕?"姜白白不知道自己该不该问这么多, 但就是好奇, 这个位置擦的鼻涕, 应该是个跟她个子差不多的人吧? 男人的话好像矮了点, 所以只能是女人了?

顾延灼轻轻叹了口气, 露出无奈的神情, 反问她: "你觉得呢, 鼻涕虫。"

姜白白怔了怔, 不可思议道: "这是我的鼻涕?"

顾延灼点头。

姜白白哑然失笑: "没想到我鼻涕的形状还挺好看的。"

虽然姜白白试图扭转尴尬的局势, 但还是没有逃过顾延灼顺势就跟她算账的局面, 他把外套脱下来, 扔给姜白白, 让她洗干净了再还给她。

姜白白抱着衣服, 带着歉意道: "不好意思, 我一定洗干净。"

白城拓在叫顾延灼走人了, 他便看了眼姜白白, 自然地伸手拍了她头一下, 轻轻应道: "好, 我等着。"

回家后, 当天姜白白就把衣服洗了, 等晾干后又用熨斗熨烫妥帖, 折叠好小心翼翼地找了个漂亮的袋子装好。她看了眼日历, 发现这个时间点已经到了咖啡豆成熟的季节了。她想起上次顾延灼说让她摘咖啡果实的时候叫上他, 便发信息问他周末有没有时间。顾延灼很快回复她信息, 说有。

不知为何, 姜白白嘴角瞬间上扬。一开始她只觉得顾延灼是个很难相处的人，脸臭、不爱说话、冷漠，可相处下来，发现他的内心其实比谁都要温柔，为了帮她差点在直升机上出事，在她睡着的时候会温柔地不吵醒她，在她有需要的时候总会坚定地站在她身边，是一个又耀眼又美好的存在。

于是他们约了周六见面，一起上山去摘咖啡果。

周六一大早，姜白白就去到乡里找顾延灼。在路上，她碰到余越，他正蹲在路边抽烟，看见她后，一脸惊讶，急忙扔掉烟头，踩熄。

"好久不见了。"姜白白冲他打招呼，"听说你们要竣工了。"

余越有些不好意思，现在的姜白白和之前那个在工地上开挖掘机的小姑娘已经判若两人，她穿着一身红色的运动服，扎着马尾，显得青春有活力，仿佛太阳一般明亮闪耀。他抓了抓后脑勺，说："嗯，快竣工了。"

"你脸怎么红了？"姜白白凑过去，关心道，"天气转凉了，注意身体。"

"你为什么这么关心我？"余越说完后，意识到这个"我"不太对，又加了个"们"。

姜白白笑道："我们是朋友啊。"

余越垂下眼睛，盯着路面的一块石头："我还以为你不会再和我们做朋友了。"

"为什么？"姜白白不解。

"你现在在博物馆工作，跟我们这些在工地上靠出卖劳力的人不一样了……"

余越的话还没说完，就被姜白白打断，她有些生气，更多的是失望："我没想到你会这么想。先不说我自己是怎样的人，就拿你自己来说，你觉得靠劳动赚钱很可耻吗？你没偷没抢，靠自己劳动赚钱的工作，怎么还分三六九等了？"

余越心里动了动，没说话。

"我不觉得我在博物馆工作就比在工地上开挖掘机更高级，也不觉得总统的工作就比在博物馆的工作更厉害，大家不过是各司其职，在自己的工作岗位上尽到自己应有的责任，拿到应得的工资，我觉得都是可敬的。"姜白白说完，轻轻叹了口气，伸手拍了拍余越的肩，"所以我希望你以后不要再说出这样的话了，作为朋友，我会伤心的。"

余越看着姜白白真诚的眼睛，心里有点酸。他确实有些看不起自己，高中没毕业就出来打工，做过很多份工作，但都没什么起色。可是在遇到姜白白后，他开始希望自己能够做一份令人敬佩的工作。但什么工作才是令人敬佩的？他没想到，直到姜白白的这番话，才让他豁然开朗。

余越重重地点了下头，不好意思道："我知道了，谢谢。"

站在不远处看到这幕的顾延灼，忍不住弯了弯嘴角，他听到了姜白白对余越说的那些话。是啊，工作并没有三六九等之分，他看着姜白白微微晃动的马尾，觉得自己没有喜欢错人。

♥
—— 第八章 ——
很开心认识你

早晨的山上，有很浓的晨雾。顾延灼走在前面，按照之前姜白白画给他的路线图，慢慢往山上爬。路边的杂草上还带着露珠，他们没走一会儿，裤脚都被露水打湿了。

顾延灼回头，看了眼身后的姜白白，有点担心道："你还行吗？"

姜白白抬起白皙的小脸，冲他笑道："你别把我想得那么娇弱。"

也对。顾延灼扬了下眉毛，发现自己这无缘无故的担忧过于多余了，于是又转身继续往上走。

"你为什么这么喜欢咖啡呢？"路上，姜白白好奇地问顾延灼，"而且不仅懂咖啡，也懂设计房子，还会开飞机，感觉就没你不会的东西。"

顾延灼淡淡笑了下："我也不是什么都会。"他转过头来，伸手拉了姜白白一把，让她顺利越过一个台阶，语气很轻，"我也有什么都做不了的时候。"

什么都做不了的时候。比如那个时候。

"听你这么说我就放心了。"姜白白语气愉悦道。

"什么意思？"顾延灼不明白。

"说明你也是人啊，不是神。"还好你也只是人，这样我离你的距离也不会那么遥不可及了。后面的话姜白白没有说出口，但正因为大家都是普通人，都需要沾染人间的烟火气，都会有犯错和无能为力的时刻，所以她才开心了起来。

顾延灼听到姜白白的回答后，怔了会儿，眉眼低垂，他真没想到还能有这样的回答。那件事后到今天，大家仍然是不可置信的模样，觉得他不可能犯错，好像顾延灼天生就等同于正确。但就像姜白白说的一样，他也只是一个普通人罢了。

"我喜欢咖啡是因为我妈妈喜欢。"顾延灼想到小时候，妈妈每次从国外回家，都会带很多咖啡豆回来。是她教会了他怎么磨豆子，怎么做手冲咖啡，怎么去品尝咖啡的味道。后来又带他认识了白城拓，也是从那个时候他和白城拓成了朋友。

"每年暑假，只要我父母有时间回国，他们就会带我去白城拓家的咖啡农场玩，我们会一起摘咖啡果，一起晾晒豆子、处理豆子，所以其实我的童年大多数时刻都跟咖啡待在一起。"

姜白白点了点头，看来从小的生长环境真的很能影响一个人，比如她就学会了开挖掘机。

"后来上了大学，我主修飞行专业，又修了一门建筑设计，就把咖啡的事放一边了。"顾延灼见姜白白开始喘气，便从包里掏出矿泉水递给她，让她先休息会儿，"大学毕业后，我被选进海事救援队当飞行员，不过后来出了点事，我退役了，暂时没事做，白城拓在南城正好有个咖啡项目，我就过来帮他了。"

"那你最喜欢干什么呢？"姜白白好奇道，"咖啡、建筑、飞行，这三样都很擅长，但是最喜欢什么呢？"

顾延灼沉默了几秒，他其实没有仔细想过这个问题。从小到大，每个人都夸他聪明，每次考试都能毫无意外地拿到第一名，在身边所有人的期待下长大，他觉得自己无论做什么都会很成功，所以一切都很自然而然。但细想之下，咖啡和建筑都是因为受到了家人的影响才喜欢的，只有飞行是他自己做出的选择，完全独立自主的一个选择，所以这是不是也代表了他最喜欢的其实是飞行。

姜白白见他没说话，便说起了自己的事："我之所以会开挖掘机，除了自己感兴趣外，其实还有个原因。"

顾延灼转头看她，问："什么原因？"

"小时候我同学都瞧不起我爸是开挖掘机的，经常取笑我，但是我读书很努力，考上了大学，还保送读了研究生，我就是想证明我一点都不比别人差。"姜白白顿了顿，"刚刚碰到余越，我们说了些话，我突然意识到有时候我们拼了命地努力，只是为了让别人瞧得起，可我们为什么要别人瞧得起呢，只要做好手里的事，尽了最大的努力，我想无论如何结果都不会糟的，是我们自己有了分别心，才会胡思乱想那么多，其实从根本上，小时候的我也瞧不起自己爸爸的工作，才会那么努力地想要克服当时的自卑。"

顾延灼低头看着女生略微垂着的眼睛，心里动了动，伸手拍了拍她的头，说："每个人的成长都不容易。"

"所以我很开心认识了你。"姜白白笑道，"如果我不会开挖掘机，想必也不会遇见你了。你看，人生的每步路都不会白走。"

他们休息完后，又走了差不多半个小时，终于到达第一株古树咖啡前。

咖啡树上结着红彤彤的果实，挂在枝头。姜白白惊喜地伸手去触摸咖啡果，感叹道："长得真好，但不知道这里有多少咖啡果。"说着她打算亲手数一数。

顾延灼被她的行为给蠢笑了："一株咖啡树可以结一百多颗咖啡豆，不过还要去除品质不好的，所以最后一株树上能磨成咖啡的果实并不多。"

姜白白从背包里拿出袋子，开始采摘咖啡果，顾延灼也弯下腰帮忙，两个人很快就摘完了所有的咖啡果，装了满满一大袋，然后靠在一边的树下休息了会儿，又接着去往下一株咖啡树。

"第二株的咖啡豆品质会更好。"顾延灼把装着咖啡果的袋子扎好，放在树旁，准备下山的时候再顺路来拿下山。

"你怎么知道？"他们都还没见到第二株咖啡树的样子，顾延灼就判断出品质的好坏了，这让她很好奇。

"南城是梯田地貌，海拔越高的地方，咖啡品质就越好。"

姜白白点点头，感觉自己今天又学习到了新的知识。顾延灼见她一副"受教了"的模样，忍不住想笑。

"对了。"姜白白想到了什么，转头看向顾延灼，发现他脸上带着笑意，不明白他在笑什么，没好气地瞪了他一眼，"我有个严肃的话题，想和你说。"

顾延灼看着她："你说。"

"这两株古树咖啡的豆子到时候可以拿一部分，放在博物馆展览上吗？我想让参会的人感受一下我们当地最古老的豆子。"

"没问题。"顾延灼爽快地答应，"都是小事。"

两人继续往上走，此时已经临近中午，太阳升到了正空。姜白白觉得身上出汗了，肚子有点疼，于是弯了弯腰，让顾延灼停下。

"你不舒服？"顾延灼返身朝姜白白走过去，手掌覆在她额上探了探，"你脸色很难看。"

姜白白早上才放话让顾延灼不要把自己想得太娇弱，现在就立马打脸了，她有些不服气，咬了咬下嘴唇："可能是早晨吃坏肚子了。"

顾延灼眨了下眼，开口问："你要上厕所？"

这真是一个尴尬的问题，因为山上没有厕所，那么就意味着姜白白如果拉肚子的话，只能躲到某棵大树后面解决了。

姜白白的脸红了下，解释道："不是那种痛……"

顾延灼糊涂了，他没法理解痛还分了好多种，他拿过姜白白背着的包，让她靠着自己坐下休息。

姜白白的嘴唇有些发白，顾延灼给她喂了口水，心里不放心道："要不我们回去吧。"

"不行。"姜白白说，"都快到了，现在回去还不如让我痛死。"

“我们明天也可以再来，或者下周。”

“不，我就要今天摘到豆子。”姜白白也不知从哪里来了脾气，倔强到底，她一定要今天摘到第二株古树的咖啡果，不然她会郁闷而死的。

顾延灼真是拿她没办法，轻轻叹了口气，和她讨价还价道：“那你在这里等我，我摘了回来。”

姜白白知道他是担心自己，她说：“你知道为什么那些登山者登到半山腰的时候，明知道继续往上会有危险，也不愿意放弃吗？”

顾延灼摇头。

“类似于‘箭在弦上，不得不发’的感受吧，很多事看上去可做可不做，但就是经历者心里过不去。我现在就像那些登山者，都到达半山腰了，不可能放弃这件没有亲自做完的事，它会一直卡在我心里，憋死我的。”

一件摘咖啡豆的事，能被说出这么深刻哲理的人，大概也只有姜白白了。顾延灼只好答应她道：“好，我等你。不过实在不行了，一定要告诉我好吗？”

姜白白冲他笑道：“我答应你。”

他们摘完咖啡果后，就朝山下走。这次，姜白白走前面，顾延灼一眼就看见了她身后的东西。

“小白。”顾延灼突然叫住她。

姜白白不明所以，回过头，看向他：“怎么了？”

顾延灼顿了顿，问：“今天是什么日子？”

“啊？”这让姜白白更加疑惑了，今天是什么特殊的日子吗？“今天周六，还是你指的是农历的时间？”

顾延灼放下手里的咖啡豆，脱下外套来，这件衣服正好是上次沾上鼻涕那件，早上姜白白给他送来，他就顺便穿上了。他走到姜白白身前，拿着外套，两只手突然朝她腰上抱过去。姜白白愣了愣，一分钟后，她的腰上被系上了顾延灼的外套,遮住后面的屁股。

姜白白的脸立马红了,她明白过来是怎么回事了,今天是她例假的日子。

"谢谢。"姜白白低下头,两只耳朵也红透了,像只可爱的小兔子。

顾延灼忍不住伸手温柔地捏了捏她的鼻子,很小巧,柔软的鼻软骨在手里轻轻缩了下。他收回手,对姜白白说:"走吧,下山找春婶借你一条裤子。"

他们回到住处,顾延灼提着咖啡豆去厨房处理,姜白白则向春婶借了一条裤子换上。还好她之前在房间里的日用品没有全部拿走,她在抽屉里找到几片卫生巾,赶紧换上,这才长长舒了一口气。

姜白白去厨房找到顾延灼,看见他把咖啡果都倒入了水池里。顾延灼转头看见姜白白,她换了一条花裤子,和她红色的运动上衣搭配起来很不协调,但挺可爱的。她蹲在一旁,好奇地盯着一些往上浮的咖啡果,问顾延灼在做什么。

"给咖啡分层。"顾延灼解释道,"好的果实会沉下去,选出来拿去晾晒,不同的晾晒方法咖啡风味也会不同。"

姜白白双手托着下巴,若有所思地点了点头。她想伸手去碰水池里的咖啡豆,结果被顾延灼一把抓住了手腕。

"别碰,冷。"顾延灼蹙了蹙眉,看上去有点不悦。

姜白白这才想起自己来例假了,于是收回手,缩了缩脖子。

顾延灼处理完咖啡果后,就把姜白白送回了家。他返程的时候,接到了一个没有备注的电话,他轻轻说了声"你好"后,良久手机那头都没有回应,就在他以为是什么骚扰电话,准备挂断时,突然一个熟悉的声音响起:"好久不见啊,顾队。"

顾延灼感觉自己的整个身体像被一阵电流穿过,他浑身僵住,过了好一会儿,才反应过来。他沉下眉,声音冷冷道:"有事?"

"听说你在南城啊。"对方的声音轻轻笑了起来,"好巧,过阵子我要来一趟，约个时间见面？"

"不用了。"顾延灼直接拒绝道，"我很忙。"

"看来顾队还没有原谅我啊。"

顾延灼没等对方说完，就挂断了电话，并拉黑了手机号码。

他一脚踩下油门，将车速提升，打开车窗，让秋天的凉风灌进去，浇灭心里不断往上冒的怒火。

其实顾延灼自己也不知道在气谁，气打电话来的人吗？不对，他什么都没做错。那就是气自己，气无能为力的自己，气曾经那个自以为是的自己。

这时候，顾延灼突然想到了白天姜白白在山上对自己说的那些话，"说明你也是人啊，不是神"。想到姜白白那张似乎永远也不会被烦恼击败的笑脸，他的心情渐渐平复下来。

是啊，他也只是一个普通人，也会犯错，他从来不是无所不能的神。

咖啡展会的装置和展台已经布置得差不多了，临近收尾，姜白白过去巡查，发现卢倩叫人把她原本用来做展览的展馆里堆了许多杂物，工作人员说是卢倩吩咐的。

姜白白不是很喜欢卢倩的做事态度，虽然她做事效率高，但总是不顾及他人的感受。对姜白白是这样，对其他工作人员也是一样。她找到卢倩，希望对方能立即找人把自己展馆里的杂物清走。

卢倩抬头冷冷地看了她一眼："你们仓库没有空位了，那些东西我们总得找个地方放吧。"

"我们会给你找地方的，但那个展馆是要马上对外展出的，所以必须保持整洁干净。"

卢倩像没听到似的，低头继续做自己的事，淡淡地回答了句"行"。

但到了下午，姜白白发现东西还堆放在展馆，根本没有人去处理。她彻底生气了，又去找卢倩。卢倩正在打电话，看到姜白白进来，淡淡扫了眼，就转过身背对着她。十几分钟后，姜白白见她丝毫没有要结束的意思，终于忍不住发火道："卢倩，展馆里的东西你还没有搬走，希望你立即马上叫人去处理掉，我们展馆明天就要对外开放了。"

卢倩没搭理她。

姜白白便直接走过去，抢下她手里的手机挂断，放到一旁的桌上："你是不是对我有什么意见？因为这不像你的工作风格。"

卢倩脸上仍旧没什么表情，她双手环在胸前，眼皮懒懒掀开，看着姜白白："我有很多事要处理，你展馆的事自己叫人搬走不就行了，为什么一定要来烦我？我跟你不一样，你和白总、顾总关系好那是你的事，我的工作内容就是处理职责范围内的事，没有哪一条需要谄媚讨好他人。"

姜白白听完卢倩的话后，意识到她是在生气自己跟顾延灼和白城拓的关系，她误会姜白白能够拿下咖啡展会是因为姜白白趋炎附势，讨好了两位管理人，所以才对姜白白爱答不理，故意为难。

"那些东西是你们的，我叫人搬走不太好。"姜白白声音平静，并没有和卢倩硬碰硬，"我想的是你们自己处理起来会方便些。"

卢倩看了她一眼，移开视线："知道了，我现在就叫人来处理。"她也不想和姜白白真的为这事发生争执，既然已经给了下马威，那剩下的该怎么办就怎么办。

"谢谢。"姜白白走到办公室门口，打开门，又重新关上，她回过头来，看向卢倩，"我觉得良好的人际沟通，也算是工作的一部分，因为它可以让工作的氛围变好，从而提升工作效率。"

卢倩没理姜白白，姜白白没再多说什么，关上门走掉了。

"南城咖啡器皿演化展"正式开馆，这个展览将会一直持续到白城拓举办的咖啡展会结束，这样结合起来，客户互相引流。当然，主要是靠展会给博物馆引流，不过傅馆长为了不显得自家博物馆游客冷清，故意换了个话术。

第一天开馆，来的人不多，三三两两的，大多还是博物馆工作人员的亲朋好友，拿着免费票过来凑人气。

姜白白把自己能联系到的人，全都通知了个遍。她亲自在展馆里当向导，给前来参观的人介绍每个咖啡器皿背后的故事，一整个上午下来，她的嗓子都哑掉了。

宋清颜特意请了半天假过来捧场，她听到姜白白说话的声音后，吓了一大跳："不知道还以为你抽了一条烟呢，怎么哑成这样？"

姜白白给自己泡了杯胖大海，她拧开杯盖喝了口水，无奈地耸了耸肩："上午一口水都没喝。"

"对了，我约了周宇。"宋清颜有点不好意思道，"他马上就到。"

姜白白抬起眸，狐疑地盯着宋清颜："你和周宇哥什么时候联系上了？"

"上次不是加了他微信介绍店铺嘛。"宋清颜笑了笑，"不过最后店铺还是没有落实，但他为了感谢我请我吃了顿饭，这样一来二去就聊上了。"

姜白白啧啧了两声，觉得宋清颜这家伙有事瞒着自己。她伸出食指戳了戳宋清颜，哑着声音问："你是不是对周宇哥有意思？"

宋清颜伸手轻轻打开姜白白的手指，翻了个白眼："男未婚女未嫁，先接触接触。"

姜白白还想说点什么，结果转眼就看见往这边走的周宇，于是噤了声，伸手冲他打招呼，然后特别知趣地让宋清颜和周宇两个人去逛展，自己就不瞎掺和了。

中午吃完饭，姜白白趴在桌子上休息了会儿。半梦半醒间，她觉得脸上痒痒的，像有什么东西在蹭她的脸，她不满地把头偏向另一边，接着就醒了。她睁开眼，看见白城拓那张似笑非笑的脸。

"怎么又睡着了？"白城拓撕了一条纸巾挠姜白白的脸，见她醒了赶紧扔掉，双手撑在桌沿，笑道，"我发现你在哪里都能睡着，也是厉害。"

姜白白起身伸了个懒腰，四下望了眼，打着哈欠问："顾延灼呢？"

白城拓先是一愣，随即不爽道："我说我一个大活人站你面前，结果你睡醒张口就问另一个人，实在太过分了。"

姜白白完全没意识到，她看到白城拓后本能地就联想到了顾延灼，本来人又没有睡醒，结果下意识就脱口问出了，连她自己都吓了一跳："我……我只是……"

"你声音怎么哑成这样了？"白城拓皱了下眉，"都可以去唱民谣了。"

"工伤。"姜白白说。

"顾延灼那家伙这几天都有事呢。"白城拓冲她笑了笑，"今天就只有我，到底欢不欢迎？"

姜白白立即起身，冲他鞠躬道："欢迎欢迎，诚挚欢迎。"然后带他进了博物馆，不过她嗓子太难受了，于是就没给白城拓再作过多的介绍。

白城拓走到一个杯子前停下来，低头看着玻璃橱窗里面的东西，突然开口问姜白白："听说我们家卢倩欺负你了？"

姜白白愣了下，不知道白城拓从哪里听到的传言。她眨了眨眼，声音平淡道："没有，工作上难免会有摩擦，小问题。"

"卢倩跟着我工作有七年了。"白城拓说着不知为何轻轻叹了口气，"我有时候都想掐死她。"

有老板在背后这么说自家员工的吗？姜白白不解道："你讨厌她吗？"

白城拓转过头来，看向姜白白，轻轻笑道："没有，我只是想说她在有些方面确实比较古板，但她是个不错的人，希望你不要太放在心上。"

姜白白点了点头："放心，我不会。"主要是她没那个闲心。

展馆开放的第三天，姜白白如常在展馆接待处接待参展的人。这几天，在展馆来来去去的就镇上那些熟人，姜白白不认识的也脸熟了，所以当那个人进来的时候，姜白白一眼就认出他不是本地人。

"现场买票吗？"说话的是一个个头一米八的男人，留着平头，身材挺拔，让姜白白怀疑他之前可能当过兵，身上有种肃穆感，脸上的轮廓清晰锐利，给人一种不太好接近的气场。

"对，可以现场买票。"

"多少钱？"男人掏出钱包，递给姜白白一张钞票，拿过门票后，就进入了展馆。

姜白白看着那人的背影，有点好奇，本来想和他多聊几句，了解一下他来看展的原因，但这边又来了几个人，她便没追上去。

结果没多一会儿，那男人又折返回来，视线来回巡视了一圈，正好落到姜白白身上，他过去问她："可以找个工作人员给我讲解一下吗？"

"可以。"姜白白让其他人来帮自己看着，她带男人往里走，边走边介绍博物馆的前身，以及南城咖啡的发展史。

"对了，怎么称呼先生您呢？"

"我姓吴。"

"吴先生您是对咖啡有兴趣？"姜白白问。

"没兴趣。"对方直率道，"只是我有兴趣的人对咖啡有兴趣。"

姜白白微微点了点头，看来是一个有故事的吴先生。她带他继续往里走，沿途挨个介绍看见的器皿。

"你们这里咖啡很出名是吗？"吴先生双手插在兜里，"能赚多少钱？"

对于吴先生这个突如其来的提问，姜白白愣了两秒。她不明白他说的赚钱是指哪方面赚钱："你是问我们博物馆赚钱吗？"

"不，在你们当地做咖啡生意赚不赚钱。"

"这个不好说。"姜白白说，"因为你这个问题太笼统了，就像在问算命先生我这辈子会不会发财一样，到底多少钱才算是发财呢？没有具体一个数字来衡量，所以我也没法回答你。"

听完姜白白的话，吴先生笑了笑，但不是心悦诚服的那种友善的笑容，而是不屑的笑，好像姜白白刚才说的都是废话。

"旁边的咖啡展会什么时候举行？"他又问。

"下周一。"姜白白回答。

"白氏集团跟你们合作的？你们见过白氏集团的人吗？"

姜白白敏感的神经发出警告，她仔细看了眼吴先生，意识到他原来醉翁之意不在酒，他感兴趣的不是展览，而是来打听消息的，心里奇怪他为什么这么关心白城拓的事。

她眨了眨眼，露出纯真无辜的笑容来："我只是一个普通的工作人员，所以我不清楚。"

吴先生便没再继续追问，简单地逛了下就离开了。

姜白白把这事发信息告诉了白城拓，问他是不是有什么商业竞争对手。

白城拓过了很久回复了她一句："无敌是多么寂寞，不需要搭理。"

下班后，姜白白收拾东西走人，路过咖啡展会的展馆时，听到了有人争吵的声音。她过去一看，发现是卢倩在跟一个工作人员吵架，卢倩非常强势，说话咄咄逼人，一句话就把对方怼得哑口无言。姜白白心里有点叹服，开始庆幸之前自己没和她吵架，否则铁定吵不过。

"这么简单的东西你都做不好，你知道你很耽误事情吗？"卢倩生气道。

对方看上去并不服气，虽然没说话，但明显能感觉到在压着火。

"你现在快去重新找人！"

对方站着没动，突然他取下脖子上挂着的工作证，"啪"的一声摔到地上去："你重新找人吧，我不干了。"说完，转身扬长而去。

卢倩显然没料到会是这个结果，姜白白看见她背对着自己的背影微微颤抖了下，她好像被气哭了。

卢倩让姜白白想到了自己初中时候班上的一个女同学，成绩很好，在班上还是班长，深受老师喜欢，但班上同学没有一个人喜欢她，因为她总是拿着老师给她的权力对大家发号施令，大家不听她的话，就觉得是嫉妒她。她们一样的偏执，眼里只看到了目标，却忽略了更多的东西。

姜白白掏出纸巾，走过去递给卢倩。

对方抬头看了她一眼，接过纸巾，深呼吸了口气，又恢复了冷漠的神情："现在这些年轻人对待工作实在太怠慢了。"

"出什么事了吗？"姜白白问。

"本来约好的三位咖啡师，现在有一位不来了，之前都是刚刚那个人在和他们对接，结果他没及时把这事报给我，眼看下周就要开幕了，去哪里临时找人呢。"

姜白白眨了眨眼，对她说："我有一个人选。"

于是，姜白白把周宇推荐给了卢倩。卢倩看了看周宇的资料，觉得还不错，于是让姜白白约周宇第二天见面。

"谢谢了。"卢倩垂下眼睛，想到之前故意难为她的事，有些不好意思。

姜白白大方笑道："别客气，自家人。"她想到白城拓之前跟她说的那些话，卢倩只是待人接物上有点不近人情，但人还是不错的。

回去后，姜白白就把这事告诉了周宇。他最近一段时间情绪都很低落，因为在镇上找了很久的店铺都没找到合适的，要么位置不行，要么租金太高，他都有要打算放弃的念头了，所以姜白白的电话来得很及时，听说咖啡展会上需要咖啡师，他立马就答应了。虽然这不能解决根本问题，但至少能让他先有事可以做，不用每天都在家里闲着，年纪也不小了，被人说啃老也怪难为情的。

　　周宇很快通过了卢倩的面试，和他签了咖啡展会的合作。姜白白等周宇从卢倩办公室走出来，递给他一瓶饮料："加油，都会好起来的。"

　　周宇看了她一眼，笑道："我好着呢。"说完抬头，视线里看到了一个人影，他朝姜白白努了努下巴，"那个人是来找你的吧。"

　　姜白白循着他的视线看去，顾延灼正靠在门边低头看手机，看上去百无聊赖的模样。

　　姜白白眼睛里的光瞬间亮了，她对周宇说自己先去忙了后，就朝顾延灼走去，打招呼道："顾老板。"她还是习惯性地这样喊他。

　　顾延灼抬起眼来，他已经进来好一会儿了，看见姜白白在和周宇说话，就没过去。他放下手机，扬了下眉，问姜白白："展览还顺利吗？"

　　姜白白笑了笑，实话实说："一般。"

　　顾延灼直起身子，对她说："带我看看？"

　　姜白白开心地点了点头，带他去展馆看展，结果刚没走几步，就被顾延灼拉住。他从旁边的桌上拿下一个袋子，递给姜白白："我把之前摘的咖啡果做了一些挂耳咖啡。"

　　姜白白打开袋子，发现里面躺着包装完好的挂耳咖啡，红色的包装袋，颜色明丽，心情也跟着好了起来。

　　"我用南城当地的鲜花处理了一下咖啡豆，喝起来会有花香。"

　　姜白白仰起头，眼睛笑得弯成了两道好看的月牙："谢谢，我超级喜欢。"

　　姜白白给顾延灼介绍展馆里的东西，她说这次展览的灵感来自家里的那台古董咖啡机："要不是上次你在我家里提到它，我都完全不会注意到，所以你才是我的灵感缪斯。"

　　顾延灼笑："那你得对你的缪斯好点了。"

"我请你吃饭。"姜白白说，"吃秦叔家的牛肉串怎么样？"

"好。"他顺从地答应道，伸手拉了姜白白一下，"你嗓子都哑了，少说点话，不需要给我介绍，我自己看就行。"

姜白白点点头，安静下来，跟在顾延灼身边。他不时停在展出的物件前面低头细看会儿，看到自己感兴趣的就拿出手机来拍照。姜白白的眼睛则一刻不停地留在他身上，他身上沉着安静的气息，让她不自觉安心下来，原本心里那些毛躁的情绪也被妥帖熨烫平整，她很希望时间可以停在这一刻，让她和顾延灼可以多待上一小会儿。

"你干吗一直盯着我看？"顾延灼突然转过头来，正好对上姜白白的视线，嘴角上扬，"偷看我？"

姜白白脸一红，立马否认道："没，我在发呆而已。"

顾延灼轻笑道："那你这个呆发的时间可真长。"

姜白白瞪了他一眼，扭过头，没再搭理他了。

展馆里的东西很快就逛完了，顾延灼决定去隔壁看看咖啡展会的收尾工作，等姜白白下班后再来接她吃饭。

两个人往秦叔家的小店走，路上遇到了很多游客，因为快到咖啡展会举办的时间了，现在镇上聚集了许多外地人，秦叔家的牛肉串作为当地一道特色美食，自然人气很旺。他们到的时候，门口已经坐了许多人，刚好还剩下最后一张空桌。

顾延灼去点菜，姜白白坐在椅子上四处张望，她还从来没在镇上一次性见到这么多游客，看来这次咖啡展会在博物馆举办是非常明智的选择，只是要如何把这些人往博物馆的展馆引呢？她正想着，眼睛突然扫到一张熟悉的脸，她怔了一秒后，认出是上次来打听白城拓的吴先生。他刚好也看到了姜白白，但眼睛很快就掠过去了，往她旁边看去，接着视线停顿，好像看到了他一直在寻找的什么东西似的。姜白白看到他眼里似乎闪了下光，于是转头想看看他在看什么，结果看见了手里端着玉米酒走过来的顾延灼。

顾延灼显然没注意到有个奇怪的男人正在盯着自己看，他回到位置上坐下，把玉米酒端到姜白白面前，说："这酒我让服务员温了下，现在喝正好。"

姜白白刚张嘴想回答，就看见吴先生朝他们的方向走来。

"顾队，好久不见。"

听到声音的顾延灼身体明显僵硬了一下，他缓缓转头去看身边叫他的人，眼睛里的光逐渐暗了下去。看见吴凯后，姜白白觉得顾延灼周边的气压瞬间低了下来。

吴先生倒是一点没有见外的意思，直接在空着的椅子上坐下来，看着顾延灼，嬉皮笑脸道："真巧啊。"

顾延灼站起身来，居高临下看着吴凯："我们找个地方聊。"他不想在姜白白面前和吴凯说话，于是朝对面的小巷走去。吴凯立马起身，跟了过去。

姜白白茫然地看着他们两人的背影走远，整理了下思绪。显然吴凯跟顾延灼和白城拓都认识，应该是有什么交集吧，但看顾延灼对他的态度，这种交集应该是令人不悦的关系。

牛肉串上来了，姜白白撑着下巴继续等顾延灼。她眼睛死死盯着小巷口，心里很担心，但既然顾延灼是故意把人叫到那里谈话，明显就是不想让她知道是什么事，于是她只能乖乖继续坐在位置上等。她喝掉了一杯玉米酒，然后又要了一杯。

不知道过了多久，顾延灼一个人从小巷里出来，过了会儿，那个吴先生才跟跄地走出来，不过是朝另一个方向走去，看样子是挨了顾延灼的拳头。

"快吃吧。"顾延灼拉开椅子，没事人般坐下，好像刚刚他只是去洗了个手回来。他把姜白白的视线唤回来，递了一把牛肉串给她。

姜白白接过，看了看他脸上的神情，很平静。她知道他不想提到这件事，于是便什么也没有问。

♥
—— 第九章 ——
你什么时候表白

　　咖啡展会正式启幕，当天博物馆一次性涌进了上千人，也因此给旁边的展览带来了不少人气。博物馆的所有工作人员都进入应战状态，每个人每天都忙得脚不离地。

　　展会开幕仪式上，白城拓和顾延灼都有参加，于是姜白白抽出几分钟的时间溜过去悄悄看了眼。远远就看见坐在前排椅子上的顾延灼，穿一身黑色西装，端正地坐着。他身后有几个女生，正拿着手机对着他偷拍。姜白白看了心里很不爽，只能冲她们翻白眼发出无声的抗议，然后又溜回自己的工作岗位上继续工作。

　　休息间隙，姜白白拉开抽屉看到上次顾延灼送她的咖啡挂耳包，于是拿了一包出来，上面还有顾延灼手写的冲泡方法。顾延灼的字刚劲大气，一撇一捺都能看出力道来，她用手指指腹轻轻摩挲了下他的字迹，然后撕开包装袋，给自己冲泡了一杯咖啡。

　　咖啡的气息弥散开来，带着淡淡的花果气息，姜白白喝了口，咂咂嘴，觉得心里格外暖。这时，傅馆长来她办公室，正好看到她在喝咖啡，鼻子嗅了嗅："这咖啡味道不错呀，什么牌子的？"

　　姜白白放下杯子，耸耸肩："朋友送的。"

　　傅馆长舔了下嘴唇，厚脸皮道："还有吗？我可以喝一杯吗？"

　　姜白白想说"不可以"，但这样显得自己太过小气了，连一杯咖啡都不愿给自己的上司喝。她有点不高兴地皱了皱眉，从抽屉里心不甘情不愿地拿出一包咖啡来，递给傅馆长。

　　傅馆长接过看了看："这包装还真是朴素，居然还是手写的。"

　　"馆长——"姜白白拖长声音，表达不满道，"你不喝就还给我。"

　　"喝。"傅馆长把咖啡顺势揣进了包里，然后想起还有正事没跟姜白白说，"待会儿你准备些点心和饮料，给展会的工作人员送去，他们今天辛苦了，我们作为东道主得表示一下感谢。"

　　姜白白不悦道："我们的工作人员也很辛苦呀。"

　　"现在展馆里没多少人了，就趁着休息时间去嘛。"傅馆长见姜白白露出不乐意的表情，想到上次吃饭的时候她提要辞职的事，心里不免紧了紧，于是对她说，"等展会结束后，给你们发奖金。"

　　听到"奖金"两个字，姜白白顿时来了精神，俗话说"有钱能使鬼推磨"，奖金能使姜白白起死回生，她立马冲傅馆长敬了个礼，应道："没问题，我现在就找人去买点心和饮料。"

　　姜白白准备好点心和饮料后，就拿到隔壁展会分发给工作人员。周宇做咖啡的展台前聚集了许多人，她从后面绕进去，把点心和饮料放到一边的桌子上，看见周宇正在拉花，许多游客还掏出手机来录视频。她突然觉得在博物馆有这样一个专门做咖啡的地方也不错，既占不了多少空间，又可以吸引喜欢咖啡的人。

　　姜白白正想着，周宇转身就看见了她，冲她打了声招呼，问："今天你那个朋友来吗？"

　　姜白白在想他指的是谁，他就继续道："清颜。"

　　"她要来的，不过要晚点。"姜白白有点疑惑，"你没邀请她来吗？"不过更让她好奇的是，周宇怎么突然对宋清颜这么上心了，看来两人之间有故事发生。

　　周宇正在磨咖啡豆，机器的声音有点大，将他的声音盖住了一部分："没好意思。"

姜白白倒没想到周宇会这样想，因为他给人的印象一向都挺自信的，竟然也有不好意思的时候。她忍不住笑起来："清颜是个好女孩，你要加油。"说完，不等周宇答话，就溜了出去。

展会里面的人太多了，姜白白小心地不碰到参会的人，端着点心饮料如同表演特技般躲过人流，盘子挡在她脸前面，遮住了视线，走到转角处，前面便钻出一个人挡住了她的去路。

姜白白放下盘子，看见顾延灼就站在自己面前。他伸手帮她接过盘子，看了眼里面的东西，随手递给身边的工作人员，让他帮忙分发。

"谢谢了。"姜白白伸展了一下手臂，终于得以解脱。

"你们博物馆的工作还真是繁忙。"顾延灼调侃道，"还要负责过来分发小点心。"

"尽地主之谊嘛。"姜白白用傅馆长的话回答了他。

顾延灼见她忙得额头上都微微沁出了汗，不免有些心疼。他伸出手来想捏捏她的脸，结果展厅里的火灾警报器突然响了起来，声音尖厉地划过空气，展会里的人群瞬间骚动起来。

大家都慌乱起来，不明就里的人已经开始往展会门口跑去，一个人跑，就带动了其他的跟随。人在恐惧和未知的情况下，极易失去理智和判断力，结果许多人都一窝蜂地朝门口挤，有人因此摔倒，有人撞倒了旁边的桌子发出疼痛的呻吟声，加剧了紧张的气氛，整个展厅四面八方都喧哗起来，闹哄哄的。

姜白白身边的人也开始往外冲，她肩膀被人狠狠撞了下，差点摔倒，幸好顾延灼及时拉住了她。顾延灼冲旁边的人群大喊："大家别跑！小心发生踩踏！"

姜白白的身体被顾延灼紧紧抱在怀里护住，她下意识地伸手抓住他的衣摆，整个人被对方圈在怀里，格外安全。

顾延灼一边把她往旁边带，一边拉住疯狂往外跑的人，他声嘶力竭地劝大家不要往外冲，但毫无效果。最后，顾延灼把姜白白带到一个有柱子的地方，让她蹲下身子抱着柱子，然后他起身去救那些受伤的人。

姜白白从没经历过这样的事，她抱着柱子喘了几口气，慢慢镇定下来。

展会厅里的灯光熄灭了，光线昏暗，大门处还有人不断往外挤，有人摔在地上被人群踩过，此时躺在地上痛苦地呻吟，还有些光线昏暗处看不真切。

一切都发生得太快了，以至于眼前的这一切仿佛都在梦中，姜白白四下搜寻顾延灼的身影，不知道他跑到哪里去了，随后她看见顾延灼蹲在一个躺着的老人身边，正用双手不停按压对方的胸口。

姜白白看了眼周围，自己身边已经没人了，她松开抱着的柱子，朝顾延灼的方向跑过去。

老人的胳膊在流血，往外跑的时候他胳膊蹭到了边缘锋利的东西，被刮破了。姜白白不知道该怎么做，于是抬头向顾延灼求助。

顾延灼做完胸外按压后，从旁边桌上的桌布撕下一块布条来，让姜白白帮忙抬起老人的胳膊，他用布条绑住胳膊上端，帮老人止住血。老人动了动手指，声音含混不清地对他们说了句："谢谢。"

顾延灼转头对他说："躺着别乱动，一会儿救护车就到了。"刚才他已经拨打了120，还有119。

姜白白突然想起了什么，抬头四下张望，意识到一件事情："并没有起火啊。"

顾延灼从开始就注意到了，展会厅并没有明显火源和烟雾，应该是警报器出了故障，才导致这样的事故发生。他站起身来，继续去给另一个受伤的人进行包扎。

姜白白发现顾延灼的手法熟练，她这才想起他以前是救援队的，所以在救人方面才会如此熟练吧。她像个小助手一样跟在他身边，不时帮忙递点东西。

　　救护车和消防员没多久就赶了过来，展会厅内的灯光重新亮起来，大家帮忙把受伤的人抬上担架，顾延灼这才停下来休息。

　　"白白！"周宇从外面跑进来，看见姜白白后脸上惊慌的神情还没散去，"吓死我了，我找了半天都没看见你人。"

　　姜白白冲周宇笑了笑："我没事。"

　　顾延灼淡淡瞥了眼周宇，说："她在我身边不会受伤的，你管好自己就行。"

　　周宇看了顾延灼一眼，要是平时肯定反驳他了，但姜白白确实安然无恙地待在他身边，便什么也没有说。

　　展会厅里乱成了一团，今天只好提前结束了活动，留下工作人员进行打扫整理。

　　白城拓不过是去了趟洗手间，没想到回来展会厅会变成这样。卢倩看见他的时候，脸色惨白，自责都低下头去："对不起，是我之前没有做好紧急方案。"

　　白城拓拍了拍她肩膀，安慰道："不关你的事，先善后吧。"

　　白城拓朝顾延灼看了眼，示意出去再说。

　　姜白白和博物馆的其他工作人员也留下来一起帮忙收拾。她看见卢倩整个人看上去垂头丧气的，完全没有精神，于是过去安慰道："这种意外谁都不会想到的。"

　　姜白白话还没说完，卢倩就打断了她："能想到的，参会人数那么多，这种紧急预案本来就该提前做好，是我大意了。"

　　"但事情已经发生了，自责也没用……"

　　"我会向白总提出辞职的。"

　　姜白白没想到卢倩会这么决绝，竟然要以辞职来道歉。她本来还想再劝卢倩几句，但对方显然不想再听，直接走开了。

大家一直收拾到深夜，才把展厅里的东西全部复原。第二天又要照常开馆，所以大家都急着回家休息。

顾延灼送姜白白回家的路上，姜白白提到了卢倩的事，不过顾延灼一点都没惊讶，说："卢倩已经向白城拓提出辞职了，说等展会结束后就走。"

"白城拓批准了吗？"

"肯定没。"顾延灼轻轻叹了口气，"卢倩在性格上确实有点问题，她不允许自己犯错，所以这次的事给了她很大打击吧，她觉得很对不起白城拓。"

"人非圣贤，孰能无过。"姜白白拉长声音悠悠叹息道。

顾延灼转头看向她，笑着伸手揉了揉她的头发："毕竟不是每个人都像你这样。"

姜白白眨了眨眼睛："像我这么乐观积极向上吗？"

顾延灼想了想，说："没你这么厚脸皮。"

姜白白转头，瘪了瘪嘴，露出不爽的眼神。

顾延灼每次见她生气，不知为何，心里都奇异地觉得开心，仔细想来似乎有点变态。但平时姜白白对其他人都很少露出这一面，她在大家面前总是笑嘻嘻的模样，脾气很好的样子，所以她突然生气或者不满的时候，反倒让顾延灼觉得她放下了自己对外的那种防备，愿意坦率而真诚地和他相处。

姜白白发现顾延灼在笑后，瞬间更生气了，瞪向他："看来你有施虐倾向，喜欢看别人生气。"

顾延灼脸上的笑意更深了。此时街边有推车卖糖炒板栗的摊贩，他看见了，拉了姜白白胳膊一下，问："要吃点东西吗？"

"吃。"姜白白继续瞪他，"你请客我就吃。"

顾延灼站在摊贩前等老板把板栗装进袋子里，街上现在没什么人了，街灯也不是很亮，他们就站在昏暗的街道旁，像隐秘地做着不为人知的交易。

姜白白盯着顾延灼的侧脸，黑暗将他的脸浅浅地埋住，像工笔画里几笔勾勒出的侧面轮廓，他从包里掏出钱来递给对方，接过板栗，大概是有点烫，他把板栗从右手换到左手，然后抬眸看向姜白白，两人四目相对了下，姜白白张了张嘴，包里的手机突然响了下，声音特别大声，在安静的夜晚，显得有点诡异。白天工作因为展馆人太多，姜白白怕收不到工作群的信息，于是把铃声调至最大，下班后忘记了关。

她拿出手机，屏幕上出现的是直播平台的自动提示消息：亲爱的用户，您的账号已经解封了，快来看看吧！

姜白白回家后，洗完澡躺在床上，桌子上放着顾延灼买给她的板栗，她闻了闻味道，不舍得一次性吃完，决定慢慢攒着吃。

她枕在枕头上，打开手机上的直播软件。她的账号"灵魂挖掘机手"确实已经解封了，不过因为好几个月没有更新动态，掉了不少粉，但也有新增粉丝，不多，也就十几个的样子。她点开新增粉丝，挨个滑下去，看到一个名为"魔鬼飞行员"的新用户关注了她，对方什么动态也没有，注册时间是两个月前，那时她的账号都已经被封了。

姜白白不禁有点感慨，看来她在直播界还是有一定地位的，即使在没有内容更新的日子里也依然有人愿意关注她。

顾延灼这几天和白城拓住在之前的酒店里，他到了后给姜白白发了消息，说自己到家了。

姜白白看到弹出来的信息，抱着手机在床上滚了一圈，嘴角不自觉高高扬起。她打开对话框，回复他："那早点睡觉！"

过了会儿，对方回复了个"好"。

好。姜白白盯着这个字看了半天，想从中找出点顾延灼发信息的情绪，但完全没有，只能想到他那张毫无表情的脸，冷冷地对着手机屏幕。

姜白白想了想，打开网页，搜索"如果有好感的人对你非常高冷，他是对你有意思还是没意思"。

　　然后出现的搜索结果几乎都是"算了吧姐妹，对方对你没感觉""如果他喜欢你，他对全世界都高冷，但对你肯定不会""谁年轻的时候没爱过几个高冷男神呢"……

　　姜白白沮丧地关掉手机，呈大字形躺在床上，望着房间的天花板发呆。她眨了眨眼，突然反应过来，她是从什么时候开始喜欢上顾延灼的呢？就在今天晚上之前，她对顾延灼的情感还出于一种类似在迷雾里的状态，但下午在展会厅发生的事，她现在还记得清清楚楚，每个细节，周围骚动的人群，突然把她往外挤的人流，惊恐的尖叫声，顾延灼把她护在怀里时衣料摩擦她皮肤的触感，他温暖的体温，以及许多许多无法一一描述的东西，好像一把弓箭朝她突然射来，冲破了迷雾，直击她的心脏。

　　这种感觉，就是喜欢吧。

　　不仅仅是顾延灼对她好，愿意冒着生命危险和贾老板坐上直升机，去山上摘咖啡果时担心她的身体状况，发生危险时第一反应是先保护好她，不仅仅是这些。面对顾延灼的时候，她好像总是可以随意地袒露自己的情绪，生气、不满、任性地撒下娇，她不用对谁都是一副乐天快乐的样子，在他面前，她觉得自己是一个完整的人了。

　　姜白白对着天花板，眨了眨眼，手放在胸口的位置，她想，原来喜欢一个人是这样的心情。

　　虽然展厅的事故已经妥善处理好了，但大家仍旧心有余悸，第二天来参会的人数明显减少了许多，整个展会厅看过去显得空旷了不少。

　　宋清颜倒是挺开心，因为她可以近距离站在周宇的操作台前，喝他亲手冲的咖啡了。

　　姜白白看着低迷的人气，陷入了惆怅。今天卢倩一大早就来了，但一直没有说话，默默做事，昨天的事故就像是拔了她的老虎牙，整个人看上去特别沮丧。

"那个人是谁啊？"宋清颜见姜白白一直盯着卢倩看，好奇道。

"白城拓公司的。"姜白白简单讲了一下昨天的事，"她就因为这件事提出了离职，现在估计都还在自责中吧。"

宋清颜睁大眼睛，觉得不可思议，于是问姜白白："如果是你，你会怎么做？"

姜白白诚实回答："可能最开始我会先想着逃跑吧。"发生昨天那种事故，她肯定会非常慌乱，但静下来还是会主动承担责任，不过肯定没有卢倩那么快地做出决定，"然后请求从宽处理，现在这年头工作这么难找，有饭吃的时候就该狠狠吃几口才对。"

宋清颜喝了口手里的咖啡，用手戳了戳姜白白："那你想办法安慰她一下吧。"

姜白白耸了下肩膀，不是她不想安慰，而是她也不知道该怎么安慰卢倩了。

周宇做好了几杯咖啡，姜白白拿走两杯，把其中一杯给了卢倩。

卢倩看了她一眼，接过说："谢谢。"

"有什么需要帮忙的吗？"姜白白热心道。

"没有。"卢倩声音有点哑，"我一早就做完了。"

姜白白点头，想再说点什么，卢倩已经起身去忙了。

中午，白城拓为了鼓舞士气，特地从镇上最好的饭店订了午餐送来给大家吃。空运过来的海鲜、时令蔬菜、各式点心，还有鲜榨蔬果汁，大家在休息室腾出桌子，围坐在一起吃饭。

姜白白问顾延灼会不会一起来吃午饭，他说处理完手里的事就过来。

姜白白一边咬着筷子一边开心地盯着手机，一旁的周宇瞥了她一眼，问："你捡到宝了？"

姜白白抬眸，乌黑的眸子里泛着光，她神秘兮兮道："确实是个宝。"

周宇不明所以，干脆低头吃饭。

"白白，你看见卢倩没？"白城拓突然问道，他发现卢倩没来吃饭。

"我去找找。"姜白白放下筷子，去找卢倩，最后在展会厅看见了她，她正坐在椅子上发呆。

"你怎么不去吃饭？"姜白白走过去问，"今天的菜可丰盛了，可不是每天都能这样公款吃喝的，得抓紧时间多吃点才是。"

卢倩抬头看了姜白白一眼。姜白白脸上一派纯然的笑容，是真心在邀请她，想到之前因为自己的嫉妒而故意刁难对方，卢倩觉得自己更羞愧了。

"为什么你总是这么高兴的样子？"卢倩不解道。

"我爸经常给我说，人开心是一天，不开心也是一天。"姜白白说，"既然这一天始终都要过去，那不如让自己开心点。"

说完，姜白白伸手去拉卢倩的手，带她去休息室吃饭。卢倩挣扎了两下，就放弃了，乖乖跟着姜白白去到休息室。

她们一进门，就看见顾延灼坐在最中间的位置上，不过他旁边坐着另一个女生小美。这是博物馆里新来的前台，刚刚大学毕业，人长得甜美可爱，每天都叽叽喳喳的，最近因为展会忙，她像只小麻雀一样到处穿梭。昨天顾延灼英勇救人的事，让小美瞬间化身他的头牌迷妹，于是趁着吃饭的时间，坐到了他的旁边，一直没话找话，还一个劲给他夹菜。

姜白白看见小美正笑着和顾延灼说着什么话，心里闪过一丝不爽的情绪，本来想拉着卢倩去另一边吃饭。结果旁边的白城拓看见了她们俩，于是赶紧把她们招呼过去。

"姑奶奶们，再不吃菜都凉了。"白城拓拿了两副碗筷给她们，看了卢倩一眼，也没说什么。

下午大家开了一个短会，针对如何挽回咖啡展会低迷的人气，每个人都发表了不同的看法。博物馆的工作人员和白氏集团的工作人员聚在了一起，众说纷纭，但白城拓似乎都不太满意。

姜白白坐在位置上，盯着桌上自己的手机看了会儿，突然举了下手，她说："或许我们可以采取直播的形式试试。"

白城拓听到"直播"，觉得有点意思，示意姜白白继续说下去。

"我的直播账号正好有一百多万粉丝，我可以用自己的账号给这次展会做直播。然后我们再找一些本地和附近城市的主播，一起来做，这样可以扩大辐射范围。"

"你账号解封了？"白城拓都快忘记了这事，他一说完，顾延灼就抬眸朝姜白白看了眼，不禁想起她账号被封的原因，"但你之前的直播内容都跟挖掘机有关，和咖啡没什么关系，关注你的那些粉丝可能不会感兴趣。"

"之前日本倒是有推出挖掘机咖啡杯，还在网上火了一阵子，我看网上还有卖这个杯子的。"卢倩说完，停顿了两秒，看了看大家的反应，见大家都在仔细听她讲话，她才继续说，"或许可以把挖掘机和咖啡结合起来。"

"要不我们申请个吉尼斯世界纪录吧。"姜白白提议，"用挖掘机的铲斗来装咖啡。"

顾延灼表情淡淡道："太傻了。"

"是啊，干脆直接用挖掘机来制作咖啡好了。"周宇本来是想调侃，没想到话音刚落，就发现大家纷纷朝他看来。今天这个短会，他完全是抱着打酱油的心态来的，没想到随意一句多嘴，好像给大家带来了新思路？

白城拓看向姜白白，问："之前你用挖掘机开瓶盖，那能用挖掘机冲咖啡吗？"

大家的脑回路过于清奇，姜白白见所有人都用一种特别期待的眼神望着自己，她有点不好意思说自己"不行"，但她确实没有任何把握。

"可是我不会做咖啡。"

"没事，哥教你。"周宇拍着胸脯，自信满满道，"一小时速成班，包教包会。"

姜白白冲他翻了个白眼，让他别多嘴。

顾延灼的食指和中指弯曲着在桌上敲了敲，嘴唇绷成一条线，他有点不悦周宇对姜白白的那种亲昵感，于是说："我教你。"

姜白白这次没有拒绝，而是舔了舔下嘴唇，有点不太自然道："但我没法保证能用挖掘机操作，要是不行，你们可别怪我啊。"

见姜白白还没开始学，就甩包袱了，顾延灼忍不住笑了笑："没事，谁都有失败的时候。"

对面的卢倩听到这句话的时候，心里动了动，淡淡地看了他们一眼，又垂下头，轻轻地从嘴里吐出一口气来。白城拓正好看见了她这个细微的动作，嘴角不由得弯了弯。

顾延灼把制作咖啡的流程向姜白白全部演示了一遍，从磨豆到冲泡，想让姜白白从中找到她觉得可以用挖掘机操作的步骤。但看完后，姜白白沮丧地摇了摇头，叹了口气道："用挖掘机的话，这些东西估计全部都会被它的铲斗给打碎吧。"

大家只好重新想新的方案，这时周宇想到了什么，他抬头对姜白白说："用挖掘机来拉花呢？"

顾延灼愣了下，拉花是咖啡操作里面最考验技术的一环，因为要求咖啡师手不能抖，对心理素质要求也很高，否则拉出来的花就是鬼画符。

"我们可以在铲斗上绑一个拉花壶，绑紧后它其实不会那么容易抖的，加上小白稳定的操作技术，其实是可以拉一些简单的图案出来的。"周宇心里其实也不太确定，但眼前似乎也没有其他更好的方法了。

姜白白想了想，对他们说："我们先试试吧。"

傅馆长知道这群年轻人一直在想办法如何挽救低迷的人气，既然大家都这么努力，他就放心地回到自己办公室开小差看闲书了。

姜白白来办公室找他的时候，他的脚放在办公桌上，一边喝着咖啡一边看着书，全然一副逍遥自在的神情。

"傅馆长。"姜白白见敲门没人理她，直接推开了门。

"什么事？"傅馆长慌乱地把脚从桌上放下来，关上书，随手扔到一旁，正襟危坐，不想让姜白白察觉到他在偷懒。

"我有件事要拜托你。"

傅馆长用手托住下巴，扶了扶眼镜，神色淡然："你说。"

"我们需要一台挖掘机。"姜白白说，"我家那台挖掘机被我爸开到工地上去了，但现在急着用，我知道你人脉广，肯定能想办法借到吧。"她故意把"人脉广"三个字咬得很重，先把傅馆长的位置抬高，这样就不容易下来了，事情办起来也会更快。

傅馆长看上去很受用，他直起身子，清咳了两声："我会想办法的，最近辛苦你们了。"

于是，姜白白把这个重任交给了傅馆长，自己去练习拉花了。

周宇做好咖啡，把拉花壶里的牛奶加热到适宜的温度，然后递给姜白白。姜白白深吸了口气，小心翼翼地接过拉花壶，然后按照顾延灼教给他的方式开始拉花。几分钟后，她完成了拉花，把咖啡放回桌上。

顾延灼和周宇同时凑上去看，周宇皱了皱眉，疑惑道："你拉的这是什么？五角星？"

顾延灼觉得这个图案更像是一张扭曲的笑脸。

姜白白摇了摇头："这明明是一个爱心。"

"……"周宇不太想打击她，于是没有说话。

"还是挺像的。"顾延灼鼓励她，"多练练就好了。"

姜白白就算再傻也能从他们脸上看出"这拉花是个什么东西"的表情来，她绷紧唇线，有点沮丧。

顾延灼察觉到后，走过去，拿走拉花壶重新倒上牛奶，然后递到姜白白手里。

"我带着你拉一次。"顾延灼站在姜白白身后，轻轻握住她拿着拉花壶的手，然后举起，开始往咖啡表面上拉花。

顾延灼离姜白白很近，她甚至感知到对方轻轻呼出的鼻息，只要稍微一转头，几乎就能贴到顾延灼的脸上。因此姜白白不禁紧张起来，身体僵住，不敢乱动，手在顾延灼的带动下，轻轻把壶里的牛奶往咖啡里面倒，这让她想到了小时候练书法的情景，顾延灼握着她的手一停一顿，有固定的节奏韵律，虽然只是一个简单的爱心图案，但她能感觉到对方的用心和专注。

"身体放松点。"顾延灼在她耳边小声道。

姜白白觉得自己的身体一阵酥麻，脸上有点热，她的耳朵很红，还好今天披着头发，看不出来。

"你再试一次。"拉花完成，顾延灼松开姜白白的手，见她脸有点红，知道小姑娘不好意思了，于是默不作声地移到一边去，不动声色地看着她继续练习拉花。

这时旁边的周宇用胳膊肘轻轻碰了顾延灼一下，对方转头看他。

"话说，你什么时候表白？"

顾延灼扬了下眉，没说话。

"我早看出来了，你对小白有意思吧。"周宇一脸"我早已看穿一切"的神情，"看得出来小白对你也有意思。"

顾延灼勾了勾嘴角，继续看向姜白白。她有点手忙脚乱，拿着拉花壶，眉头紧蹙地把壶里的牛奶往咖啡杯里倒。

"好好对我们家妹子哟。"周宇瞥了眼顾延灼，"不然我肯定不会放过你。"

顾延灼终于笑了起来，对周宇说："如果她不开心，我第一个不放过自己。"

姜白白在练习了一下午的拉花后，终于能拉出一个勉强能看出是爱心的拉花图案了。

"其实用挖掘机拉花大家看的也是一个新鲜，就算没拉好，想必也不会怎样。"周宇觉得姜白白的拉花技术大概只能止步于此了，短时间想要练好拉花根本不可能，他当时就是瞎提了一个意见。

这时，傅馆长过来找到他们，告诉姜白白他向文化局借到了一个小型挖掘机，这台挖掘机是他们用来植树的，很少使用，都快放在仓库里发霉了。

"挖掘机被拉到大门口了，你看看能不能用。"傅馆长扶了扶眼镜，低头看见桌上摆着十几杯模样丑陋的咖啡，心痛道，"哪个遭天谴的这么糟蹋咖啡，这是拉花吗？还是屎？"

"……"

周围的空气瞬间安静了下来，姜白白看向傅馆长，眨了眨眼，说："是我拉的。"

傅馆长差点没被自己的口水噎住，他咳嗽了两声，转移话题道："先去看挖掘机吧。"

文化局的挖掘机要比大华的型号小很多，反倒更适合用来操作精巧一点的工作。姜白白坐上挖掘机，开始调试机器，她之前只开过大华，所以和新挖掘机需要磨合一下。

"我们家白白还真是十八般武艺俱全呀。"傅馆长手里端着姜白白做坏的咖啡喝了口，心里不禁生起感慨，"左手策划案，右手挖掘机，文武双全，不愧是我调教出来的员工。"

一旁的顾延灼听了，淡淡道："确实厉害，该涨工资了。"

傅馆长听到"涨工资"三个字，差点没被嘴里的咖啡给呛到，他装作没听到的模样，伸手拍了下脑门："哎，突然想起还有工作没处理完，我先忙去了。"然后端着咖啡，溜之大吉。

白城拓出来找到顾延灼，见他正在看姜白白开挖掘机，走过去拍拍他肩膀，揶揄道："你之前不是觉得别人开挖掘机很土鳖吗，现在看得这么入迷？"

顾延灼没转头看他，双手环在胸前，脸上没有表情："你都说了，那是别人。"

白城拓"啧啧"两声："什么时候白白成自己人了？算了，不跟你贫了，我有事要和你说。"

顾延灼听见他语气突然变得严肃起来，于是把视线移回来，看向白城拓，问："怎么了？"

"昨天的事故调查结果出来了。"白城拓神色沉了下，"是有人故意启动了火警报警器，还切断了电源线。"

顾延灼蹙眉道："有监控吗？"

白城拓笑了笑："好巧不巧，能拍到监控画面的那几台监控器都出问题了，这很明显是有预谋的行为。"

顾延灼没说话了，他突然想起了一个人来，但不可能是他，于是迅速排除："你最近有和谁起争执吗？"

白城拓抬了抬眉毛："你觉得是看不惯我的人做的？"

顾延灼眨了眨眼道："我又没朋友，我社恐。"

白城拓还是第一次见有人把"社恐"这个借口用得这么顺溜的，他翻了个白眼："我已经拜托警察继续调查了，至于是谁，只有等了。"

这时，和新挖掘机磨合结束的姜白白从驾驶室里下来。看见白城拓和顾延灼两人神情严肃，她走过去，不解道："发生什么事了吗？"

白城拓和顾延灼互相看了对方一眼，白城拓指了指顾延灼，说："他说晚上要请我们吃饭。"

顾延灼就这么平白无故地被宰了顿。

晚上吃饭，白城拓叫上了卢倩一起，今天她的情绪看上去恢复了许多。中午姜白白和顾延灼说的那席话打开了她的心结，人也没那么别扭了。

四个人坐在秦叔家的牛肉串门口，一人一杯玉米酒。趁着卢倩去厕所的时候，白城拓举起杯子和姜白白碰了碰，感谢她对卢倩的照顾。

"别这么客气。"姜白白喝了口酒，看向白城拓，两只眼珠滴溜溜转了圈，"我觉得你对卢倩很关心呀，莫非……"

白城拓冲她翻了个白眼，明确表示："不是。"他说，"卢倩以前在公司的时候，就因为性格原因不受同事待见，本来她当时的上司是打算开除她的，那个时候我刚进公司，第一次看到卢倩做的东西时，被她的认真和细致给震撼到了，她做事挺好的，而且我当时也需要培养自己的人手在公司稳固地位，所以把她调到了我的部门来。"

姜白白微微点了下头，表示理解。

"七年时间，不论怎样都会有点感情的。"白城拓说着看了眼顾延灼，"就像我跟这家伙认识快二十年了，所以才能忍受他这张臭脸。"

姜白白听完，忍不住笑起来，结果正好瞥到顾延灼转头瞪她的表情，于是捂住嘴，偷偷地笑。

"所以你不会让卢倩离职，对吧？"姜白白问他。

"当然。"白城拓说，"现在没有直接拒绝她，只是缓兵之计，想让她自己想明白，可我突然意识到人是很难自己想明白的，得有个旁人来打醒她。"说到这里，他意味深长地看了眼顾延灼，对方知道他想说什么，但没说话。

姜白白并没注意到他们两人的这些小动作，不过听完白城拓的话后，她觉得身体里隐隐燃烧起一股热血，她自告奋勇道："我去帮你打醒她。"

自从中午吃饭的事后，姜白白能明显感受到卢倩和她的关系不像从前那么别扭了，因此对开导卢倩这事充满了信心。

白城拓朝姜白白挥了挥手："那你去吧。"

姜白白起身，往后退了两步，双手合掌，欠了欠身体，戏精上身，对他们说："好嘞，我去去就来。"

见姜白白走远后，白城拓这才终于转头看向一直没说话的顾延灼，勾了勾嘴角，问他："Abel，你听懂我话里的意思没？"

顾延灼咬掉一口牛肉，把签子扔进旁边的小桶里，低头喝了口酒，声音淡淡道："我再想想。"

白城拓有点急了："那事都过去那么久了，该翻篇了，你难道不想重新做自己想做的事？"

顾延灼抬眸，里面的光冷冷的。他说："我和卢倩犯的错误不一样，我的那可是人命。"

♥
—— 第十章 ——
渣男

咖啡贸易展会在一众网络主播的直播下，人气渐渐恢复，尤其是网络上的人气。本来这次的咖啡展会只是一个业内的小众活动，但因为在网上直播引发了许多人的兴趣，一些原本对咖啡不太了解的人也表示有时间想亲自到现场来体验一番。

姜白白在用挖掘机练习了两天拉花后，她发现自己用挖掘机拉花，比用手顺畅多了。顾延灼看了眼她的成品，虽然不算完美，但至少能大概看出是一个心形了。

姜白白屁颠屁颠地从驾驶室下来，跑到顾延灼身边，踮脚看了眼咖啡杯里的拉花成品，脸上的神情讨赏似的看向顾延灼，说："怎么样？这种程度的可以吗？"

顾延灼笑了："我觉得可以。"

"我是不是很有拉花的天赋？"

顾延灼眨了眨眼，认真道："你还是比较有开挖掘机的天赋。"

姜白白没好气道："毕竟我又不是你，可以把每件事都做到极致。"

顾衍灼垂下眼睛，盯着姜白白的脸看了会儿，伸手拍拍她头，鼓励道："你已经很厉害了。"

姜白白脸又红了，她看向别处，假装无所谓地笑道："那我再练习练习，毕竟下午就要开始直播了。"

直播前一小时，姜白白开始做准备。暂停了两个多月的账号，想到马上要做第一次直播，她竟然还有点小小的紧张，毕竟不像从前那样可以随意做内容，今天的直播关系到咖啡展会的声誉。

顾延灼看见她掏出镜子在涂口红，走过去，站在她面前，看上去有话要跟她说。

姜白白放下镜子，好奇地看向他，问："有事？"

"准备直播了？"

"对啊。"

顾延灼沉默了几秒，视线移向别处，用商量的语气对姜白白说："这次直播不要脱衣服了。"

姜白白差不多都快要忘记自己账号被封的原因了，顾延灼的话又让她回到了账号被封的那天，一切都发生得过于突然，不过他是怎么知道这件事的？

姜白白眨了眨眼，问出了心里的疑惑："你难道也是我的粉丝？"

顾延灼有点尴尬，他伸手拍了拍她头，像是在给她施压："我关注你了。"言外之意就是"老实点，别乱脱衣服"。

姜白白笑出了声，她觉得此时的顾延灼看上去有点好玩，但不想让他误会，于是把账号被封的真实原因告诉他："我这次一定记得先关了直播间，再脱衣服。"

顾延灼"嗯"了下，把一个东西递到她手心里："加油。"

他走后，姜白白才摊开手心去看顾延灼给自己的东西，是一颗糖果。有着漂亮的银色糖纸，在灯光的照射下，闪闪发光。

直播时间到了，姜白白看见不断进入直播间的粉丝，很多都是她的老粉，发信息感叹道：

"机姐终于要重出江湖了吗！"

"天哪，没有机姐的日子我每天都好寂寞！"

"好奇今天的直播内容！"

"机姐我爱你！"

......

看着不断弹出的信息，姜白白对着手机镜头打了声招呼："姐妹们，我回来啦！我现在在一个咖啡展会上，这里有各种各样关于咖啡的东西，我先带你们看看！"说着她把手机调换到后置镜头，拍摄正在做咖啡的咖啡师们，给粉丝们介绍各种制作咖啡的机器。

"大家看到这个咖啡机了吗？这是荷兰制造的蒸汽朋克式冰滴咖啡机，一台机器要十几万……"大概是对新内容的不适应，很多粉丝开始抱怨"无聊""不好看"了，姜白白轻轻吸了口气，保持着淡定，她继续笑道，"有没有觉得很像我开的挖掘机？引擎、履带、外露的机械部件，也非常蒸汽朋克，所以待会儿我准备给大家表演用挖掘机给咖啡拉花！"

在姜白白的强行解释下，终于把主题又带回到了挖掘机上，她开始往展会厅外面的挖掘机走去，手心有些微微出汗。

博物馆和白氏集团的工作人员都待在休息室里观看着此次直播，年过半百的傅馆长为了支持姜白白，还在自己手机里下载了一个直播软件，注册了一个名为"博物馆金城武"的账号，给姜白白打气鼓励。他在手机上打字很慢，好不容易打出一条"机姐真厉害"，立马就被下面蜂拥而至的评论给刷没了，完全没有任何存在感。

姜白白把手机放在支架上，把镜头对准咖啡杯，然后上了驾驶室。她握住操纵杆，心里紧了紧，移动铲斗到咖啡杯上方，接着绑在铲斗上的拉花壶倒了过来，牛奶瞬间洒了一地。

姜白白愣了几秒，面对失败的操作，她急忙从驾驶室下来，跑到镜头前，给大家道歉："对不起，刚才有点紧张，我再试一次。"

姜白白本来以为粉丝会退出直播或者嘲讽她，但很奇怪的是很多人都在说"没事，不要紧张"。

本来其中还夹杂着一些讽刺的话，但很快就被这些鼓励的评论给刷走了，姜白白有点诧异，两个多月不见，她粉丝好像都变得特别有包容心了。

这时，她看到 ID 名为"魔鬼飞行员"的粉丝留言说："加油，你一定可以成功。"虽然很快就被其他留言刷走，但姜白白心里暖了下。

她说："好的，我要重新开始喽。"

休息室里，白城拓转头看向一直盯着手机的顾延灼，把头凑过去，压低音量问道："刚刚那群粉丝是你买的水军吧？"

顾延灼淡淡地瞥了他一眼，说："这叫舆论引导。"

白城拓冲他竖起大拇指，回过头，继续在直播间里给姜白白加油。

第二次拉花操作，姜白白成功完成，很多粉丝把这幕做成了动图发到其他网络平台，一时间成为热搜话题。直播结束后，卢倩立马安排之前对接的媒体开始发稿，进行咖啡展会的宣传。

白城拓抬起脖子，伸了个懒腰，对在场所有人说："等咖啡展会结束，我请大家吃饭！"

顾延灼盯着直播的观看人数，好像看见自家的花被别人夸奖了一样，脸上浮现微微得意的神情。白城拓伸手拍了他肩膀一下，指了指门口站着的姜白白，说："还不去慰问一下功臣。"

大家见到姜白白后，迅速围过去议论这次直播的内容，人群瞬间包围了她，顾延灼压根儿没机会接近。他便拿上手机，出去透风。

天气渐渐转凉，但南城的白天阳光仍旧灿烂，只是没有夏天那么灼热。他轻轻靠在博物馆院子里一侧的墙壁上，望着天空中浮动的白云发呆。

每次顾延灼看见天空的时候，就会想到自己做飞行员时，每天都在天上度过的日子。那时没觉得天空有什么特别，因为日日见，早就习以为常，蓝天白云不过是生活的一处普通背景，直到发生了那件事后。

他闭了闭眼，眼前不禁又浮现出那天的场景。无数次午夜梦回，他都被梦里的情景吓出一身冷汗。医生说他得了创伤应激综合征，建议他最好暂时别再驾驶飞机，离开当地去别处散散心，更有利于治疗康复，所以他才来了南城。本以为他这辈子都可能不会再碰飞机，没想到最后为了一个小姑娘竟然克服了心理恐惧，他只想看到她的笑脸，她开心的时候，他也会跟着开心。她不开心的时候，他也会跟着难受。原来对一个人的喜欢，不仅仅是一种心情，还可以是生理性的反应。你看见她受伤，你的心是真的可以感受到生理上的疼痛。这世上确实有很多比她更好的女生存在着，可那么多人，只有她是心尖尖上的人，你只想牵她的手，亲吻她的唇，和她在一起。

"顾老板。"软软的声音传来，不知何时，姜白白走到了跟前，她拿了饮料过来，见顾延灼一个人在这里发呆，神情有些哀伤的样子。她心里有些茫然，大多数时候，顾延灼给人的印象都是冷冷的、酷酷的，好像什么事都不会影响他的情绪和判断，但接触久了，她发现他脸上偶尔会流露出一种哀伤的神情，她不知道其中的原因，有时候会忍不住想，他是不是在思念谁？前女友吗？他以前有过喜欢的人吗？一股脑的问题就会瞬间从脑海里冒出来，她不是很喜欢这样的自己。不过后来她渐渐想明白了，就算他有过喜欢的人，也无所谓，每个人都有过去，她无法参与那些无法倒流的时光，但她可以在他的现在和未来给他带去一点开心快乐，因为比起对方也喜欢自己这件事，她更希望顾延灼可以真正开心起来。

顾延灼接过姜白白递来的饮料，打开喝了一口。

"别再叫我老板了。"顾延灼轻声道，"不知道的还以为我真是你老板，万一你惹了祸找我负责可怎么办。"

"喊。"姜白白翻了个白眼，不屑道，"那我叫你什么？顾延灼？延灼？阿灼？阿顾？"说完，她想到了什么，"或者 Abel？我之前听白城拓这样叫过你。"

"都行，反正别叫老板就行。"

最后，姜白白决定还是叫他全名好了。很多人觉得叫人的全名有种疏远感，她倒觉得每次叫顾延灼全名的时候，反倒离他更亲近了些。忘记哪部电影里说过，"如果你对一个人有特别的感情，你会更喜欢叫他的全名"。

姜白白双手背在身后，靠着墙壁，眉眼微微弯起，叫了声："顾延灼。"

对方低头看她，阳光打在她的脸上，像铺了一层细腻的薄纱，她睫毛很长，有节奏地眨动着，像有人在他心里轻轻按下琴键。顾延灼突然有了诉说的念头，他曾经不想把过去的事告诉姜白白，因为那是属于他不愿回看的记忆，可他现在，想要试着把她纳入自己的人生。

大学毕业，顾延灼就被选入海事救援队担任飞行员。他表现一直很优秀，连着五年都拿了最佳飞行员的奖项，然后被升为救援队队长，年纪轻轻，前途无量。吴凯是他的学弟，晚两年进入救援队，成为他的副驾，两人关系很要好，平时吃饭工作休息都待在一起，无话不谈。顾延灼给吴凯讲了自己的许多事，家里的父母、发小白城拓、大学逃课的事等等，后来，顾延灼了解到吴凯家境不怎么好，家里父母身体抱恙，每个月的钱一大部分都需要寄回去养家。他会偷偷地在一些地方补贴吴凯，但从不说出来，找各种理由小心翼翼地照顾着对方的自尊和情绪。他百分百地信任着吴凯，把对方当成自己弟弟一样看待。

两年前，他们进行一次海上救援任务的时候，顾延灼因为飞行前检查失误，导致直升机在搭乘被救人员返航时，出现故障。当时直升机上加上他和吴凯一共五人，直到现在，他仍清清楚楚记得每个人的样子。

一个中年女人，一个小孩儿，还有小孩儿的奶奶，三个人被救上飞机后，惊魂未定。吴凯递水给他们喝，说很快就能回家了。但回去的路上，顾延灼发现直升机出现故障了，而且不是小故障。像贾老板那种程度的问题，顾延灼是可以完全解决的，可是直升机的操控杆失灵了，飞机在空中歪歪斜斜四处乱飞，直升机上的人尖叫起来，乱作一团，小孩儿的哭声尖厉地划破空气。吴凯转头对顾延灼说："我们得弃机。"

吴凯把救生衣递给后面的人，让他们穿上往下跳，跳到海里至少还有一线生还的机会。

弃机。正如武士放弃手里的剑，弓箭手放弃手里的箭，这对顾延灼来说是最坏的选项，他说他再试试，于是时间又过去了十分钟，他们失去了最后弃机的机会。直升机在海上坠毁了，吴凯在最后一刻，带着顾延灼跳下了直升机，而那三个本该得救的人全都葬身在大海里。

顾延灼现在还记得，在返程的路上，中年女人从外套口袋里掏出一个金色粽子样的护身符，递给他们。她感激他们的救命之恩，说："这是我在寺庙求的，感觉它一直在冥冥中保护我，谢谢你们救了我。"

但那个金色护身符没能保护她到最后，顾延灼有时会想，是不是因为她把护身符送给了自己？

事故之后，顾延灼的脑子里总是时常出现飞机坠毁的画面，他好像可以看到从窗子里伸出的小手，看到他们的鲜血汩汩流出，听到惨叫和呻吟，即使这些都是他幻想出来的画面。

让顾延灼没想到的是，事故发生后没几天，吴凯就写了长达万字的事故检查书，指出造成事故的主要责任人是顾延灼。虽然顾延灼没有想过要逃避责任，但吴凯举报他的速度，让人不得不寒心。顾延灼一直把吴凯当成自己的弟弟看待，但事后吴凯没有再去找过他，两人莫名其妙地就形同陌路了。最后顾延灼被海事救援队开除，他也开始了长达两年的心理治疗。

每晚的噩梦、创伤应激障碍产生的社交恐惧症、看到直升机会全身战栗，这些心理创伤在治疗下虽然都慢慢康复了，但顾延灼仍旧没有走出阴影，他的心理医生建议他换个环境，做些跟飞行没有关系的事，正好白城拓在南城有咖啡新项目要做，他便来了。

顾延灼一口气讲完了所有的事，说完后，他转头看姜白白的反应，只见女生垂着眼睛，微微蹙着眉。他不知道她在想什么，突然有些惶恐和担心，他不知道姜白白能否接受。

姜白白抬起头来，看向他。其实她心里很复杂，她没有想到顾延灼一直没有放下的事是这样的，比她想象的更复杂、更难受。她望着顾延灼的眼睛，心想如果可以穿越时空的话，她一定会抱抱那时的顾延灼。但她不能穿越时空，所以她伸出胳膊，直起身体来，上前一步，轻轻抱住了现在的顾延灼，手掌在他背上拍了拍，说："都过去了。"

顾延灼的身体僵了一下，他闻到女生身上好闻的味道，应该是沐浴液的气息，她的头发碰到他裸露的脖子上，有点痒。

姜白白就这样静静地抱了他几分钟，然后松开手臂，准备回到原位，结果她感到背上多了一股力量，将她轻轻揽住。顾延灼伸手反抱住了她，比起她的云淡风轻，他的动作很用力，紧紧地将她抱在怀里，好像要将她嵌入自己的身体似的。

姜白白怔住了，而后她听到了顾延灼沙哑的声音在耳边响起："别动，让我再抱一会儿。"

晚上，姜白白回到家里，睡觉前又想到下午时顾延灼抱自己的情景，感觉现在身体上仍旧残存着他的力量。

姜白白辗转反侧，睡不着，于是发信息给宋清颜，问她："如果一个男生主动抱你，代表什么呢？"

宋清颜直接先回复了她三个感叹号，然后问："这个人莫非是顾延灼？"

姜白白从字里行间，嗅出了浓浓的探寻八卦的气息，而且为什么宋清颜不先问她"这个男的是谁"而是直接猜测此人就是顾延灼？有那么明显吗？她的小脑瓜里瞬间出现大大的疑问。

见姜白白一直没有回复，宋清颜又发来消息："他跟你表白了吗？"

"要是跟我表白了，我就不会问你了。"

"没想到顾延灼是个渣男！"宋清颜直接下了定论，"抱都抱了，还不表白？这是什么禽兽行为！"

姜白白觉得自己没法和宋清颜继续对话，而且仔细想想，在今天下午那种场合的拥抱，其实更多是一种安慰性质的，跟男女之情没什么关系。顾延灼毕竟也是一个人，只要是人都会遇到难过伤心的事，在那种情形里，身边的人又正好安慰自己，所以一时冲动就抱了她吧？何况，还是她先主动抱的他，严格来说，对方算是一种礼貌性质的回敬？

姜白白最后把自己说服了，不管宋清颜发来的询问信息，关了手机睡觉。

晚上做梦，姜白白竟然梦到了顾延灼。梦见他开着直升机，她坐在副驾驶座上，在一片大海上飞行。顾延灼穿着帅气的飞行服，神情专注，她转头问他："我们要飞去哪里？"

顾延灼声音有些沙哑，闷闷的，听不出情绪："我也不知道。"

不知道要飞去哪里？

可是，她心里一点也不因此而感到害怕，反而兴奋得像个哆啦A梦般从百宝箱里掏出了一份便当，她打开盖子，开心道："没事，我带了充足的便当！"不过鬼知道她的便当从哪里来的！

顾延灼瞥了眼她的便当盒，皱了皱眉问："这是什么？"

她低头一看，一坨长得像大便的蘑菇静静躺在盒子里。

然后，她被吓醒了。

睁开眼，手机上的时间显示是七点钟，距离姜白白平时起床的时间早了半小时。她也没有再继续睡，从床上起来，走进客厅的时候发现门口摆着姜聪的鞋子，不知昨晚他什么时候回家的，她一点声音也没有听见。

她轻手轻脚地走到卧室门口，推开一条门缝，看见姜聪和衣躺在床上，鼻子里发出轻轻的鼾声，想必是昨晚赶路太累，连澡都没洗就睡床上了。

姜白白拿起旁边的毯子给他盖上，突然发现他头上多了好多白头发。以前她没怎么注意这些，所以也不知道是新长的，还是本来就有，心里不免有点酸楚，姜聪开挖掘机一个月赚不了多少钱，但一直供她读书到研究生，像呵护公主一样呵护着她。在博物馆工作以来，她才发现工作的辛苦和不易，不知道以前有多少个夜晚姜聪独自躺在床上，为她的学费和生活费发过愁呢。

姜白白轻轻叹了口气，蹑手蹑脚地带上门悄悄出去。

姜白白在街边买了三份豆浆和六块米浆粑粑，去酒店等顾延灼和白城拓。

米浆粑粑是当地的特色早餐，用粳米做的，里面加有鸡蛋，软糯鲜香，姜白白每次一个人可以吃两个。她坐在酒店大厅边咬着米浆粑粑，边打开直播平台后台，她发现有很多人给她发私信消息，夸奖昨天的挖掘机拉花，不过也有跑来骂她哗众取宠，还有更难听的。姜白白早就习以为常，大多时候并不会仔细去看每条内容，随意滑动着，遇到有兴趣的就点开看一眼，虽然她粉丝很多，却从没因为做直播而患得患失过，她没把此当成职业，完全是兴趣使然。

姜白白的拇指在滑动屏幕的时候顿了顿，她看到用户名为天艺娱乐公司的账号给她发了一条私信。她对天艺娱乐还有印象，之前直播平台为了培养一批签约主播，曾把她拉入过一个网络主播的大群里，平台负责人说想和他们签一个长期合约，方便培养，如果优秀的话还可以和天艺娱乐签约，现在电视上好几个当红艺人都是从他家出来的，所以在业内还算有影响力，但她志不在此，没有和平台签约，自动退了群。

她点开那条私信，对方给她发了很长一串内容，大意是看了她的直播，觉得她的形象气质很好，而且很有记忆点，想要签她成为自家艺人。

姜白白愣了下，想要回绝，但她看到签约后的一些收入组成，心里开始有点犹豫了。以前她对钱的概念不算多，她不像一般女生对衣服和化妆品有很强的购买欲，准确来说，她对什么东西的欲望都不强，是个典型的佛系少女。但今天早上看到姜聪的白头发后，她发现钱还是挺重要的，至少它可以让她的家人不用生活得那么辛苦。

就在她想着这些的时候，白城拓突然从背后钻出来吓了她一跳。

姜白白吸了口气，惊魂未定，瞪向白城拓："你真幼稚。"

看见姜白白被吓住了，顾延灼也给了他一个眼色，让他自行体会。白城拓假装没看见，眼睛飘到了桌上的早餐，他走过去，拿起豆浆插上吸管，直接喝了大口："真希望每天早上醒来都能喝到这么美味的豆浆啊。"

姜白白心想要不是因为顾延灼，你连开水都喝不到。

大概是感受到了姜白白幽怨的目光，白城拓赶紧抓起米浆粑粑塞进嘴里，自动闭上了嘴巴。

今天天气转凉，阴天，外面还吹着风，顾延灼见姜白白只穿了一件卫衣，便问她冷不冷。

姜白白本来不冷的，但听到顾延灼这么问她，于是点点头说："冷。"

"你穿我外套吧。"顾延灼牛仔外套里面穿的也是卫衣，不过是加绒的。

姜白白开心地接过，穿上身，把长过手腕的衣袖挽了两圈，虽然衣服穿在她身上看上去很宽松，但意外地好看，歪打正着成了时下流行的"男朋友风"。

男朋友风，想到这个词的时候，姜白白忍不住低头，窃喜地弯了弯嘴角。顾延灼已经和白城拓走到前面去了，等她反应过来，两个人已经把她甩出一大截距离了，于是她立马追了上去，全然忘记了那条私信内容。

一周后，咖啡展会顺利结束。白城拓为了犒劳辛苦的工作人员，决定举行一次团建活动，团建地址选在了旁边古镇的度假村，也邀请了博物馆的全体工作人员。

　　傅馆长本来也想去的，觉得和年轻人打成一片是他作为领导的应尽义务，结果家里老人生病，他便没跟着一块去。

　　白城拓租了两辆旅游大巴，把所有人一次性捎了过去。两天一夜的团建活动，大家都很兴奋，小美说她特地买了一件性感的泳衣，到时泡温泉的时候可以穿。姜白白还是第一次听说度假村有温泉，于是收拾衣服的时候，把自己还是大学时期买的泳衣塞进了包里。

　　姜聪最近都在家里休息，他听说姜白白要去团建，过来问她身上钱够不够。博物馆的工作有三个月的试用期，这期间薪资都很低，他担心姜白白钱不够花，虽然姜聪赚不到什么大钱，但他绝不让姜白白吃没钱的苦。

　　姜白白拉上背包的拉链，回过头来，冲姜聪笑道："放心，够花。"

　　姜聪的背有点佝偻，长期开挖掘机的人因为久坐，肩颈和腰背都不会太好。姜白白眨了眨眼，走过去，拉住姜聪的手，说："我马上就转正了，你也可以少出去干点活，现在我已经可以养家了。"

　　姜聪大笑，随口附和道："好好好，到时给我买个礼物就行。"他并没把这话放在心上，在他眼里姜白白仍然是个小孩儿，把她说的话只当是用来逗他开心的。

　　姜聪出去后，姜白白在卧室坐了会儿，然后拿上睡衣去卫生间洗澡，结果出来的时候看见姜聪一个人坐在客厅，没有开灯，坐在椅子上，手里拿着个东西，静默得像尊塑像。

　　借着卧室的光线，姜白白看见姜聪手里拿着的是家里的古董咖啡机。她愣了下，走过去，叫了声"爸爸"。姜聪这才抬起头来，仿佛从梦中醒来似的，神情里还带着一丝恍惚。

　　"你怎么了？"

　　姜聪轻轻叹了口气，说："最近总是想到以前的事。"

　　姜白白的神经敏锐地跳了下，她预感到了点什么，但没直接说出来，而是问："怎么啦？"

姜聪很少这样，他不是一个多愁善感的男人，他和他那个时代的男人一样，都不善言谈，不善于表达自己的感情，所以看到他这样，姜白白倒觉得挺诧异的。

姜聪把手里的古董咖啡机放回桌上，起身打开灯，眼神黯淡。他轻轻对姜白白说："快去洗澡睡觉，你明天还要早起呢。"

姜白白嘟囔了声，她的视线移到古董咖啡机上，突然想起以前小的时候，晚上她起床上厕所，有时也会看见姜聪抱着这台咖啡机发呆，当时她从没有仔细深究，但姜聪对这台咖啡机似乎有着不一样的情感。

她舔了舔嘴唇，轻轻问道："这台咖啡机是不是我妈妈留下来的？"

其实不是传家宝，也不是家里的摆设，是妈妈留下来的东西吧，所以才会让姜聪在夜深人静的时候抱着它发呆。

姜聪嗓子有点干，以前他一直尽力避免谈及姜白白的妈妈，但是他不可能一辈子都不说的，姜白白有权了解，于是他重新坐回到椅子上，不再否认和逃避："对，咖啡机是你妈妈留下来的。"

姜聪和姜白白母亲的故事，就像上世纪八十年代爱情故事的开头，没文化没钱的穷小子和在博物馆工作的有学历家境好的女生恋爱了，两个人当时因为身处异地，都是靠写信联系，电话很少打。在两个人认识了一年后，姜白白的母亲把自己恋爱的事告诉了家里人，不出意料遭到了全家人的反对。

"他一没学历，二没稳定工作，你嫁过去会后悔的，爱情的保鲜时间很短，几年的柴米油盐就能够全部消耗掉，甚至要不了那么长时间。"姜白白母亲的父母给她做了很多思想工作，但她当时铁了心，知道父母不会答应后，就偷偷离开了家里，跑到南兴镇和姜聪自作主张在一起了。

姜聪说到这里，忍不住苦笑了下："当时我没钱办婚礼，所以暂时没和你妈妈领结婚证，就想着等攒够了钱，办一场盛大的婚礼让她风风光光嫁过来，可是没想到很快她就怀孕了，后来生下你没多久就离开了。"

"因为柴米油盐消耗光感情了吗？"姜白白问出这句话后，才意识到问得过于直白。她看见姜聪的眼神瞬间暗淡了下去，知道自己的话刺痛他了。

"是吧。"姜聪苦笑了下，"她给我留了张字条，说受不了这里的生活，无论是天气还是食物，这里的人还有这里的习俗，她都统统不习惯，两个人相爱想要在一起，不是光有爱就可以了，还需要契合的价值观和生活环境，否则很难走得长远。"

姜白白心里怔了怔，她没想到姜聪会跟她说这些。她所理解的爱情还停留在电影和小说里，长这么大以来她没谈过恋爱，但她心里一直都有猜到，母亲的离开和家里的经济条件有关。这让她想到了周宇，也因为他职业和赚钱能力的关系，未婚妻离开他和其他人走了。难道她的妈妈也是这样的人吗？如果妈妈是这样的人，那么她觉得对方并不配当自己的妈妈。

姜聪抬眸看了眼姜白白，见她发呆，便伸手在她眼前晃了晃，站起身来："快去洗澡吧。"说完，他往自己卧室走去。

姜白白回过神来，心里有些戚戚然。她第一次感觉到现实和她曾经以为的不一样，她有点恐惧去面对这些问题，如果两个人的工作和生长环境相差很大就意味着不适合的话，那她和顾延灼其实是不是也并不合适？

姜白白觉得一块石头压在了心里，怎么也移不开去，沮丧地抱着睡衣洗澡去了。

因为前一晚的事，姜白白没怎么睡好，上了大巴车，她就戴上眼罩自动进入睡眠模式。她到的时间很早，车上只有他一个人。随着时间的推移，车上渐渐热闹起来，她听见有人在说话，还有人在嗑瓜子，隐隐约约还听见了小美聊八卦的尖厉嗓音。

　　过了会儿，姜白白感到自己身边的座位坐下了一个人，她没摘眼罩，虽然她醒了有一段时间了，可她现在不是很想说话，戴上眼罩让别人误以为她在睡觉，是最安全的避免交流的方法。

　　车子开始启动，姜白白感到一阵颠簸，脑袋随着起伏朝旁边的玻璃窗撞了下，过了会儿，车子又颠簸了下，她脑袋再次往旁边撞的时候，这次撞到一个温热的掌心里，软软的，把她的头和玻璃窗隔离开来。

　　姜白白取下眼罩，看到顾延灼脑袋仰靠在椅背上，耳朵上戴着耳机，半眯着眼发呆，胳膊却绕过她脖子后面，用手掌护着她的头。

　　大概是注意到旁边的人醒了，顾延灼微微侧了侧头，就看见姜白白正望着自己。

　　他忍不住笑了下："你这么看着我，我会以为你喜欢我。"

　　本来只是开玩笑的语气，按照平时姜白白可能会冲他翻个白眼，没想到她神情平淡，眼睛仍旧盯着他，而后回答他："嗯，我本来就喜欢你。"

　　顾延灼整个人彻底醒了，他直起身子来，看着姜白白，刚想开口说什么，坐在后面的白城拓突然起身把脑袋凑了过来："话说我们晚上吃什么？我看他们有三个豪华套餐可以选择，你们看看！"说着把一张花花绿绿的宣传单从他们椅子中间递了过来，彻底打断了这场还没开始的聊天。

　　姜白白低头看了眼，随手一指："这个看上去肉多。"

　　顾延灼说："我跟她选一样的。"

　　白城拓啧啧两声说："两个肉食动物。"然后转头，去询问卢倩的意见了。

　　他们到达度假村的时候，正好是中午。男生女生住的酒店不在同一层，女生住在男生的下面一层，姜白白和卢倩一个房间，她们把行李放好后，就下楼去餐厅吃饭。

　　"你精神看上去不太好。"等电梯的时候，卢倩看了眼姜白白，她眼睛下有黑眼圈，明显没睡好。

"昨晚失眠了。"姜白白打着哈欠道。

电梯停了，门打开，顾延灼和白城拓站在电梯里。姜白白和顾延灼两人视线交汇在一起，她愣了下，垂下眼睛，避开他的目光，和卢倩走进电梯。

早上在车上的突然表白，姜白白自己都没反应过来，当时大概是脑子短路了，才会不经思考地说出那句话吧。她有些懊恼和后悔，如果顾延灼不喜欢自己的话，那么他们之间的关系以后就尴尬了。

姜白白盯着自己的脚尖看了会儿，觉得找个时间跟顾延灼说清楚，让他别有心理负担。要不就解释自己脑袋睡晕了，胡说八道口不择言？

正想着，他们已经到达了一楼，电梯门打开，姜白白先走了出去，然后放慢脚步，等顾延灼跟上来。她想要寻找一个可以单独和顾延灼谈话的机会，可惜白城拓就像牛皮糖一样，和他紧紧挨着，他们在聊工作的事，姜白白知趣地默默走路。

到达餐厅后，大家各自落座。他们中午吃的是自助餐，所以每个人都端着盘子去拿东西。姜白白抬头瞥了眼顾延灼，见他往牛排区走去，于是立马朝那个方向跟过去。

"顾总，你也喜欢吃牛排？"小美不知从哪里钻了出来。她今天穿得很漂亮，上衣穿的是泡泡袖针织衫，下半身是一条微型喇叭牛仔裤，让她的腿看上去又长又直，化着淡妆，充满活力。

顾延灼淡淡扫了小美一眼，说："其实我不喜欢吃牛排。"

"哦？"小美露出不解的神情。

然后，顾延灼转过身来，下巴朝身后的姜白白努了努："她喜欢吃，我给她拿的。"

小美惊讶地看向姜白白，眼神里有淡淡的不爽掠过。不过她很识趣，笑着说："那你们慢慢吃。"说完，就离开了。

不过最惊讶的还是姜白白，她好像没有说过自己喜欢吃牛排吧，她完全是看到顾延灼过来她才来的。

顾延灼领到牛排后，递到姜白白手里，然后拿过她的空盘，让她先回位置上去。

姜白白低头看了眼手里的牛排，对顾延灼说了声"谢谢"，然后顿了顿，试着提起上午在车上的话题："那个，今天上午我说的话，你不要……"

"我也喜欢你。"

姜白白眨了眨眼，神情有点诧异。她确信自己没有听错，后面的话因此被咽回了肚子里。

顾延灼看见姜白白发愣的样子，觉得有点可爱，于是伸手轻轻刮了下她的鼻子："快回去吧，我拿了牛排就过来。"

姜白白像梦游似的，端着手里的牛排走了回去，感觉脚下像踩在云朵上面，飘飘然的，很不真切。

她坐下后，脑子里仍旧想着顾延灼的那句"我也喜欢你"，拿着刀叉的手机械般地切割着盘子里的牛肉，都快切成丁了，也没吃一口。

对面的白城拓有点看不下去了，把姜白白从思绪里唤回来，问她："你这是要剁饺子馅儿吗？"

姜白白低头，看见被她切成丁的牛肉后，用叉子叉起一块，喂进嘴里，冲白城拓翻了个白眼："这样吃有助于消化。"

顾延灼回来后，在姜白白旁边坐下，递了杯果汁给她。

姜白白觉得自己的神情有点僵硬，不自然地说了声"谢谢"。说来也奇怪，明明对方也说了喜欢她，但她反而更加尴尬了，感觉自己现在的一言一行都变得小心翼翼起来，因为顾延灼喜欢她，那喜欢她什么呢？如果她表现粗俗，或者哪句话说错了，会不会就不喜欢她了？得到肯定的回答后，姜白白觉得自己非但没有放松下来，整个人倒是变得更加紧张了，连话都不知道该怎么跟顾延灼说了。而且，虽然对方也说喜欢她，但他们之间好像也没有特别的变化，在彼此确认心意后，一般情况下，两个人是不是应该做点什么呢？

姜白白想到偶像剧里，那些彼此确认完心意的男女主角，要么就是相拥在一起，要么就是互相亲吻，但他们什么也没有做。想到接吻的画面，姜白白觉得脸有点烫，她垂下头，神情一本正经地继续切割牛排。

下午卢倩安排了丰富的团建项目，什么两人三足、拔河、丢手绢、真心话大冒险，她把自己所能想到的游戏差不多都安排上了，丝毫没有考虑一下大家的体力。所以在玩完拔河和两人三足后，大家纷纷表示放弃任何会耗费体力的活动，躺在草坪上休息。

"那就玩个真心话大冒险吧。"卢倩说，"这个游戏不费体力。"

然后所有人围坐成一个圈，卢倩找来一个空酒瓶，按照顺时针方向每个人挨次旋转酒瓶，酒瓶指着谁，谁就被指定回答一个问题，或者干一件事。

这种游戏的精髓并不在于游戏本身，而在于参与人员之间是否有暧昧情愫。如果平时不方便告白或者做一些勇敢的事，那么借着游戏来实施显然更容易。

姜白白作为第一个转酒瓶的人，结果转中了卢倩，两个人大眼瞪小眼，因为姜白白压根儿不知道该问她什么。

"你现在有喜欢的人吗？"姜白白选择了一个最常规的问题。

卢倩深吸了口气，回答她："有。"

大家的反应和姜白白一样，都很惊讶。因为很难想到卢倩这样雷厉风行的女生竟然已经有喜欢的人了。纷纷好奇地望着她，但一次只能问一个问题，所以只能交给下一个人继续转酒瓶了。

第二个人转到了白城拓，问的人是博物馆的女同事，她一脸八卦地看向对方，问："白总，你是不是喜欢姜白白？"

空气瞬间凝滞了一秒，姜白白脸色一白，瞪了旁边的人一眼，心想这是什么烂问题。

"因为平时看你和姜白白关系挺亲近的。"为了解释自己为什么问这个问题，还特意画蛇添足解释了句。

姜白白看向顾延灼，他正低头摆弄着地上的小草，似乎完全没在意这个问题。

白城拓哈哈大笑起来，一副坦诚的样子："我当然喜欢姜白白。"说完所有人都倒吸了一口气，眼里闪烁起八卦的小火苗来，"不过是哥哥对妹妹的那种喜欢，要是男女之情的话，岂不是乱伦。"

然后众人眼里的八卦之火熄灭了下来，姜白白悬着的心也跟着落了下来。

之后又走了几轮，终于轮到了顾延灼，他的手轻轻将酒瓶转了一下，结果酒瓶在转了几圈后，停留在了他自己的方向。

有人叫起来："所以这是让顾总自问自答？"

卢倩顿了顿，提议道："要不重新转一次？"

顾延灼淡淡地看了他们一眼，说："我问自己的问题是，我喜欢谁。"

听见他这么说的时候，大家又瞬间安静了下来。最主要的原因不在于自问自答，而在于问的问题能不能满足大家的八卦欲，所以在顾延灼提出这个问题后，就没人反对了。

不过姜白白感觉身体僵了下，不自觉坐直了身体。她心里紧张起来，顾延灼要在这么多人面前跟她表白吗？手心不禁微微出汗了。

顾延灼笑了笑："我喜欢布拉德·皮特。"

在大家静默一秒后，有人小声嘀咕："这是耍赖吧？"

"是你们想复杂了。"顾延灼说着，把酒瓶拿回来递给下一个人。

顾延灼既然这样说了，其他人也不敢再多说什么。白城拓看着他，对他竖起大拇指，往地上比了比，表示鄙视，他装作没看见。

游戏结束后，大家纷纷作鸟兽散，自由活动去了。

姜白白刚站起身，就看见小美和另一个女生朝顾延灼跑过去，正一边笑着一边和顾延灼说着什么。她皱了皱眉，有点不悦。这时卢倩走来，问她要不要一起走走。

姜白白点点头，答应了卢倩。

两个人朝人迹罕至的花园走去，花园的正中央有一个假山，假山上有一个瀑布，水不断从上面往下流，水流声盖住了周围的噪音，反而让环境显得更加清幽了。

姜白白踩着脚下的白色鹅卵石，问卢倩："你喜欢的人是谁呀，方便说说吗？"

卢倩笑了笑："我喜欢的人是一个永远也不会喜欢我的人，所以放在心里就好了。"

"你向他表白了？"姜白白问。

"没。"卢倩摇头，"因为知道毫无可能，所以连表白的念头都没有。"

姜白白愣了下，她突然发现卢倩其实不是表面上看见的那么自信和强势，反而在心里挺自卑的。大概也是这个原因，卢倩才会在表面上装得如此要强。

"都不试试就放弃，不会觉得遗憾吗？"姜白白看向卢倩，"其实我喜欢的人，在之前我也觉得不可能，但是爱情不是条件上的合适，相貌、职业、家世固然重要，但更重要的是这里。"她说着指了指自己的心口。

"你谈过恋爱吗？"卢倩突然问她，"我大学时的初恋，因为我家里有个弟弟，毕业后就跟我分手了。"

"那说明他本来就没有真心喜欢你。"姜白白想到了周宇的未婚妻，不论是她还是卢倩的初恋，其实都没有付出过真心，他们只是抱着一手交钱一手交货的买卖心在谈恋爱，所以从一开始，他们就选错了人。

卢倩顿了顿，垂下眼睑，盯着路边的一朵野花看："其实我很羡慕你，你从来不会因为自己身上的不足而自卑。姜白白，你就像个太阳，总是可以将其他人身上的阴霾驱散，但我无法成为你。"

姜白白眨了眨眼，她没想到卢倩会给自己这么高的评价。瀑布的流水声充斥进她们谈话的间隙里，她笑了下，手握成拳头，给卢倩打气道："我相信你。"

她们走到瀑布边坐下，这时假山背后突然响起一阵手机铃声，过了会儿，一个人走了出来，穿着度假村的工作服，伸了个懒腰，看见姜白白她们后，笑着打了个招呼："好久不见了呀。"

面对这个突然蹿出的人，卢倩一脸茫然。姜白白对贾副驾打了声招呼后，介绍道："这是我朋友卢倩，这位是度假村老板的外甥小贾。"

卢倩冲他点了下头，贾副驾笑了笑，一脸神秘莫测地对她们说："要不要体验一下我们度假村的新项目？"

姜白白看见他这个笑容，心里预感可能没什么好事。但卢倩今天才认识他，还不知道他那点德行，出于礼貌，她点了点头，答应道："好。"

于是她们跟着贾副驾去体验了传说中的新项目，他带姜白白和卢倩走到一个窗口，用他的员工卡买了三张票。

姜白白抬头，看见门口写着几个大字：鬼屋过山车。

姜白白明显感觉到身边的卢倩身体微微抖了下，贾副驾转头冲她们挥了挥手："走吧。"

"你能玩这个吗？"姜白白有点担心卢倩。

"没事，我可以玩。"卢倩挺了挺身体，往前走了步，"虽然我从没玩过。"

结果五分钟后，卢倩就被吓晕了过去。贾副驾赶紧按下车上的紧急暂停键，把卢倩抱下来，往医务室方向跑。

接着，顾延灼和白城拓也赶来了。卢倩只是吓晕了过去，在床上躺了会儿，就醒了。

"你不能玩怎么不早说？"贾副驾被卢倩吓死了，他还以为玩出了人命，那他这责任可就大了。

卢倩的脸色有点白，坐起身来，小声说了句："抱歉。"

这时，一直没说话的白城拓突然朝贾副驾走过去，挥手就给了他一拳。

因为完全没预料到，贾副驾的身体直直朝地上栽下去，"啪"的一声撞倒了周边的东西。

姜白白吓了一跳，顾延灼走过去，直接把她拉走。

"不劝劝白城拓吗？"姜白白担心道，"会不会出人命？"

顾延灼回头看了她一眼："不用，让他们自己解决就是。"

"没想到白城拓的反应会这么大。"姜白白嘀咕道。白城拓平时给人的感觉总是很好说话的样子，让人觉得他脾气很好，她从没见过他生气，所以刚才发生的一切有点让她措手不及。

"当然大了。"顾延灼停下脚步，转过身来，伸手揉了揉姜白白的头发，"白城拓喜欢卢倩，你没看出来？"

这回姜白白更惊讶了，比刚刚白城拓打贾副驾更加诧异："他……他喜欢卢倩，可是卢倩有喜欢的人了……"

顾延灼觉得她真是傻得可爱，忍不住捏了捏她的脸："卢倩喜欢的人，想必就是白城拓吧。"

姜白白深吸了口气："我觉得我可能是个瞎子吧。"

"确实。"顾延灼脸上的笑意更深了，"是不是挖掘机开多了，影响了你对感情的判断？"

♥
──── 第十一章 ────
成为你的铠甲

　　贾副驾还是觉得自己挺委屈的，他明明是好心带姜白白和卢倩去体验新项目，结果没想到"谢谢"没得到一句，还挨了揍，人生真是充满了起起伏伏。事后，白城拓也意识到自己太冲动了，于是向贾副驾道了歉，但还是没给贾副驾好脸色看。

　　晚上大家去泡温泉，男女汤池是分开的。

　　秋天的晚上泡温泉，无疑是一种享受。姜白白躺在温泉池里，脑袋枕在台阶上，张开胳膊，整个人舒展开来，舒服地舒了口气。卢倩端来清酒，放在台阶上，也躺了进来。

　　姜白白转头，看见卢倩的脸红红的，从医务室出来后，她就一直这个状态。

　　姜白白本来想问问她和白城拓的事，但想了下又作罢，每个人的感情不一样，心境不一样，处理方式也会不同，既然卢倩没有主动说，她也不打算询问，毕竟她也没有告诉卢倩她和顾延灼的事。

　　直到现在，姜白白也不知道该怎么形容她和顾延灼的关系。虽然彼此都知晓了对方的心意，但是也没有更进一步的行动，顾延灼还是像以前一样对她，这其实让她心里有些茫然，因为她拿不准自己在顾延灼心里的分量。

　　在不清楚对方心意的时候，害怕被拒绝。在清楚了心意后，却又开始患得患失起来，姜白白终于明白为何大家总说感情可真难了。

　　姜白白接过卢倩递来的清酒，喝了口，在温热的水汽里渐渐红了脸。泡了会儿温泉，姜白白觉得有点热，于是起身走出池子，去外面透气。

　　男汤和女汤中间是大厅，有调酒台和简餐台，泡完温泉的客人可以去吧台吃东西喝酒。

姜白白换了衣服出来，头发还是湿漉漉的。她边走边用毛巾擦着头发，肚子有点饿了，她坐在吧台要了杯酒和一份三明治。

酒保给她调了一杯长岛冰茶，这个酒喝着极易入口，却特别容易醉。姜白白喝完一杯后，就觉得脑袋有点晕乎乎的。旁边刚来的客人和她打招呼，问她："美女，怎么称呼？"

姜白白没搭理他，用手拿起三明治咬了一大口。

"我也喜欢吃三明治。"和她搭讪的一个中年大叔，刚泡完温泉，浑身上下都带着热气，"吃起来方便，有碳水化合物，有蔬菜还有肉。"他觉得自己说了个特别好笑的笑话，于是笑起来，虽然姜白白压根儿没搭理他。

"你要不要再来杯酒？"大叔问，"我请你。"

"谢谢了。"他们中间突然插入一个声音，顾延灼伸手揽住姜白白的肩膀，把她往自己身边拉了拉，"我女朋友不喜欢和陌生人喝酒。"

大叔看了看顾延灼，又看了看姜白白，知趣地从椅子上下来，去其他空位了。

顾延灼顺势在他空出来的椅子上坐下，看见姜白白嘴上沾着蛋黄酱，抽出纸巾帮她擦去："看样子是饿了，还要不要再吃点别的？"

姜白白带着醉意看了他一眼，问："你请客吗？"一脸"如果你请客我就吃穷你"的表情。

"嗯。"顾延灼把餐单递给她，"随便点。"

姜白白又点了薯条和炸鸡块。上来后，她专注于食物，全然忘我。顾延灼低头看手机，白城拓刚给他发了条信息，说警方那边有调查结果了，博物馆外面的监控器拍到了一个可疑人员，不是当地人，他们怀疑是这个人混入博物馆，然后启动了火灾报警器。

顾延灼点开监控器的截图，放大，神情顿了下，虽然对方故意戴了鸭舌帽，把帽子压得低低的，但他还是认了出来，是吴凯。

　　姜白白吃完炸鸡和薯条，擦了擦嘴，觉得现在的自己浑身上下都充满了力量，于是转过头，看向顾延灼，脸色严肃起来，对他说："顾延灼，我想问你一个问题。"

　　顾延灼收回手机，抬眸。他的眸子黑黑的，里面映照着大厅里的灯光。他伸了伸自己的长腿，朝姜白白凑过去，声音淡淡道："你问。"

　　姜白白又紧张起来，她深吸了口气，像是鼓足了极大的勇气，问道："我们现在是什么关系呢？"

　　顾延灼心里愣了下，其实他一直在等一个合适的时机再把自己的心意告诉姜白白，但一切发生得有点太快了，从姜白白早上在车上突然不按剧本向他表白后，一切的走向就开始不在他的掌握中了。本来该主动表白的是他，主动追求的是他，但现在这一切都成了姜白白在做。

　　顾延灼伸手摸了摸她的头发，认真盯着女生的眼睛说："其实我本来有个表白计划，不过既然我们已经知道彼此的心意了，那我可以提前告诉你……"

　　姜白白听到他说自己有个表白计划的时候，心里"咯噔"一声，暗自叫了声不好，她开始后悔起来，为什么不能再多点耐心，等到顾延灼给她表白！于是，她打断了他的话："你别说了！还是按照你的计划来吧！"然后捂住耳朵，不要再听他继续往下说。

　　顾延灼见状，忍不住笑了起来，没想到姜白白这么可爱，捂住耳朵的样子像只软萌的小动物。他有些无奈，但更多的是宠溺。他轻轻叹了口气，答应了她："好，那按照我最初的计划来。"

　　顾延灼最初的计划是等到他生日的那天，邀请姜白白的朋友还有姜聪一起来参加他的生日会，然后当众向姜白白表白。他生日就在下周，已经订了举办生日会的场地，还有各种装置。白城拓并不知道他的计划，所以特别奇怪：

"你不是一向不过生日吗？今年怎么想起大操大办了？"

顾延灼眨了眨眼，面无表情道："毕竟三十大寿。"语气之深沉，让白城拓觉得他过的不是三十岁生日，而是八十岁。

姜白白不知道顾延灼生日的事，还是听白城拓说的。

"感觉这次生日会有古怪啊。"白城拓说这件事的时候，特地意味深长看了姜白白一眼，"顾延灼以前可从来不会办生日会的，没想到来了南城后连性子都改了。"

姜白白想起顾延灼说的那个表白计划，难道他是想在生日会上对她表白吗？她看了眼时间，不到一周了，顾延灼生日，那她该送什么礼物给他？

于是，姜白白又在网页上输入"男朋友生日，该送什么礼物给他"，想参考一下广大网友的意见，结果出现很多广告，什么"送这个礼物，男朋友感动哭了"，结果点开一看，是一本手工相册。姜白白和顾延灼并没有合照，而且这个礼物有什么值得感动的？她第一时间排除了这个选项。

其中推荐打火机的网友特别多，还有人细心建议在打火机上刻下自己的名字，这样男朋友在用的时候，就像把自己握在手心里。姜白白觉得有点肉麻，而且顾延灼不抽烟，排除。

经过层层筛选，姜白白最后挑了一个艺术家手绘的咖啡杯。这个咖啡杯方便携带，姜白白觉得顾延灼可以随身带着，只要他喝水就可以想到自己。于是她喜滋滋下单，杯子后天到货，时间刚好。

团建回来后，姜白白就没有再见过顾延灼。庄园的咖啡果成熟了，他和白城拓每天都很忙。

姜白白像往常一样上下班，博物馆因为咖啡展会的成功举办，受到了当地文化局的表彰。傅馆长领了奖章回来，得意地挂在了办公室最显眼的地方，并履行了之前给大家发奖金的承诺。

拿到奖金后，姜白白又凑了点钱，给姜聪买了一个按摩椅。原来自己赚钱自己支配的感觉这么爽，姜白白很喜欢现在的状态，她感到未来的人生正在朝她慢慢展开。

咖啡展会撤离后，展馆空了出来。姜白白向傅馆长提议可以开辟一处角落作为长期固定的咖啡馆，本身博物馆也是以咖啡为主题，有一处喝咖啡的地方对于参展的人来说是个不错的消遣选项。

姜白白是这次展会的大功臣，所以对她的提议，傅馆长说他会认真考虑。

顾延灼和白城拓每天都待在咖啡农场，吴凯被警方拘留的消息传来后，顾延灼决定自己一个人回南兴镇去见他。

"这个人到底是谁啊？"白城拓见顾延灼对他如此上心，不禁好奇。白城拓虽然知道顾延灼以前在救援队的事，但他不知道吴凯，所以奇怪顾延灼的反应。

"以前的同事。"顾延灼一边收拾东西，一边对他说，"我自己去就行。"

到派出所后，顾延灼见到了吴凯。

吴凯一副吊儿郎当的模样，坐在椅子上，跷着二郎腿。

顾延灼很不解地看向他，开口直接问："听说你离开救援队了。"

吴凯脸上带着一丝嘲弄的笑意，望着他，淡淡道："没想到你这么关心我。"

"你来南兴镇的目的到底是什么？"顾延灼有些不耐烦了。他第一次觉得吴凯这么可怕，可怕到现在眼前坐着的完全就是一个陌生人，而不是从前在救援队里总是跟在他身后，一起吃饭一起工作的学弟了。

吴凯直起身子，双手撑在桌子上，身体往前倾了倾："我在帮你做善事。"

"什么？"顾延灼眨了下眼，保持着耐心。

"还记得事故里那个送你护身符的阿姨吗？"吴凯轻轻笑了笑，"她是南兴镇人。"

顾延灼不明白他想说什么，眯了眯眼："那又如何？"

"那件事后，我其实和你一样得了创伤应激障碍。"吴凯在那次事故后，虽然被升为了飞行员，但他也开始做噩梦，为了缓解心理压力和焦虑感，他开始查找事故里那三个人的资料。

吴凯觉得自己需要做点什么，查到遇害人的资料后，他给他们的家人偷偷寄过钱。但飞机上那个中年女人的父母已经双双去世，所以她的补偿也就不了了之了，直到前段时间，吴凯得知她还有家人，就在南兴镇，有趣的是，他得知顾延灼也在这里。好似命运要让他在这里对从前的事做个了断。吴凯以为顾延灼和他一样，不，应该要比他更惨，应该每天如同生活在地狱里一样生活在人间。

可是，顾延灼活得很好。吴凯听说他在朋友的公司帮忙做事，照常工作照常生活，似乎完全忘记了那场事故。而吴凯自己却因为心理方面的问题从救援队离开，陷在过去的问题里久久无法自拔。

"凭什么？明明做错事情的人是你，为什么你还能没事人一样坐在这里？"吴凯突然激动起来，瞪着发红的眼睛，对顾延灼怒目而视，"为什么你可以活得这么坦然？"

顾延灼盯着吴凯因情绪激动而扭曲的脸，脸上没有任何表情，但他心里其实非常难受，他没想到吴凯会变成这样。当时他被救援队开除，吴凯就再也没和他有过任何联系，他给吴凯发的所有信息吴凯都统统没回，后来有人告诉他，吴凯在救援队里公开表达对他的不满，他才终于明白，他已经失去这个弟子了。只是没想到两年过去，当他已经逐渐走出从前事故的阴影时，吴凯却已经被深渊给吞没。

"一个人活得好与不好，从来都是自己决定的。"顾延灼轻轻叹了口气，对吴凯说，"看到你现在这个样子，我才发现自己其实很幸运，身边的人一直在帮助我鼓励我，自责和愧疚不会让你生活得更好，是该走出来了，吴凯。"

"走出来？"吴凯突然轻轻笑了起来，"那恭喜你呀。不过我发现了一件很有趣的事情。"

顾延灼盯着吴凯脸上狰狞的表情，心里有点发毛，这跟他记忆里的吴凯相差太大了。

"那个中年女人，原来是经常跟你在一起的女生的妈妈。"吴凯扬了扬眉，声音里带着一丝幸灾乐祸，"这件事你还不知道吧。"

顾延灼觉得自己的脑子里有什么东西被瞬间攫住，坐在椅子上的身体不听使唤地僵住。眼前吴凯的笑容慢慢放大，他却做不出任何反应。

吴凯伸手拎住顾延灼的衣领，对他说："既然认识，那么她妈妈的事就麻烦你转告给她了，顾队。"

下班后，姜白白和宋清颜约好晚上一起吃饭。她把博物馆考虑让周宇入驻开咖啡馆的事告诉了宋清颜，对方显得非常开心。

"你们现在进展到哪一步了？"姜白白好奇道。

宋清颜红着脸，看了姜白白一眼，不好意思道："其实他上周就跟我表白了。"

"什么？"姜白白被这个突如而来的消息吓了一跳，"你居然不告诉我！"

"因为周宇说他现在事业处于停滞阶段，他想等咖啡馆的事确定下来再和我在一起，也算是给我个交代对我负责。"宋清颜说到这里，顿了顿，"其实我并不介意他现在事业怎么样，我喜欢的是他这个人，就算他开不了咖啡馆，我也一样喜欢他。"

姜白白笑着看向她，轻轻捏了捏她胳膊，说："我就知道你会对周宇哥好。"

"那你现在是什么情况？"宋清颜听说了姜白白和顾延灼在团建时候发生的事，她刚把话问出口，转眼就看见了前面路口有个人的背影很像顾延灼。

"那是顾延灼吗？"

姜白白循着她的视线看过去，确实是顾延灼，他什么时候到的镇上？

想到他来这里没有联系自己，姜白白心里隐隐有些不悦。

宋清颜则用手戳了戳她，朝顾延灼的方向努努下巴："快去找他吧。"

姜白白点点头，和宋清颜道别后，就朝顾延灼跑去。

顾延灼心里正想着事，姜白白走到他身边的时候，他全然没有注意到，直到对方伸手戳了戳他另一侧的肩膀，等他回过头来时，脸正好碰到姜白白的手指。

"你什么时候来的？"姜白白笑着问他。

顾延灼伸手轻轻握住姜白白的手，盯着她的脸看了会儿，回答她："下午。"他的脑子里突然闪过直升机坠毁的画面，还有姜白白母亲遗体被打捞出来浮肿的身体，他闭了闭眼，觉得嗓子有点哑，松开她的手，对她说，"我有点不舒服，今天就不陪你了。"

姜白白见他脸色很差，以为是身体不舒服，手伸到他额头上探了探，问："你还要回庄园吗？要不今天就留在镇上休息？"

顾延灼摇头："我得回去一趟，有重要的事要处理。"说完，没等姜白白说话，他便朝停车的方向走去，没让姜白白送他，也没有说一句"再见"。

姜白白有点奇怪，望着他逐渐走远的背影，她觉得心里有点空落落的。

回家后，姜聪已经做好了晚饭，给姜白白留在桌上，他已经吃过在卧室休息了。姜白白一个人坐在餐厅吃饭，心不在焉的，因为想着顾延灼。她发了信息问他到庄园没，但对方一直没有回复她。

吃完饭，姜白白收拾碗筷去厨房洗。把洗好的碗筷放进橱柜的时候，她看见桌上有一粒白色的药丸。她捡起来看了看，不是家里平时吃的感冒药，不知道从哪里来的。她眯了眯眼睛，回到客厅，找到平时放置药箱的那格抽屉，然后打开，她把每瓶药挨着打开，比对手里的白色药丸，没有一粒是一样的。那么，这粒药是从哪里来的？

联想到这段时间姜聪的反常，姜白白心里有了猜测，却不敢细想。她蹲在地上，抱着膝盖，把下巴枕在上面，她好想找顾延灼聊聊，说点什么都好，只要见到他，她心里就不会这么难受了。

白城拓看见门外的车，才知道顾延灼已经回来了，没想到今天他回来得这么早。他去房间找顾延灼，结果推开门，里面一片乌烟瘴气，顾延灼坐在沙发上，面前的烟灰缸里全是烟蒂，空气里弥漫着浓厚的烟味，差点把他给熏出来。

白城拓挥了挥手，试图驱散面前的烟味，不知道顾延灼这是受什么打击了，平时不抽烟的他一下子抽了这么多。

"你小子这是失恋了还是怎么回事，抽这么多烟？"

顾延灼没搭理他，从桌上又抽了根烟，含进嘴里，想要点燃。

白城拓过去，夺走他手里的打火机："你怎么回事？"只是去见了那个吴凯一面，回来就变成了这样，很显然是发生了什么事。

"烦。"顾延灼身体往后仰去，躺靠在沙发上，闭上了眼睛。

白城拓在他旁边坐下，之前见到顾延灼这模样的时候，还是两年前他在救援队里出了事被开除。当时的顾延灼整个人像被抽走了灵魂，行尸走肉地在家里躺尸了两个月，最后还是他拉着顾延灼去看心理医生，才慢慢好转。

白城拓给自己点了根烟，吸了口，慢慢吐出，转头看向顾延灼，也不知道该怎么开口问，他们两个这么多年的交情，顾延灼要是有事不想对他说，他是绝对问不出来的。

以前读书的时候，白城拓人很胖，因此在班上受到不少嘲笑和欺负，顾延灼为了他，和人打过架，被学校处分过，但顾延灼仍旧像大哥哥一样保护着他。他们两个人不仅仅是世交和发小，一直以来，还是最好的朋友。

"你不想说也没事，但你现在不仅有我，还有了白白，所以你要尽快让自己好起来。"白城拓伸手轻轻拍了拍顾延灼的肩膀，站起身来，朝门外走去。屋子里烟味太重，他便留了一道门缝，好让空气流通。

白城拓离开后，顾延灼才缓缓睁开眼来，盯着头顶的天花板。他现在脑子很乱，心情糟糕透顶，吴凯的那番话无疑把他这些日子好不容易重建的东西，又全部给摧毁掉了。

姜白白竟然是那个中年女人的女儿？顾延灼怎么也想不到会有这样的事发生，他想到姜白白曾说过，她最大的心愿是可以再见到妈妈一面，这让他该怎么面对她？

他坐起身子来，把脸埋进掌心。从来没有过的绝望，从心里一直往上涌。

这时，桌上的手机响了起来。顾延灼放下手，看见屏幕上亮着姜白白的名字，他犹豫了片刻，拿起手机按下接听键。

手机那头静默了会儿，他听见姜白白轻轻的呼吸声，沉默而轻缓，对方似乎是在思考该说什么，而后听到姜白白声音小小的、软软的，带着点委屈："我看你一直没给我回消息，有点担心，所以给你打电话了。"

顾延灼的心一下被揪了起来，他抬手揉了揉眉头，对姜白白说："我已经回庄园了，一直没看手机，抱歉。"

"没。"姜白白轻轻叹了口气，"你没事就好。"

"嗯。"

"你要是有不开心的事，其实可以跟我说，虽然我可能没法帮你解决，也不怎么会安慰人，但找个人倾诉至少能让自己开心一点。"姜白白语气温柔，"我希望成为你的铠甲，在你需要的时候都能想到我。"

一句话，让顾延灼瞬间更难受了。他鼻子有点酸，声音嘶哑道："我真没事，明天打给你，我有点累了。"

姜白白听见他这么说后，也不便再继续追问下去，于是乖乖地答应道："好，那明天见。"

第十二章
人生总要失恋一次嘛

第二天，姜白白的快递到了。她在办公室里拆包裹，拿出手绘咖啡杯在手里摩挲端详，正巧傅馆长找她有事，忘了敲门，直接推开门进来，结果把她吓了一大跳，她手一滑，只听"啪"的一声，杯子掉到了地上，杯柄断了。

姜白白低头木然地望着碎掉的杯子，一股火气直冲脑门，转头看向傅馆长："我的杯子！"

傅馆长不知道这杯子是送人的，眨了眨眼，脸上堆出笑来："不好意思，不好意思，我办公室里有很多杯子，你待会儿随便选个去。"

"这不是普通的杯子。"姜白白又气又难过，蹲下身捡起杯子来，像托着新生的婴儿般托着掌心里碎成两半的杯子，轻轻叹了口气。

傅馆长见姜白白因为杯子无精打采，也跟着叹了口气："有件很重要的事要告诉你。"

姜白白抬眸，眼神里写满了"你说吧，我都无所谓"的情绪。

"咳咳……"傅馆长咳嗽两声，语气变得严肃起来，"上面领导很看好我们博物馆的前景，觉得在南兴镇发展被湮没了，打算把博物馆迁至省会城市。"他以为这个消息会让姜白白兴奋，因为"人往高处走，水往低处流"，谁不想在工作上获得更好的资源，省会城市明显比这个小破镇子强多了，但姜白白听后并没有他预期中的开心，而是陷入了一种茫然的状态。

"博物馆要迁走了吗？"姜白白愣了愣，"在镇上我觉得挺好的呀，离家近，风景好，不堵车，去大城市空气污染严重，还要重新熟悉新的环境。"

傅馆长想用手指去戳姜白白的头，让她清醒一点："别人都巴不得去呢，

是晴天了，我来见你 / 197

只有你在这里唉声叹气的。年轻人就是要有拼搏精神，敢于去闯，不然等老了你想出去闯都没那个精力了。"

姜白白垂下眼眸，没有说话。

"对了，你上次提的在博物馆开一个咖啡馆的建议，我们讨论了下可以执行。"傅馆长想这件事至少能让她兴奋点了吧，"去省会的话咖啡馆的生意肯定会更好，你让你那个朋友有时间来博物馆聊聊吧。"

这个消息确实让姜白白皱着的眉头稍微舒展了些："好，但我不确定博物馆迁走后，他还愿不愿意去。"

"你们这些人怎么一点年轻人的野心都没有……"傅馆长摇摇头，一副恨铁不成钢的样子，"想当年我二十几岁的时候，那可是精力旺盛，就怕一辈子只能待在一个地方。"

其实姜白白情绪低落，倒不是因为博物馆要迁走，更多还是因为顾延灼。自从那天在镇上偶然遇见后，她觉得顾延灼对她的态度变得不太一样了，具体也说不上来。感情的事是一门玄学，一个人喜不喜欢你对你上不上心，其实根本不需要用理性去分析解读，用心感受下就能清楚了。

姜白白觉得顾延灼似乎是在逃避她。

"你这个杯子多少钱？"傅馆长临走之前，看见姜白白还对着那个杯子一副伤春悲秋的模样，看不下去了，"我给你买个一模一样的。"

姜白白抬头，冲傅馆长眨了眨眼，弯了下嘴角："我把购买链接发你。"

傅馆长点头，一个杯子嘛，能有多贵，他打算赔姜白白两个，显得他这个做领导的风度和格局。他回到办公室，手机响了声，姜白白的链接发了过来，他随手点开，看到上面的价格后，又退了出来，确定自己没有点错。

这个杯子是镀金边了吗？竟然这么贵！

下班后，姜白白去找周宇，把博物馆的事告诉了他，让他好好考虑。

"我当然去。"周宇没有犹豫,就做出了决定,"这是个好机会,错过了这村估计没这店了。"

姜白白有点惊讶:"但你之前不是打算留在镇上吗?"

"省会也不算远,每周回来一次就行了,而且镇上确实很难开咖啡馆。"周宇说,"这些日子我其实想了很多,作为男人我至少得承担起养家糊口的责任来,不能再让跟着我的女孩受苦了。"

姜白白淡淡地看了他一眼,说:"清颜跟你的未婚妻不一样,她不会在乎那么多东西的,我觉得你可以和她一起商量,我了解她,她家里人都没陪在她身边,所以她其实一直很渴望喜欢的人能够多陪陪她,但每个人的追求不同,所以没人能帮另一个人做选择。"

周宇垂下眼眸,双手交叉握着放在桌上。他微微蹙了蹙眉,对姜白白说:"其实现在的我,一直不太确定还能不能给另一个人幸福。"

姜白白知道之前感情的事,让周宇变得小心翼翼、犹豫不决起来,他是想要获得幸福的,只是受过伤害后,心就开始变得患得患失和惶恐起来。

"只要你愿意相信。"姜白白认真看着他的眼睛,"就一定会得到。"其实这句话也是她想对自己说的。

姜白白和周宇分别后,她突然无比想念顾延灼。这两天,他们都没有联系,姜白白也不愿意主动找他,小女生心里的情绪,因为自尊心或者别的什么,她也开始变得怯弱起来。和周宇聊完天后,她决定再主动找找顾延灼。

手机拨通顾延灼的电话,那边的铃声响了好一会儿,才终于被人接通,姜白白心里一喜,正准备张口,就听见白城拓的声音响起:"白白啊,顾延灼现在没空接电话,你找他有什么事吗?"

姜白白心情低落下去,嘴上强撑没事:"我想问问顾延灼生日的事。"

"他生日啊,可能不办了。"白城拓说到这里,顿了顿,他不知道顾延灼对姜白白承诺过表白的事,于是解释道,"你知道他这个人的,生日一向都不过的，所以这次生日会也不会办了。"

姜白白感到脑子里"嗡"的一声瞬间空白，她声音有些哑，问白城拓："顾延灼他是不是发生什么事了，我感觉他最近很奇怪。"

"没什么事，可能工作太忙了。庄园这边的事情太多，有点疲惫吧。"白城拓宽慰姜白白，"你周末放假过来玩啊，给你尝尝我们庄园的咖啡。"

"好。"姜白白声音小小的，像被抽走了所有力量。

白城拓听见对方手机挂断后传来的"嘟嘟"声，蹙了蹙眉，抬头看见顾延灼回来。他挥了挥手里的手机，扔给顾延灼："刚白白打电话给你了，你找个时间回她吧。"

顾延灼淡淡地"嗯"了声，看样子并不打算回过去。白城拓看不惯他这样，提醒他："不管你喜不喜欢白白，我觉得都得给她一个明确的表示，不要让她胡思乱想。"

顾延灼瘫坐在沙发上，扶住额头，对白城拓说："你打电话把张医生叫来一趟吧。"

张医生是顾延灼的心理医生，白城拓怔了怔，问："你怎么了？"

顾延灼闭上眼睛，感觉自己的身体在微微发抖，他说："我感觉自己的病复发了。"

姜白白回到家，姜聪不在。

冰箱里放着姜聪之前买回来的蔬菜和肉，姜白白拿出一部分走到厨房，准备今天的晚饭自己来做。但是打火的时候发现没气了，她想到姜聪一向把天然气卡都放在卧室的第一格抽屉，于是去他房间拿。翻找中，她看到一张皱巴巴揉成一团的纸，出于好奇，把它拿出来展开，是一张病例单，病患一栏的名字写着"姜聪"。

姜白白的视线往下移，看到病症那栏后整个身子僵住了，感觉呼吸都要凝滞了，是糖尿病。

姜白白想到那天在厨房里发现的白色药丸，还有这段时间姜聪的一系列反常，终于明白过来原因。她把病例单重新揉成一团，扔进了抽屉，然后走出房间，装作一切都没有发生过。

姜白白是第一次感到这么无助，以前的烦恼最多是考试和一些生活中无关痛痒的问题，因为她清楚无论出了什么事，她的身后都有姜聪。这个世界上唯一会无条件支持她爱护她的人，也只有姜聪了，可是现在他生病了。姜白白突然觉得自己的身后白茫茫一片，好像什么东西都没有了。她抱着膝盖蜷缩在床上，她不能让姜聪知道自己知道他生病的事情，要继续装作什么都不知道，高高兴兴地生活着，这样才能减轻姜聪的心理负担。然后就是赚钱，她必须要赚很多钱，才能帮姜聪治好病。

想到这里，姜白白拿出手机，点开直播软件，找到之前天艺娱乐发给她的那条私信，上面有联系电话和微信号，如果她有意向的话可以添加。不过时间已经过了这么久了，姜白白也不清楚对方是否对自己还感兴趣。

抱着试试的心态，姜白白申请添加对方的微信号。现在已经凌晨一点了，她想对方至少要明天才能看到信息，没想到时间才刚过几分钟，她的申请就通过了。

对方很快发来一段自我介绍的信息，告诉姜白白自己姓宋，单名一个麦。宋麦，很中性的名字，连头像也很中性。一时间，姜白白不知道该如何称呼对方。

"机姐你好，不知道你什么时候有时间，我们约个时间见次面吧。"宋麦开门见山道，"你给我地址，我来找你。"

姜白白有些没反应过来，对方的态度太主动了，反而让她觉得有点奇怪，该不是骗子吧？

姜白白在内容框打下一段文字，她主要关心如果去当艺人一个月能赚多少钱，如果不赚钱的话也就没必要见面聊了。

对方收到姜白白的信息后，沉默了会儿，对话框才重新显示"对方正在输入……"。过了会儿，宋麦告诉她："在培训期间一个月两万块，但如果半年时间无法达到我们的预期，就会自动解除合同。如果你能红的话，收入就不是按月来算了。"

两万块。姜白白看到这个数字，咽了下口水，这对她来说是非常高的收入了。她现在一个月的薪水加起来还没过万呢，不过半年时间达不到对方预期就会自动解除合约，也就是说她极有可能只是赚个快钱，用半年的时间赚到在博物馆两年的收入。值得一试吗？姜白白盯着屏幕想了会儿，想不出个所以然来，于是她诚实地告诉宋麦，希望能让她考虑考虑。

宋麦很爽快地就答应了。

顾延灼生日的前一天，姜白白特意请了半天假，虽然生日会不知什么原因取消了，但她觉得生日还是要过，何况是顾延灼三十岁生日。

姜白白买了个蛋糕，因为杯子摔坏了，她也没有挑到更好的礼物，决定等之后再重新把生日礼物补给顾延灼。

下午姜白白坐了两个小时的车到达咖啡庄园，她拎着蛋糕，走到大门口，往里望了眼。

咖啡庄园的大门外面围着一圈铁栅栏，里面很大，一眼望不到头。门口有个安保室，保安坐在里面正打瞌睡。姜白白想要给顾延灼一个惊喜，所以没有提前告知他自己要来的事。她敲了好一会儿门，保安才从白日梦里惊醒，睁眼看见门口站着一个漂亮姑娘，以为自己还在做梦，揉了揉眼睛，发现门口确实站着一个人，于是走过去询问："你是做什么的？"

姜白白举起手里的蛋糕来："送东西的。"

"有出入证吗？"虽然小姑娘长得人畜无害，但他作为一个安保人员，必须按规定履行职责。

"我没有出入证。"姜白白如实回答，"其实我是想给顾总一个惊喜，今天是他生日，我来送蛋糕的。"

保安大叔从头到脚扫了姜白白一眼，小姑娘穿了一件香芋色的软糯糯的开衫，整个人看上去元气满满，扎着丸子头，额边留出几缕碎发，清新可爱。他瞬间明白过来，这多半是顾总的追求者。大叔也是过来人，年轻的时候也轰轰烈烈追求过自己喜欢的人，不免生出同理心，做出让步："那你有身份证吗？把身份证押在这里，离开的时候再拿走。"

姜白白立马掏出自己的身份证递给保安大叔，然后对方打开了大门，让她顺利通行，还热情地告诉她："一直往前走，走到尽头再左转，会看到一栋白色大楼，顾总的办公室就在里面。"姜白白已经往前走了一段距离了，他还不忘在后面给她打气应援，"加油哦。"

姜白白走了大概一刻钟时间，终于到达传说中顾延灼所在的白色小楼，不过这栋楼一共有三层，每层有好几间房间。她在门口徘徊了会儿，正巧遇见有人从楼里走出来，她立马跑过去询问："请问顾总办公室在哪一层？"

对方是个年纪五十岁左右的大婶，看了姜白白一眼，显然她没有保安大叔那般好说话，而是用一种警惕的神情盯着姜白白，问："你做什么的？"

"我送蛋糕的。"姜白白随口胡诌，"顾总在我这里订了一个外卖蛋糕。"

"给我吧。"大婶说，"我拿给他就是了。"

姜白白想了想，把蛋糕递给她："谢谢了。"

看见大婶拎着蛋糕往回走，姜白白便偷偷跟了上去。

大婶上了二楼，姜白白也跟着上去，然后看见她推开一间办公室的门，走了进去，出来的时候手里已经没有蛋糕了。

等大婶离开后，姜白白从躲着的楼道里钻出来，然后悄悄溜到门口，正打算伸手敲门的时候，她突然听见里面说话的声音。

"这个蛋糕是白白送来的吧。"白城拓的声音一贯懒散随意，感觉像是躺在沙发上说出来的,"突然想起前几天她还问我你生日会的事,不过你这生日会怎么说不办就不办了?"

顾延灼的声音低低的,有点闷:"因为办生日会的理由,暂时没有了。"

"生日会的理由不就是你过生日吗,还有别的理由?"白城拓不解道,"你最近还真是让人越看越讨厌,唉!"

顾延灼没再说话。

姜白白听到这里,心里瞬间明白了顾延灼的那句"因为办生日会的理由,暂时没有了",他办生日会的理由难道不就是要对她表白吗,他说过的,他准备了一个盛大而正式的表白,她为此兴奋期待了好久,她还以为不办生日会是因为其他原因,原来只是理由没有了。

没有了那个理由,是不是就代表顾延灼已经不喜欢她了?

一个人对另一个的喜欢如此脆弱吗?

他们之间的关系就像一朵含苞待放的鲜花,本来期待着花朵绽放那刻的美丽,没想到一夜的霜冻就让鲜花枯萎,失去了永远开放的机会。

姜白白的眼泪不争气地落了下来,在顾延灼不怎么回复她信息的这些日子,她不是没想过这个可能性,她很害怕,但她相信顾延灼跟其他人不一样,可是大家都只是普通人,又有哪里会不一样?从来就没有在一起过,所以也算不上是失去,她抬手擦掉眼泪,告诉自己不要哭。

姜白白觉得浑身上下像是被人突然抽走了力量,连继续哭都是一种无力的挣扎。她靠着楼道的墙站了会儿,看着天空上悠然飘过的一朵白云,如梦初醒般回过神,然后转身下了楼。

离开庄园的时候,保安大叔见小姑娘这么快就回来了,正想询问几句,结果就看见对方红着眼睛,脸上还残留着泪痕,便识趣地闭上了嘴巴,为她打开门。

姜白白不忘对他说了声"谢谢"。

保安大叔在身后叫住了她，心有戚戚然道："人生总要失恋一次嘛，都会好起来的。"

姜白白转过头来，脸上带着笑容，像一朵美丽的郁金香。她附和道："是啊，都会好起来的。"

原来人在真正难过的时候，会失去所有倾诉欲望，只想一个人待着。

姜白白一个人坐在秦叔的店门口，左手一把牛肉串，右手一杯玉米酒，已经坐了近两个小时，喝了差不多五杯玉米酒，虽然度数不高，但数量到达一个层级就会开始产生质变。此时，姜白白觉得脑袋有点发晕，于是放下杯子，用手揉了揉眉头，揉着揉着眼泪就啪嗒啪嗒落了下来。她垂着脑袋，周围是人声鼎沸的客人、碰杯声、划拳声、谈笑生，混杂在一起，成为她伤心的背景音。

"请问你对面有人坐吗？"一个甜甜的声音从头顶上方传来，客气地向姜白白询问着。

姜白白用手指不动声色地擦掉眼泪，抬起头，看见一个短头发的女生正指着她对面的空位。她摇了摇头，回答道："没人。"

"那我可以和你拼个桌吗？"女生说，"我听说这里的牛肉串特好吃，但已经没座位了，你要是不介意，我们可以一起吃吗？"

姜白白点点头。

女生开心地拉开椅子坐下，为了感谢姜白白，她热情道："你还要吃什么不，我请你。"

"不用了，我差不多吃饱了。"姜白白确实已经吃饱了，她待在这里不走，完全是因为不想回家。她害怕姜聪看出她不开心，所以想等自己情绪平复后再回家。

"你是本地人吗？"对方问姜白白。

"嗯。"她轻轻应道，并没有说话的意愿。

"对了，我叫孟姝书，你可以叫我小书。"孟姝书点的肉串上来了，她分出一把放到姜白白的盘子里，"我今天第一天来，感觉这里还蛮不错的。"

姜白白抬眸，才发现孟姝书的脚边还放着一个行李箱："你是来旅游的？"

孟姝书咬掉一口肉，眨眨眼，想了两秒后才回答："其实也不算是来玩的，我是来这边工作的。"

姜白白听过很多本地人去外地找工作，很少会有外地人来这里找工作，除了上次博物馆的面试，不过好歹也是一个有编制的工作，但这样的机会少之又少。所以，她好奇地问对方："你是做什么的？"

孟姝书又咬了一口肉，咂咂嘴："这肉真香，我朋友果然没推荐错，我是飞行员。"

姜白白愣了两秒，盯着孟姝书看了看，像是没反应过来，于是重复了一遍她的话："飞行员？"

"我刚被调到这边的森林救援队。"孟姝书拿起可乐喝了口，打了个嗝，看上去吃饱了，拍拍自己的肚皮说，"下周才去报到，我提前过来找朋友玩的。"

"你有朋友在这边？"听到"飞行员"三个字的时候，姜白白立马就想到了那个人，但她觉得这个世界上应该没那么巧合的事，于是又打消了念头。

"嗯。"孟姝书说，"就是他推荐的这家店，说特别好吃，他一会儿就来接我了。"

刚按下的念头，又瞬间冒了出来，姜白白舔了舔嘴唇，看向对方，轻轻问道："你朋友叫什么名字？"

见女生脸上闪过一丝讶异，为了让她不觉得这个问题过于突兀，姜白白解释道："因为这个地方很小，也许我认识他呢。"

"哈哈哈，不可能的，我这朋友不喜欢交朋友，特自闭。"孟姝书摇摇手，非常肯定道，"所以你不可能认识他的。"

听到对方说她的朋友不喜欢交朋友特自闭的时候，姜白白垂下头，用手按住眉头轻轻笑了起来，感慨原来这世上还真有这么巧的事。

"你们这里除了牛肉串，还有什么好吃的东西没？"孟姝书决定正式上班之前，要把当地美食都好好吃个遍。

姜白白一口气推荐了很多地方和美食，听得孟姝书赶紧拿出手机打开备忘录记下，然后她手机突然响了起来。她冲姜白白笑了笑，接通了电话，声音清亮："我在你说的那家牛肉串店门口呢，好，我等你。"

挂完电话，孟姝书对着手机笑了笑，是那种女生在面对自己喜欢的人时特有的笑容。她抬起头，看向姜白白，捋了捋自己的头发，问道："我现在看上去怎么样？"

姜白白怔了怔，不知道该怎么回答。

孟姝书解释道："我们有两年没见过面了，所以有点紧张。"

姜白白没说话，拿上一旁的包，站起身来，对孟姝书笑了笑："那你继续等朋友吧，我回家了。"

孟姝书还没来得及说"再见"，姜白白就走掉了，好像再也不愿意在这里多待一秒。

姜白白走到街道转角处，又折了回来，站定，从包里掏出一瓶水喝了口醒酒。她现在所在的位置正好可以看到店门口的孟姝书，但对方看不见自己。

姜白白从没觉得自己像此时此刻这么变态过，竟然躲在暗处偷看别人！她只是想要证明一件事，如果如她所想那样，那她可真是一个大白痴，从此以后她也可以不必再纠结和顾延灼的关系了。

她站了大概有一刻钟时间，一辆熟悉的汽车从街道另一个方向开来，在店门口停下。一个穿着牛仔外套的男人从车上下来，果然是顾延灼。

姜白白觉得眼睛有点涩，虽然心里有了准备，但还是被刺了下。

孟姝书从位置上起身，朝顾延灼飞奔过去，纵身一跃，搂住了对方的脖子。

姜白白转过身，轻轻叹了口气，心情反倒变得特别平静起来，一开始自怨自艾的情绪在看到刚才那幕后，反而都消失不见了。人最害怕的不是直面糟糕的结果，而是对结果一无所知时的惶恐和困惑。姜白白眨了眨眼，告诉自己不要难过了，一切的答案都已经揭晓，虽然她无法理清这其中的因果关系，但顾延灼在今天取消生日会，一定跟孟姝书有关。

她不想深究了。

姜聪早上是被厨房锅碗瓢盆相互碰撞的声音吵醒的，他走出卧室，看见姜白白正端着早餐从厨房里出来。

"开饭了！"姜白白早上做了两个鸡蛋煎饼，虽然颜色是黑的，但她坚定地保证这东西是可以吃的。

"你怎么想起做饭了？"让姜聪担心的不是煎饼有没有毒，而是姜白白怎么突然想起下厨这件事，让他觉得很可怕。

"作为一个优秀的女人，既要能上得厅堂，也要能下得厨房。"姜白白撩了下头发，冲姜聪嘻嘻笑道，"快尝尝，好不好吃。"

姜聪用筷子夹起煎饼咬了口，咂咂嘴道："熟的，可以吃。"

对于姜聪敷衍的评价，姜白白没生气，她匆匆吃了早餐，就去上班了。

昨晚她联系了宋麦，宋麦买了今天的机票打算直接飞来和她见面聊。

下班后，姜白白买了到南城最近的一班车的票，坐了半个小时到达市区。宋麦发了定位给她，最后她在一家咖啡店里看见了宋麦。

一个个子小小的女人，年龄在三十五岁左右，短到露出耳朵的头发，穿得很中性，虽然身材娇小，但气场强大。一个人坐在靠角落的位置看书，引得路过的人忍不住想多看两眼。

姜白白到了后，宋麦把视线从书上移开，打量了她几秒，让她坐下。

"你好，我是宋麦。"她伸出手来，友善地笑着看向姜白白，"你比我想象中要好看些。"

姜白白笑了笑，不知道该怎么回答这个问题。

"很多网络主播现实生活里反而没有镜头上看到的那么好看，因为滤镜太重。之前见过几个，我都没认出来是我在镜头里看见的人。"宋麦从包里掏出名片，递给姜白白，开门见山道，"我看过你的直播，觉得很有意思。"

姜白白收下名片，发现上面写的不是天艺娱乐，而是"宋麦工作室"。

宋麦看出她的疑惑了，于是解释道："我已经从天艺离职，现在出来单干，想要培养自己工作室的艺人。之前借用了天艺的头衔不好意思，但我可以向你保证，和我签约比跟天艺签约靠谱。"

姜白白其实不太在乎宋麦是不是天艺的，她在乎的是签约条件和可以赚多少钱。她有些不太自信道："可我既不会唱歌也不会跳舞，没有任何才艺。"

宋麦笑道："你只需要开好挖掘机就行。"她解释道，"现在长得好看又有才艺的艺人太多了，我需要的是有自己特色的人。你开挖掘机那些视频很好地抓住了当下年轻人的喜好，所以你不需要让自己成为传统意义上的偶像，好好开挖掘机就行了。"

姜白白还是没太懂，不过她更关注的是那每个月两万块的薪资。所以她问宋麦："那是不是只要和你们签约了，我就能拿到钱了？"

宋麦愣了下，她以为姜白白同意跟自己合作，是奔着出名去的，没想到是为了每月的固定工资。她不免笑了下，语重心长道："你应该不会只想要拿半年的薪资就走人吧？想要长远发展，拿到更多利益，就得把事情做好才行。"

姜白白自然明白宋麦说的话，只是她心里不太相信自己可以成为艺人，那对她而言是太遥远的事了。

"签约后，我会成为你的经纪人，工作室会为了你的发展给你提供资源和规划的。"宋麦拿出合同，给姜白白看，"你可以拿回家研究，毕竟这关系到你的未来,可以再仔细考虑考虑。"

"如果我签约了,是不是就得辞去现在的工作?"姜白白低头看着手里白纸黑字的纸张,有点迷茫。她明明好不容易才得到现在在博物馆的这份工作,得到了大家的认可,一切看上去刚刚进入正轨,现在却要辞职进入一个完全陌生看不清前途的行业,确实太冒险了。

仔细想来,姜白白并不是完全为了那两万块钱的月薪,她也弄不清心里燃烧的那团无名火是什么。她觉得自己不能一直待在博物馆里工作,可能算是一种不服气吧,她或许只是想要证明自己可以变得更好,成为更耀眼的人,让那个人后悔而已。但她清楚,顾延灼是不会因为这种理由就喜欢自己或者不喜欢自己,他们在这方面倒是很像。

姜白白把文件收进包里,对宋麦说:"我会尽快给你答复。"

宋麦喝了口咖啡,她其实并不关心姜白白到底会不会签。她一个月要见许多像姜白白这样的人,眼前这个显然并不比其他人更特殊,所以她心里很平静:"我一个小时后的飞机,希望还能有机会再见。"

姜白白在咖啡馆继续坐了会儿,等回过神来,发现回镇上的末班车已经开走了。她一个人走在大街上,突然不知道自己接下来该做什么,自从那天后,总是出现类似的情景。工作开会,她会突然走神,旁边人要喊她好几次才能把她唤回来。或者吃饭,她手里拿着筷子,碗里的饭菜却一口没动,好似被人抽走了灵魂。有时候走在回家的路上,那条明明走过无数次的路她竟然会走错方向。她也不知道自己怎么了,她只能归结为情绪还没有完全从顾延灼那里缓过来。

其实没什么可伤心的,姜白白从小到大最擅长的就是保护自己,当班上同学嘲笑她爸爸是开挖掘机的,她就努力读书证明自己,她可以比任何人都优秀。在博物馆工作也一样,虽然她没有经验,但她愿意竭尽所能地成为大家心里那个必不可少的人。表面上看为了变得更优秀而努力，但其实不是，她只是为了保护自己的自尊心，虽然嘴上说着"职业没有三六九等"，但她清楚要想有资格说出这句话来，是在做到比其他人都要优秀的前提下，这样大家才会愿意听她说话。

姜白白想要拥有可以选择工作的自由，前提是她可以成为更好的那个人，拥有话语权，所以她才会想要和宋麦见面，不仅仅是为了钱。也有可能是想要逃避现下的困境，姜聪生病的事，顾延灼的事，加在一起让她觉得心里难受，这让她觉得自己必须做出一点改变来。

既然已经没有回镇上的班车了，姜白白决定先吃饭，然后待会儿再找辆车回家。

吃完饭，走到街上，天气越来越冷了，风吹过，一阵寒意袭来，姜白白缩了缩脖子，盯着驶来的车有没有亮着"空车"灯牌的。

"咦，你也在这里呀！"身旁突然响起一个熟悉而惊讶的声音，孟姝书穿着一件夹克，手插在外套兜里，笑意盈盈地和姜白白打招呼。

姜白白愣了愣，冲她点了点头，然后看见了她身后的顾延灼。

顾延灼完全没有出门的心情，孟姝书生拉硬拽把他拖上了车，然后开到了市区，说是要体验最好吃的南城菜。他们刚吃完饭，准备取车回去，没想到孟姝书先看见了姜白白。

顾延灼已经很久没见过姜白白了，他最近一段时间状态都不好，应激创伤障碍重新发作，白城拓给他叫了心理医生去家里治疗。孟姝书是他之前在救援队的同事，不知道怎么突然从那边调到了南城，连他自己都没反应过来。他发现姜白白瘦了许多，下巴变得更尖了，气色看上去不太好。

"好久不见。"姜白白冲他像平常一样笑道，好像他们之间一切如常。

"生日会的事……"顾延灼其实有点怕见到姜白白，一看见她，脑子里那些不想回忆的事就立马涌了上来，让他胸口发闷。但突然取消的生日会，他觉得必须要向姜白白解释点什么，不过现在来说很明显已经晚了。

"生日快乐。"姜白白抢先道，脸上的笑意更深了，"蛋糕好吃吗？"

顾延灼点了点头。

"原来那个蛋糕是你送的，没想到你们还真认识！"孟姝书觉得这几率比中彩票大奖还要小，她转头看向顾延灼，"我昨晚才见过她呢，是不是很有缘分？"

"我们这个地方小，所以待的时间一久，难免互相都认识了。"姜白白解释道。

"你现在是要回家吗？"孟姝书说，"你可以坐我们的车回去。"

"不用了。"姜白白说，"我打车更方便，你们送了我还要再绕路回庄园，太麻烦了。"

"不麻烦。"顾延灼打断她的话，"我送你。"

姜白白垂下眼眸，刚才脸上的笑容渐渐消失，又重复了一遍："不用了。"

孟姝书并未察觉两人之间微妙的气氛，她以为是姜白白不好意思麻烦他们，所以上前直接挽住了姜白白的胳膊，亲昵道："别客气，走吧。"然后搂着姜白白直接往停车场的方向走。

因为顾延灼的身体状况，这两天都是孟姝书在开车，她如常坐进了驾驶座，却发现副驾驶位置没人坐。她愣了下，回过头，发现顾延灼和姜白白都坐在后面，而她仿佛一个专车司机般，有瞬间不知道自己在干什么。

"你坐后面？"孟姝书问顾延灼。

"后面安全。"顾延灼面无表情道，"副驾驶座是最危险的位置。"

敢情你之前怎么不觉得危险了？孟姝书眨了眨眼，正想再说点什么，姜白白突然打开车门下车了。过了几秒，副驾驶位置的门打开了，姜白白重新坐进了车里。

"我挺喜欢副驾驶位置的。"姜白白笑道。

─────── 第十三章 ───────
永远都猜不到

　　把姜白白送到家后，孟姝书瞥了眼后面的顾延灼，语气不悦道："你是打算一直坐后面坐到家吗？"

　　顾延灼下车，坐回了副驾驶位置，系上安全带，靠在椅背上，他似乎还能闻到姜白白留下的气息。

　　"你跟那个女孩怎么回事？"孟姝书不是傻子，瞎子都能看出问题来，何况她还是视力5.0的飞行员。

　　顾延灼没说话。

　　孟姝书轻轻叹了口气："师哥，你该不是喜欢她吧？"按照她对顾延灼的了解，对待普通人他肯定不会这么反常，所以除了这个原因她也想不到其他可能性了。

　　"嗯。"顾延灼坦然承认了，"去掉'吧'，我是喜欢她。"

　　孟姝书的心瞬间沉了下去，但表面上仍然保持着镇定，问他："吵架了？"

　　"没有。"顾延灼不知道该怎么说这件事，太复杂了，他连在白城拓面前都没提过，他心里很乱，加上病情复发，他一直没有心思去思考他和姜白白之间的关系，所以干脆就搁置在了一边，但是很显然，他伤到小姑娘的心了。

　　"那就是不喜欢了呗。"在孟姝书眼里，感情只分两种，喜欢和不喜欢，不存在任何灰色地带的情感。

　　"那师哥你可以跟我谈恋爱不？"

　　顾延灼淡淡扫了她一眼，直接拒绝道："不可以。"

　　"喊。"孟姝书嘟了嘟嘴，重新发动了车子。

　　孟姝书当年去救援队报到的第一天，就对顾延灼一见钟情了。顾延灼完全符合她对另一半的想象标准，准确来说，是远远超过了标准。因为是女生，她最开始在救援队主要负责后勤，后来经过重重考核，才好不容易成了副驾驶，但她对外都宣称自己是飞行员，她这次来南城也是因为得知顾延灼在这边，才向领导好说歹说调了过来。本以为是为爱千里走单骑，没想到这才短短两天时间，就得知顾延灼已经被人截了和。不过她并没有因此放弃，看刚才他们两人之间的互动，估摸着也就是胎死腹中的露水情缘，她有信心在将来的时间里力挽狂澜。

　　"话说，吴凯的事你打算怎么处理？"孟姝书昨天从顾延灼那里听说吴凯的事后，诧异不已。她和他们虽然不在同一个小队里，但她一直记得吴凯曾经和顾延灼关系很好，去年不知道什么原因，吴凯突然辞职不做了，没人知道他去了哪里。但是前不久，救援队开始对之前发生的事故重新调查，在顾延灼的案子上他们发现了一些疑点，"你有没有想过，其实当年的事故可能不是你造成的？"

　　顾延灼垂眸，诚实道："我不知道。"

　　他确实不知道，如果事故的原因不在他，那么在谁？或者其实那就是一场意外，谁都怪不了，但飞机上活生生的几个人也并不会因此而复活。

　　孟姝书知道顾延灼最近状态不好，所以也不再多说什么，但是在她心里，顾延灼是天生为了飞行而生的。她也清楚顾延灼心里其实很想再回救援队，虽然他表面上什么都没说，似乎待在这里做咖啡也挺不错，但事实上并不一样。

　　孟姝书突然笑了笑，唱起了歌："让往事都随风都随风。"然后转头看了一眼顾延灼，"是该往前看了。"

　　姜白白向傅馆长递交辞职信的时候，他赔偿姜白白的咖啡杯刚刚到货，还没来得及拿给姜白白，结果就收到了对方的辞职信。

傅馆长深吸了口气，问道："是因为咖啡杯的事吗？"

姜白白已经忘了那件事，她站在办公桌前，神色认真道："我想了很久，虽然我也挺喜欢博物馆的工作，但我意识到这并不是自己真正想做的事。"

这种辞职理由傅馆长听得多了，什么"世界这么大，我想去看看""生活不止眼前的苟且，还有诗和远方"，现在的年轻人太容易被煽动情绪了，所以他痛心道："我承认长时间待在一个地方工作，难免会觉得枯燥，可是白白啊，这就是生活。"

"其实我已经找到更想做的事了。"姜白白说，"感谢馆长这段时间以来对我的照顾。"说完，鞠了一个九十度的躬。

傅馆长见姜白白去意已决，一时不知道该说什么劝她了。他工作几十年，许多人来了又走，员工辞职是一件很平常的事，不过姜白白他总觉得有点不一样，虽然具体说不上来，但好像只要有她在的地方，就会发光。

"等等。"傅馆长叫住姜白白，拉开抽屉，拿出一个盒子来，"这是欠你的咖啡杯。"

姜白白没想到傅馆长真买来赔给她了，但这个杯子已经失去了最初的意义。她眨了眨眼，接过盒子打开，和她买的那款一模一样。傅馆长记得杯子的花纹，所以选的是同款图案。

"记得常回来玩。"傅馆长笑了笑，突然有点感伤。

姜白白在办公室收拾东西的时候，小美过来送她。之前因为顾延灼的事情，小美一直对她心存芥蒂，但想到她要离职，心里又有点舍不得。

"你该不是要结婚了吧？"小美猜测道，"不然干得好好的工作，干吗要辞掉？"

见姜白白没有回答她，她觉得自己的猜测十有八九都对了，捂住嘴惊讶道："莫非是顾延灼的？天哪，你们这速度也太快了吧！"

姜白白抬头看了她一眼，说："当然不是，我和他本来就没什么。"

"什么没什么，你们两个人之前在度假村的时候，就只差没有对全世界宣布了吧。"小美心直口快道，"本来我还以为自己跟顾延灼有机会的，唉！"

姜白白把自己所有的东西都装进了纸箱，她看了眼办公室，想到今后这里就不属于她了，心里不禁有点难过。

"话说你要是真结婚了，记得请我哦。"小美笑道。

姜白白轻轻叹了口气，附和她道："好。"

姜白白从博物馆离职后，先斩后奏告诉了姜聪。

姜聪气得差点脱掉拖鞋追着姜白白打："好好的工作不干，干什么主播，那能是正经工作吗？"

姜白白跑到门外，站在距姜聪三米远开外，对他说："每个月两万块月薪呢，比在博物馆工作薪水高多了！"

"我们家缺那点钱吗！我不要你养，你要是钱不够我给你都行！"姜聪气到语无伦次。对他而言，这世上没有比博物馆更好的工作了，因为他就是在那里遇见姜白白母亲的。

姜白白知道姜聪一时很难接受，所以晚上她打电话给宋清颜，准备今晚暂时不回家了，等姜聪情绪冷静下来，再找个机会和他聊这件事。

不过宋清颜在知道姜白白辞职后，讶异程度不减姜聪："你不是因为想在博物馆工作才读的博物馆专业吗？"

"那是之前的事了。"姜白白还没吃晚饭，在宋清颜家里只找到泡面，她撕开调料包倒进碗里，"我现在就想当主播。"

宋清颜伸手摸了摸姜白白的额头，确认姜白白并没有发烧后，轻轻叹了口气："是因为博物馆要迁走了吗？"她从周宇那里听说了这个消息，两个人因为这事这几天也在闹矛盾。

"可能有一点这个因素。"姜白白把开水倒入碗里，找了本书盖上，盘起腿来，"我之前喜欢博物馆，其实是因为我妈妈，但我已经二十四岁了，是个大人了，总得为自己而活吧，我应该走出恋母情结了。"

宋清颜咬了下嘴唇，想了想，说："既然你都做好了决定，那我当然全力支持你，我家随便住。"

"谢谢。"姜白白凑过去抱住宋清颜，由衷感谢自己能有这个朋友，"除了爸爸，就你对我最好了。"

宋清颜拍了拍她脑袋，笑道："谁叫你也对我这么好。"

宋麦给姜白白未来制订的发展路线非常简单粗暴，她认为姜白白不具有在大荧幕上和其他艺人竞争的优势，但在短视频和直播领域姜白白已经拥有了许多粉丝，也不需要再出来引发"网红转型明星"这样的质疑声，干脆就待在自己的领域做到最好。

"那个在乡下拍自己做菜视频走红的蔡晶晶现在可是短视频的头部流量，我们就对标她。"宋麦又飞到南城来，还带来了自己的摄影团队，准备把工作室暂时迁到南兴镇，全方位包装姜白白，"我们要把你打造成短视频领域里的挖掘机网红，你就每天开挖掘机干各种事，做你擅长的就行。"

姜白白还以为自己需要学习唱歌跳舞的才艺，在得知自己只需要好好开挖掘机后，反倒是松了口气，毕竟她一把老骨头现在才来学习舞蹈基础，确实太难了。

"南兴镇这个地方风景不错，也很适合作为拍摄的素材，所以你的定位就是在大山里开挖掘机的仙女。"

姜白白似懂非懂地点点头。

"我们有专业的打光师、化妆师和摄影师，在我们的打造下你一定会更红的。"宋麦信誓旦旦。

开始拍摄后，姜白白终于明白了什么叫作"专业"。以前她自己做直播，

"傅馆长也不知道, 不过他猜测可能是一个咖啡杯引发的惨案。"然后白城拓把傅馆长不小心弄坏姜白白咖啡杯又赔给她的事复述了一遍, 告诉顾延灼, "我想白白不会因为一个杯子就辞职, 应该是有别的原因, 要不我联系她问一下?"

顾延灼盯着手机屏幕出了会儿神, 想了想, 最后说: "算了。"

算了。他不知道该不该去打扰她, 他不确定他能不能给她带去幸福, 他不相信自己还能够像从前那般问心无愧地和她相处。感情美就美好在它可以像水晶一样干净透明, 一旦沾染了别的东西, 难免变味。

算个屁。白城拓挂完电话, 气得想直接把手里的杯子扣在顾延灼脑袋上, 一旁的卢倩看他不知在跟谁生气, 于是问: "怎么了?"

"还不是顾延灼那家伙作呗。"白城拓叹了口气, "不知道他最近跟白白发生什么事了, 两人很久都没联系了, 不知道在赌什么气。"

"白白脾气那么好, 肯定是顾延灼的问题。"卢倩断定道。

白城拓干咳两声, 也不好说自己兄弟坏话, 于是赶紧把这边的工作收尾, 去南兴镇找姜白白。

姜白白刚做完直播, 头上戴着一朵向日葵花, 接到白城拓电话的时候, 脑子还处于宕机状态。她已经连续一周每晚都只有三个小时的睡眠时间, 这对于向来要睡足八小时的她来说, 每天都跟梦游似的。一天天上涨的数据和一天比一天多的骂声, 姜白白有时梦里醒来, 会弄不清自己身处何地、在做什么。

白城拓在手机里问她人在哪里, 有没有时间见一面。

姜白白打了个哈欠, 声音懒洋洋道: "没时间, 我很忙。"

"那你发个定位给我, 我来找你。"

一个小时后, 白城拓到达姜白白定位的地址。

一栋两层楼高的房子, 外面停着一辆挖掘机, 几个人坐在院子里吃盒饭,姜白白没吃东西，在喝水，她抬眼正好看见白城拓，她跟旁边的人说了几句话后，就跑出来见他了。

"好久不见。"

白城拓这才看清她拿着的瓶子里装的不是水，而是绿色的饮料，看上去像巫婆的毒药，姜白白比之前更瘦了。他问："你最近是不是没吃饭？"

"减肥呢。"姜白白说，"这几天都喝的果蔬汁，没吃东西。"因为脸上化着妆，所以也看不出来气色，她扑闪着大眼睛，像个精致的洋娃娃。

"我买了汉堡，你要不要吃？"见姜白白摇头，白城拓便自顾自吃起来，他语气平常，想让接下来说的话显得自然些，"你跟顾延灼是吵架了吗？"

姜白白已经很久没听到这个人的名字了，其实还不到一个月，最开始会因为想到这个人心里隐隐作痛，后来工作的事铺天盖地袭来，把所有的时间和精力压榨到极致，除了睡觉做梦会梦见他外，清醒的时间她根本不会再想到顾延灼，一瞬间，她还以为自己又在梦里了。

"怎么突然提起他了？"姜白白继续喝杯子里的果蔬汁。

白城拓咽下嘴里的食物，受不了了，翻了个白眼："你们两个人能不能不要假装什么事都没发生过啊？你们互相喜欢不明摆着吗，怎么突然就变成这样了？我是来给你们解决问题的，不要给我假装问题不存在！"

姜白白擦了下脸，淡淡地看了白城拓一眼："你口水喷到我脸上了。"她说完，轻轻叹了口气，"其实我也不知道怎么回事。"

她从顾延灼生日会打算向她表白的事说起，说到孟姝书，一口气把这段时间心底藏着的事全部说了出来，没有意想中的难受，反而像是一口气卡在心里很久，现在终于呼出来，让她心里好受了很多。

"顾延灼要办生日会原来是这么回事啊。"白城拓吃完最后一口汉堡，擦了擦嘴，"顾延灼的创伤应激障碍发作了，他跟你说过他以前在救援队发生的事故吗？"

姜白白点头："说过，创伤应激障碍怎么回事？严重吗？"说着她拿出手机，打开网页，输入"创伤应激障碍"。不懂就问是姜白白一直以来的美好品质。

白城拓有点无语，说："就是两年前的事故造成的，但在心理医生的治疗下已经恢复了，但上次他去见了吴凯回来后，整个人状态都很不对劲，又开始吃药，所以才把生日会给取消了。"

姜白白盯着手机屏幕看了会儿，眼睛有点涩，声音委屈道："那也不能什么都不跟我说，他什么都不说，我永远都猜不到。"

"我想只有你才能真正帮到他。"白城拓说，"Abel 是个把心关得非常紧的人，连对我都不是什么事都说，所以喜欢上他或者被他喜欢上都挺累的，你要是因为这事跟他断了关系也挺好，因为你也是我的朋友，我不想看见你因为他再继续受伤。"

姜白白咬了下嘴唇，握着杯子的手指下意识地加重了力道，露出洁白的骨节。她现在心里有些乱，不知道该怎么办。

这时，宋麦过来催她回去开会。

姜白白抬起眼睛，看向白城拓："谢谢你告诉我这些，但我现在没时间想这些事。"

"你现在是全职做直播了？"白城拓刚找到她的时候，就看见院子里放的那些摄影器材，他挺惊讶姜白白会选择做主播，"在博物馆不是干得挺好吗？"

姜白白笑了笑："其实只要认真做，什么工作都不会做得太差，但我想试着跟着直觉走一次。"说完，她打开车门走了下去。

宋麦把脚本拿给她，让她准备下一场直播。

姜白白接过脚本看了会儿，抬头看向宋麦，犹豫地问了句："我这两天可不可以休息半天？"

"有事？"宋麦问。

"也不算有事吧。"姜白白嗫嚅道。她其实是想去看看顾延灼，虽然她不是心理医生帮不了什么忙，但听完白城拓的那番话后，她心里有点堵得慌。

"那就不批准。"宋麦直接拒绝，"别一天想着休息，你只有半年时间，不成功便成仁。"

姜白白垂下眼睛，想了想，说："好。"

宋麦像是不放心她似的，伸出手去："把你手机给我。"

"嗯？"

"不要被外界的声音分心，好好投入半年，你会收获更多东西的。"宋麦真心觉得姜白白是个好苗子，有成为直播头部流量的潜质，但小姑娘人年轻，很多事情理不清轻重顺序，看到姜白白和她那男性朋友聊完天后，整个神态都不对劲了，这让她有些担心，倒不是担心姜白白的情绪，而是担心情绪会影响直播效果。

"除了跟你爸平时联络，其他的联络都暂时断了吧。听过'二八法则'吗？只有付出百分之两百的汗水，你才有可能成为那少部分的人。"

姜白白犹豫着没动，见宋麦一直盯着她，对方强势的态度让她有点不太舒服，但她明白自己根本没有退路可言，现在不是儿女情长的时候，她需要赚钱，更需要通过红来证明自己的选择没有错。半年，就半年时间，姜白白告诉自己。她拿出手机，交给了宋麦。

直播生活比姜白白之前预期的还要辛苦，每天中午到下午，她和团队会先总结前一天的直播数据，总结优点和缺点，然后讨论当天直播内容，匆匆吃完饭，就开始准备直播，从晚上七点到凌晨一点，持续六个小时，结束后姜白白才能回房间卸妆睡觉。时间的每个缝隙都被塞满，留不出一点闲余给她想别的事。

姜白白终于懂得了一句话，哪有什么一夜成名，其实都是百炼成钢，她现在只有工作，没有生活。

两个月后，团队终于接到了第一单广告。虽然之前也有很多广告商寻求合作，但宋麦觉得那些品牌都不够高级，在大众认知里挖掘机就是接地气的行业，似乎接的广告也得接地气，宋麦偏要剑走偏锋，最后和一个大牌美妆产品达成合作，本来开始还有点担心，但没想到一场直播下来，所有化妆品都卖了出去，品牌商那边乐得合不拢嘴，姜白白的广告费不高，对他们而言性价比非常高。

姜白白结束直播，猛灌了自己一大杯水。说话太多，她的嗓子哑了。

琳达准备了很多护嗓药，挨个递给姜白白，哪个有用吃哪个。姜白白喝了胖大海，又吃了几颗喉糖，感觉慢慢缓了过来。

"今天破纪录了。"宋麦把刚做好的数据拿给姜白白看，建议道，"下次说话的时候可以快点，然后我们得再想想怎么把挖掘机的元素用到极致。"

姜白白盯着数字看了会儿，突然一阵恶心感涌了上来。她放下平板电脑，朝洗手间跑去。

过了会儿，门外的人听见姜白白干呕的声音不断地从里面传出。

"她晚上吃了什么？"宋麦问琳达。

"她压根儿什么都没吃。"琳达说，"做直播以来，白白瘦了十斤。"

宋麦皱了皱眉，说："我带她去医院。"

"现在这个时间只有值班护士，要不明天早上？"琳达提议道，"让她休息一天吧，小姑娘也挺不容易的。"

宋麦犹豫了会儿，最终点了点头："那明天大家都放假一天。"

姜白白从洗手间出来的时候，脸色惨白，垂着头，捂着肚子，走路摇摇晃晃。

宋麦上前扶住她，问："再过四小时送你上医院，能坚持吗？"

"我没事。"姜白白没那么娇弱，只是太长时间没吃过饭，又一直处在高强度的工作状态里，难免身体有些吃不消，"让我多睡一会儿，就没事了。"

"明天大家都放假一天，你可以好好睡一觉。"宋麦说。

"不耽误工作进度吗？"姜白白担忧道，"我们数据刚刚好了点，现在应该乘胜追击才是。"

"等你养足精神吧。"宋麦说，"我总不能既要马儿跑又要马儿不吃草。"

姜白白回到房间躺下，胃仍旧有些难受，想到第二天不用早起，她的神经稍微松弛了点，闭上眼睛，很快就睡着了。等醒来时，中午已经过去，房子里没一个人，桌子上留了饭菜，难得的假日，想必大家都出去放松了。

姜白白勉强吃了几口东西，坐了会儿，发现自己竟然无事可做。在忙碌的状态里待久了，稍微松弛下来，反倒很不习惯。她去院子里发了会儿呆，觉得太无聊了，于是打算四处走走。

不知不觉已经冬天了，离姜白白和宋麦的合同时间还有一个多月就结束了，按照现在的进度，她和宋麦续约的可能性很大，到时她就能按提成拿到钱。这几个月的工资，她都全部转账给了姜聪，但他都没有回信，他还在生她的气，气她一声不吭辞掉博物馆的工作去做主播。姜白白其实也没想到姜聪会生气这么久，因为他脾气一向都很好，从小到大几乎都顺着她的意思，这样的情况还是第一次。

不知不觉，姜白白就快要走到博物馆了，她看到外面围了警戒线，一辆挖掘机正在进行拆除工作。她眼皮跳了下，时间过得这么快吗？本想拿出手机问问傅馆长的近况，突然发现她手机还在宋麦那里。

挖掘机有点眼熟，姜白白走近了看，发现驾驶室里坐着的不是别人，正是姜聪。

姜白白想要越过封锁线，结果被工人拦住。

"开挖掘机的是我爸。"姜白白给拦她的人解释，"我就站一旁，等他从驾驶室下来。"

"那也不能过线。"对方公事公办。

"白白！"一个熟悉的声音传来。

姜白白转头，看见大辉戴着安全帽朝他们走来，他拍了旁边男生的肩膀一下，说："自己人。"

"大辉。"姜白白惊喜道，自从她离开工地，就再也没有见过他了，"余越呢，只有你一个人吗？"

"他当兵去了。"大辉抓了抓头。许久未见，姜白白比从前更漂亮了，整个人白得发光，瘦得像个芭比娃娃，站在人群里一眼就能瞧见。

"说起来，还是因为你之前对他的鼓励，他才下定决心去当兵的。"

姜白白笑了："把我说得跟人生导师似的。"

"你喝可乐吗？"大辉记得她以前很喜欢喝冰可乐，他正好买了一箱回来放着，正要转身去拿，就听见她说"不用了"。

"那东西热量太高了。"姜白白说，"我在控制体重呢。"

"你都快瘦成人干了还控制体重？"大辉诧异，觉得姜白白该不是减肥减成了厌食症吧。

姜白白正要解释，就听见远处传来一声尖叫，她还没反应过来，就看见一大群人朝挖掘机的方向跑过去，人群里有人在喊："快叫救护车，姜师傅晕倒了！"

姜白白在急救室外等了近一个小时，医生出来告诉她，姜聪已经没事了，再住院观察几天就行。

"年纪大了，得好好照顾身体啊。"医生取下口罩，"少熬夜多吃饭，他完全是累晕过去的。"

"累晕的？"姜白白顿了顿，小声询问，"不是糖尿病吗？"

医生愣了下，他说："他没有糖尿病啊。"

"啊？"姜白白更加迷惑了，"可是他之前被诊断出有糖尿病。"

"是我们医院吗？还是别的医院？"医生说，"如果是有糖尿病的话，那还得再观察观察。"

当时姜白白也没仔细看清楚那张病历单，不知道是哪家医院的，但镇上就这一家医院呀，姜聪难道是去市医院看的病？

姜白白无暇细究，她去病房看还在昏迷中的姜聪，他正输着液，闭着眼睛，看上去像只是睡着了。

姜白白在床边坐下，盯着姜聪的脸轻轻叹了口气。不知道是气叹得太大声了，还是医生医术精湛，姜聪突然睁开了眼睛，看见姜白白后，先是怔了怔，随即又转过脸去。

"爸。"姜白白眨眨眼，嬉皮笑脸道，"您渴了吗？饿了吗？有没有什么需要您可爱的女儿为您服务的？"

姜聪闭上眼，不想搭理她。

姜白白没有气馁，起身给他倒了杯水："先喝口水润润嗓子吧，预防您骂我的时候嗓子不舒服。"

姜聪终于重新睁开了眼睛，但脸色依然难看："我现在都懒得骂你。"

姜白白笑了笑，扶他起身喝了口水，帮他顺了顺气，说："打我也成。"然后把脸支棱过去。

姜聪扬起手来，作势要打过去，但离姜白白的脸还有一厘米的距离就停住了。他轻轻叹了口气，又重新躺回床上："算了，把你脸打肿了，怎么做直播。"

听到这句话，姜白白鼻子一酸，眼睛湿润起来。

她吸吸鼻子，抓住姜聪的手，把自己的眼睛抵在他的手背上，语气哽咽道："我就知道，还是我爸对我最好了。"

姜聪的心瞬间软了下来，毕竟是自己的女儿，再生气也都气不起来了。他这段时间努力工作，连续加班，就是想要多赚点钱，他以为姜白白是为了赚更多钱才去做主播，为了让她不必再担心钱的事，他只能自己拼命工作。

"赚钱是一方面，但我赚钱还不是为了给你治病。"姜白白瘪瘪嘴，委屈巴巴道，"结果你还这么不爱惜自己身体，这不给我添乱嘛。"

"治病？"姜聪一脸的迷茫神色，"给谁治病？治什么病？"

"你不是得糖尿病了吗？"姜白白把之前不小心看到他病历单的事告诉了他，"我以为你偷偷瞒着我呢。"

姜聪听完，一下就笑了。原来他并没有生病，之前糖尿病的病例单是护士搞错了。一开始姜聪自己也以为得了糖尿病，还吃了几天的药，结果再去医院复查，才得知搞错了病患名字，这事让他郁闷了好几天。

"你看到病例单怎么不问我呢？小小年纪还学会藏心事了。"姜聪用手指戳了戳姜白白额头，又是生气又是心疼，不知道这段日子这小丫头心里该有多着急。

"我以为你不想让我知道，就是怕我担心你。"姜白白小声说，"我要是担心，你肯定就更担心了，我也不想影响你嘛。"

"唉！"姜聪无奈地笑了起来，也不知道姜白白这性格是随了他还是随了她母亲。他伸手轻轻拍了拍姜白白的头，而后抱住她，悄悄湿了眼眶。

♥
────── 第十四章 ──────
你一定不能有事

得知姜聪没病后，姜白白心头的大石头总算是落了地。回到工作室，还顺便给大家带了许多零食。

琳达是最先察觉姜白白心情变好的，之前姜白白整个人都处于低气压状态，感觉随时都能得抑郁症似的，现在脸上总是笑嘻嘻的，说起话来也活力四射。

"你是恋爱了吗？"琳达撕开一包饼干，啧啧道，"这才一天不见，感觉你已经不是从前的白白了。"

姜白白白了她一眼："一天天情情爱爱的，没出息。"

"对了，今天下午你不在的时候有人来找过你。"琳达补充道，"是个大帅哥。"

姜白白正在看晚上直播的脚本，听到琳达的话后，抬起头来，问她："他有说自己叫什么名字吗？"

"没有。"琳达从桌子另一头拿过来一包东西，递给姜白白，"不过他留下了这个。"

姜白白打开牛皮纸袋，发现里面是挂耳咖啡包，用红色的纸袋装着。即使不用说是谁，她也知道是谁了。

"是什么东西？"琳达好奇地凑过去，发现是咖啡后，顺手从里面拿了包出来，打算泡一杯尝尝看，结果被姜白白眼疾手快抢了回去。

"咖啡而已，你这么宝贝干吗？"

姜白白把纸袋紧紧抱在怀里，扭过脸去："这是我的，你们谁也不准喝。"

说完，宝贝似的抱着咖啡跑回了自己房间。

琳达怔了怔，没想到姜白白竟然小气到这个地步，轻轻"喊"了句，继续吃自己的小饼干。

晚上做直播之前，姜白白给自己泡了一杯挂耳咖啡。咖啡的醇香在空气里漫漫弥散开来，带着淡淡的花果香气，姜白白双手捂住杯子取暖，盯着黑漆漆的咖啡液体发了会儿呆。

顾延灼今天来找她就为了送这袋咖啡吗？他们已经很久没有联系过，也没有见过，不知道他的创伤应激障碍好点没有。

姜白白垂下眼眸，水汽慢慢打湿了她的睫毛，如果不是一旁琳达提醒她该化妆了，她还反应不过来。

"对了，市政府邀请我们下周参加一个公益活动。"宋麦接完电话回来，面露疲惫，最近她的手机快被各种电话给打爆了，要么是咨询广告合作的，要么是询问姜白白的。没想到他们的直播已经被政府给盯上了，不过这对于宣传姜白白的形象倒是不错的事情。

"什么活动？"姜白白问。

"好像是种树。"宋麦说，"其实你主要是走个过场，开着挖掘机摆拍一下就行。主要看中你的本地 KOL，对于南城的形象宣传有利。"

"不过听上去太接地气了。"琳达说，"那我得给白白想个植树妆。"

"听说还有本地救援队的人一起参加。"宋麦看向姜白白，"联合宣传。"

"你看着办吧。"姜白白现在几乎一切都听从宋麦的安排，她相信宋麦的眼光和判断，所以自己也没什么可操心的。

植树日时间定在早上十点半，一直持续到下午五点结束。政府领导讲话结束后，就邀请救援队和姜白白分别上台，作为南城的形象代表念一段事先写好的话，然后各自进行宣传视频的拍摄。

　　琳达给姜白白涂了淡淡的绿色眼影，但要很仔细看才能看得出来，然后给她选了一套森系服装，她穿上感觉像是从森林里走出的元气女生。

　　"你说救援队里有没有帅哥？"琳达给姜白白涂唇膏的时候，忍不住问，"这些人一般身材都很好吧？"

　　姜白白想到了孟姝书，眨了眨眼睛，对琳达说："帅哥不敢肯定，但美女倒是有一个。"

　　宋麦开车载她们到达活动地点，她们坐在最前面一排，此时已经有工作人员和领导在会场了。宋麦发挥她娴熟的交际手段，把姜白白推销介绍了番，琳达则一个人先去位置上坐着补觉。

　　姜白白其实有点紧张，毕竟是代表本市形象，平时丢点自己的人就算了，但南城的形象她可不能丢，于是拿着讲稿走到角落继续练习。

　　不知过了多久，会场的入口处传来一阵动静，姜白白闻声抬头，看见一排穿着迷彩服的人往会场里走，身材挺拔、走路带风，英姿飒爽得让人移不开视线。

　　走在最中间戴着帽子的人虽然看不清脸，但他的身形无疑是人群里最好的一个，跟模特似的，个头高，身材比例完美，哪怕穿着同样的衣服，也忍不住让人多看一眼。他身后跟着一个个头要矮上一大截的人，是个女生。姜白白眯了眯眼，觉得有些像孟姝书。

　　他们一群人因为人多，都坐在了第二排。那个身材好的大个子似乎是队长，站起身对他们说着什么，姜白白看得有点入神，心想原来这就是所谓的救援队啊。也不知道是因为她一直盯着别人看，还是对方突然发现角落里站着个人，大个子突然抬起头来，朝她看去，四目相对，两个人都愣住了。

　　那熟悉的眉眼，姜白白一辈子都不会忘记。

　　顾延灼看见姜白白后，先是愣了几秒，而后视线又淡淡看向别处，继续和他的队友们说话，说完就入座了。他坐得很端正，腰背挺得笔直，姜白白盯着他的背影看了会儿，不知该笑还是该叹气，但心里不能说不开心，只是这开心里又带着酸涩复杂的情感。

姜白白的座位在顾延灼前面的右斜方，不需要偏头就能看见的位置，正好在孟姝书的正前方。她一回到位置上，身后的孟姝书就认出了她，轻轻拍了拍她肩膀，打招呼道："好巧，你怎么也在？"

"这可是我们南城的第一流量。"旁边的琳达抢先回答了，"我们白白是被邀请来的。"

孟姝书恍然大悟道："原来你就是那个网红。"

姜白白笑笑，问她："在救援队还待得习惯吗？"

"特习惯。"孟姝书突然压低了音量，用一只手遮住嘴巴，对姜白白说，"我还把师哥给拐了过来，现在他是我们队长呢。"

姜白白没有说话，这时领导开始上台发言，她便回过身去了。

轮到救援队的代表上台发言，顾延灼走上台，冲台下敬了一个军礼，然后开始念讲稿。他声音充满磁性，嗓音厚重，一篇枯燥的文章从他嘴里说出来，让人不免认真听了进去。姜白白低头看了看自己的稿子，心想一定要比顾延灼做得更好。

随后，姜白白上台了，她有点紧张，冲台下先鞠了个躬，然后开口道："尊敬的领导和各位嘉宾，我是姜白白的挖掘机……"

台下一阵静默，姜白白意识到自己口误了，顿了顿，尴尬地卡在那里，只听台下从一个方向传来掌声，姜白白瞥了眼，发现是顾延灼。在他的带动下，其他人也开始纷纷鼓起掌来，给姜白白鼓励。她花了几秒钟的时间平复心情，后面的讲稿没再出错，但掌心里已经微微出汗。下台后，她朝顾延灼看了眼，对方没有看她，而是平视着前方。

植树种的是咖啡苗，主办方特意给姜白白准备了一辆挖掘机，洗得干干净净，看上去一点劳作气息都没有。

姜白白上车后，先开着挖掘机在土里开了几圈，确保机身都弄脏后，用手捋了捋头发，把散着的头发用橡皮筋扎成马尾，开始操作机器种树。

琳达和宋麦都远远看着，摄像是主办方负责，她们今天完全就是来做后勤的。

"那个男的我之前见过。"琳达坐在椅子上，跷着二郎腿，一副福尔摩斯上身的神情，"给姜白白送咖啡的人就是他，救援队的队长。"

宋麦的视线一直没移开过挖掘机，她对这些事丝毫不关心："这地方又不大，认识也不奇怪。"

"是个大帅哥哦。"琳达又补充了句，见宋麦没反应，便自顾自接着欣赏帅哥的美颜。不过帅哥种树似乎不太专心，总是时不时抬头东张西望，好像在找寻什么。琳达循着他转头的方向看过去，看见了姜白白开着的挖掘机，一股强烈的八卦之火在她心里燃烧了起来，她断定这两人间肯定有点什么说不清道不明的情愫在。

姜白白把挖掘机上面的树拉到救援队面前，然后把它们搬运下来，救援队再挖坑，埋土，协作完成。

孟姝书是救援队里唯一的女生，大家都挺照顾她，让她负责在旁边递接树苗，但她并不想只做简单的工作，拿了旁边队员的锄头，开始挖坑，结果脚没站稳，差点跌倒，幸好被顾延灼及时扶住。

姜白白在驾驶室看到了这幕，顾延灼离孟姝书极近，两个人的帽子都碰到一块了，这让她心里有点不爽，于是把刚夹住的树苗直接扔到了地上，然后开始启动挖掘机，掉头而去，留下一身泥泞子给他们。

"这网红的挖掘机技术好像不太行呀。"其中一个队员感慨道，"果然美貌和实力往往无法兼得。"结果话还没说完，转头就看见顾延灼朝他投来的冷冷的目光，他赶紧闭上了嘴。

　　大家种树一直到中午，然后工作人员安排所有人去食堂吃饭。姜白白一个人走在救援队后面，她微微垂着脑袋，踢着脚边的一块小石头。

　　"走路不看人的？"顾延灼站在她面前，双手插在兜里，低头看她。小姑娘比之前瘦了许多，人更漂亮了，但他看着有点心疼，不知道是少吃了多少顿饭才瘦成这样。

　　姜白白抬头，没说话，又垂下眼眸。

　　"咖啡喝了吗？"顾延灼也不知道该说什么，如果没有见到她人还好，但是一见到她，他就没法不去找她。他其实有很多话想要说，却不知道从何说起。

　　"扔了。"姜白白说。

　　顾延灼顿了顿，笑道："没事。"

　　"请让让路，我饿了，急着吃饭。"姜白白声音冷冷的，没有看他。

　　顾延灼往旁边平移了两步，看着姜白白从他身边擦肩而过。

　　姜白白的心跳得格外厉害，她竭尽全力才让自己保持住了平静，没有露出半分的情绪，但如果顾延灼不肯让她走，她一定会原地示弱的，因为想要在他面前保持镇静实在太难了。

　　宋麦和琳达等在门口，见姜白白出来后，三个人一起往食堂走。宋麦给姜白白要了全素，而她和琳达的盘子里则每人一个大鸡腿。

　　姜白白看了眼自己盘子里寡淡的饭菜，完全没有胃口，她草草扒拉了几口饭菜，就先走了。

　　"我去车上休息下，下午拍摄时间到了叫我。"

　　姜白白回到宋麦的车上，调整了座椅靠背，找了个舒服的姿势躺下，很快就睡着了。没过一会儿，她听到有人敲玻璃窗的声音，睁开眼睛，孟姝书正趴在车窗往里看。

　　姜白白摇下车窗，睡眼蒙眬道："有事吗？"

孟姝书从窗口塞进来一个袋子："给你的。"说完，就跑掉了。

袋子隔着衣料仍能感受到温度，姜白白打开，发现里面全是吃的。大鸡腿、鸡排、里脊炸串，还有油滋滋的肉饼，味道已经弥散到整个车厢。姜白白忍不住咽了口口水，一边心想太罪恶了这些食物，一边拿起肉饼咬掉一大口。

已经不记得有多久没吃过这么高热量的食物了，但姜白白觉得此时此刻的自己才到达了所谓的人间天堂。她吃了肉饼和鸡腿，其他则藏好放进了背包里，准备带回去嘴馋的时候再吃。

孟姝书完成任务，回到顾延灼身边报到。

"我把吃的给她了。"

"嗯。"

"哎，我说你怎么不自己给啊，非得让我去。"孟姝书不满道，"你不知道我喜欢你吗，结果我还帮你给别的女生送东西，太心痛了！"说着立马捂住心口，矫揉造作地妞怩了下。

顾延灼一眼就看出她的造作，于是淡淡道："这样方便你快点死心。"

下午，姜白白继续驾驶挖掘机协助救援队植树。

孟姝书因为中午的事，还在生顾延灼的气，远远站着，和他一点交流的意愿都没有。她看着挖掘机上的姜白白，不禁陷入自我对比中。论长相，姜白白确实长得漂亮，但她也不差啊，短发女生也有性感和可爱嘛。论性格，她得体大方积极上进，也不比姜白白差。论工作，她可是保家卫国，挽救人民生命安全和财产的救援队一员！何况她和顾延灼认识的时间是姜白白的好几倍，为什么顾延灼会在短短几个月时间喜欢上这个网红，而不是对她日久生情？

孟姝书越想越不服气，双手叉腰在一旁生着闷气，眼睛直勾勾盯着姜白白看，那神情仿佛要把姜白白给吞了似的。

姜白白转头，正好对上孟姝书的视线，对方眼睛里的杀气毫不保留地侧漏出来。姜白白皱了皱眉，心想自己好像没有哪里得罪她吧，于是没有搭理。中途，姜白白去洗手间，路过走廊，听到楼梯间里有断断续续的说话声，是孟姝书的，她忍不住停住脚步，朝楼梯间走近，靠在门口听了听。

"你必须要说清楚，不然我不准你回去。"孟姝书用霸道的语气说，"我哪里不如姜白白了？"

空气里静默了会儿，响起顾延灼的声音："没有不如，人和人本来就不一样。"

孟姝书不放弃道："那你喜欢她什么？"

"什么都喜欢。"顾延灼音量提高了点，"喜欢她的自信，她的乐观，她的长相，她的才华，还有她开挖掘机的技术。"

"你要是喜欢，我也可以学习开挖掘机。"

"这不是重点。"顾延灼头疼道，"你和她最大的不同也是这里，她绝对不会因为我的喜好就改变自己。"

"那我不学好了。"孟姝书近乎死缠烂打了。她自己心里也清楚，喜欢这事没法勉强，但情绪卡在这个点上，就是下不去。

"那她喜欢你吗？她都不搭理你，你一厢情愿也要继续喜欢她？"

姜白白没有听到顾延灼的回答，只听到一阵走近的脚步声。她吓了一跳，赶紧朝另一个方向跑去躲好，等他们走远后，才出来。

姜白白看了眼时间，她已经出来快二十分钟了，于是匆匆往回走，刚走到转弯处，就被突然蹿出来的人吓了一跳。

"你躲在这里吓人干吗？"姜白白惊魂未定地拍拍胸脯，瞪了顾延灼一眼，没想到他还没走。

顾延灼瞥了她一眼，问："你这听墙脚的毛病什么时候能改？"

姜白白脸红了下，但继续嘴硬："什么听墙脚，听不懂你在说什么。"

"上次在办公室外听墙脚，忘记了？"顾延灼的语气云淡风轻，好似在说今天天气不错。

姜白白的眼皮跳了下，她没想到之前他生日那天她在门外的事顾延灼原来都知道。她眼皮一耷拉，干脆破罐子破摔，扬了扬眉，看向顾延灼："对，我听到了，那又怎样？"你还能吃了我不成？

顾延灼微微垂下眼眸，看着眼前的小姑娘。白皙的脸蛋红红的，瞳仁又大又黑，脸上的神情生着气，却又带着小女生特有的娇嗔神态。他眨了眨眼，脑子里全然什么也没想，下意识地低下头，轻轻吻住了姜白白。

姜白白睁大眼睛，完全没反应过来，只看到顾延灼无限放大的五官，和他柔软的唇瓣贴住了自己的双唇。她的心漏跳了一拍，整个人怔在原地。等反应过来，她迅速推开了顾延灼，往后退了一步。

"流氓！"姜白白撂下这句话后，慌乱地跑走了。

宣传片录制结束后，市领导邀请大家一起吃饭。姜白白因为下午的事，不想再看见顾延灼，心里急着回去，但宋麦说领导的面子不能不给，硬生生把她给拖了过去。

包厢里已经坐了一大半救援队的人，因为男性多，领导又没来，大家早就闹开了。见到姜白白她们三人进来，大家先是沉默了一秒，而后有胆子大的率先跟姜白白打招呼道："你今天的挖掘机开得很好。"社会经验还不够老到，话题找得有点拙劣，被一边的孟姝书翻了个白眼。

"谢谢。"姜白白礼貌地回答他。

"我可以跟你合个影吗？"那男生继续小心翼翼道，"我还是第一次在现实生活中见到网红。"

男生看上去很年轻，最多二十出头，看上去很可爱。姜白白笑了笑，答应道："好啊。"

就在对方乐不可支起身跑到姜白白身边时，包厢的门开了，顾延灼走进来，强大的气场让在场所有人都朝他看过去。他一眼就看见了举着手机要跟姜白白拍照的队员，脸色一沉，问："干吗呢？"

"我想和白白姐合影。"男生嗫嚅道。

顾延灼眉毛一扬，声音冷冷道："还有没有纪律了？"

男生立马收回手机，灰溜溜回到了自己位置上。顾延灼的视线在姜白白身上逗留了几秒，他不动声色地找了个空位坐下。

姜白白有点不敢看顾延灼，虽然明明耍流氓的人是他，心虚的却是自己。还好领导很快就到了，随后服务员开始上菜，大家吃得很拘谨，话很少，大多数时候都是宋麦在活跃气氛。

"你们一定要好好做啊，我们南城的头部流量就是你们了。"领导夸赞道。

宋麦在桌下用手肘悄悄戳了姜白白一下，示意她说几句话。姜白白正啃着排骨，结果筷子一抖，排骨啪唧落回了碗里。姜白白条件反射地抬起头来，她一紧张舌头就开始乱说话："我一定会开好挖掘机的！"

领导愣了愣，随即一脸慈祥地笑了起来："好，好好开。"

其他人也都忍不住跟着笑起来。

开好挖掘机被姜白白说出来特别有喜感，最后整个包厢都充斥着笑声。姜白白不好意思地低下头，看了眼宋麦，对方则朝她竖了一个大拇指，毕竟精明人常有，真诚的人才显得可贵。

大家吃完饭后，等领导走了，所有人都暗自松了口气。姜白白站起身，看见刚才问自己要合影的男生正往门外走，便叫住了他："趁你们队长不在，现在拍一张吧。"

对方露出受宠若惊的表情，立即掏出手机来，和姜白白一起拍了张照片。

孟姝书见了，冲那男生翻了个白眼："你们这些男人啊……"然后视线移到姜白白身上，她顿了顿，说，"我现在非常讨厌你。"

姜白白知道她讨厌自己的原因，没有说话，只是笑了笑。

"仗着自己漂亮就四处招蜂引蝶，真不知道顾延灼看上你哪点了。"孟姝书小声道，她现在心情糟糕到了极点，急需一个出口发泄，"不要以为长得好看就能为所欲为，我不会放弃顾延灼的。"

他们一起走到了饭店门口，姜白白一直忍耐着，让孟姝书往她身上发泄情绪。其实如果不是因为顾延灼的原因，她们两个或许可以成为朋友的。想到这里，姜白白吸了吸鼻子，已经是冬天了，空气里带着寒意，她穿得有些单薄，下意识缩了缩脖子。

孟姝书他们一行人站在门口等顾延灼出来，姜白白跟宋麦、琳达她们往停车场走。饭店有很长的一段台阶，姜白白把外套拉链往脖子上紧了紧，向下迈出一步，孟姝书正好站在她旁边，看见了故意伸出脚去，其实她自己脑子里都没想太多，就是心里不爽，下意识想要为难一下姜白白，等反应过来后，姜白白已经一个踉跄朝台阶滚了下去。

十几级台阶，像多米诺骨牌，啪啪啪，姜白白直接摔到了最后一级，然后整个人砸在地上。

所有人都被吓蒙了，还是宋麦最先反应过来，一边拨打120一边朝姜白白跑过去。

"白白！"宋麦大喊着姜白白的名字，但姜白白已经摔晕过去，全然没有任何反应。她也不敢乱翻动姜白白，只能对着手机大声报自己的地址，让救护车赶快过来。

"让一下。"顾延灼推开围观的人群，从台阶上几步跳下，脱下自己的外套，盖在姜白白身上。他轻轻将她的脑袋翻转过来，避免造成二次伤害。顾延灼看见她脸上有擦伤的痕迹，感觉像是伤到自己身上，顿时心疼不已，他轻轻摸了摸姜白白的脸，叫她的名字，但她没有任何反应。

顾延灼抱着她，心里默念着，你一定不能有事，一定不能有事。

　　姜白白醒来的时候，已经是凌晨了。她觉得浑身上下到处都疼，脸上也疼，忍不住伸手去摸，结果摸到了一块纱布，吓得叫了起来："我毁容了吗？"

　　趴在床边睡着的顾延灼被她的声音惊醒，抬头看了看。他守了姜白白一夜，刚刚眯眼打了个盹就又醒了。他看见姜白白惊慌失措的样子，上前握住她摸自己脸的手，声音哑哑的："有点擦伤，我问过医生了，不会留疤。"

　　姜白白抬眼看向顾延灼，他神色疲惫，下巴上长出了青色的胡楂，想必是一宿没睡。她看了看房间周围，问："宋麦和琳达呢？"

　　"我让她们先回去休息了。"顾延灼伸手揉了揉姜白白的头发，叹了口气，"你吓死我了。"

　　姜白白发现自己的左腿打着石膏，一动不能动。她想坐起身来，顾延灼看见了，俯下身帮她调整床头。他的衣料摩挲着姜白白的脸，她觉得有点痒，可是闻到他身上熟悉的气味，又有点舍不得移开。

　　顾延灼一低头，就看见姜白白正好仰着脑袋看向他，两个人距离近得快要脸贴脸了。姜白白不由得想到顾延灼亲她的场景，脸一红，往后缩了缩，躺下，拉开和他的距离。

　　顾延灼嘴角露出一丝笑意，伸手帮她掖了掖被角，坐回椅子上："快睡吧，我就在这里。"

　　姜白白怔了怔，她心里其实有很多问题想要问顾延灼，但她实在太困了，于是打了个哈欠，对他说："那晚安。"

　　"嗯，晚安。"

　　姜白白闭上眼睛，很快就睡了过去。她做了个梦，梦见顾延灼的生日会如期举行，她拿着送他的咖啡杯去到现场，却空无一人。她在梦里大喊顾延灼的名字，却没人回应，而后她惊出一身冷汗，醒了。

　　病房里只有她一个人，顾延灼不见了。

梦里的失落感一直延续到梦醒来，姜白白觉得心里闷闷的，有些难受。他昨晚不是说好要一直守着她吗？每次都说话不算数。

想到这里，姜白白又生起气来。

这时病房门开了，顾延灼提着早餐回来，看见姜白白试图从床上下来，赶紧跑过去扶她。

"你下床干吗？"顾延灼一把将她抱回床上。

"我要上厕所……"姜白白有点不好意思，"憋了很久了。"

"我去叫护士来。"顾延灼揉了揉她的脑袋，"你给我乖乖待着别动。"

过了会儿，护士跟着顾延灼进来病房。

洗手间在走廊上，必须得走一段路。顾延灼直接打横将姜白白抱起来，女生还没反应过来，整个人已经躺在对方身上了，她为了保持身体平衡，两只手自然地搂住顾延灼的脖子。

顾延灼抱她去女厕所门口的路上，经过的病人都纷纷侧目朝他们看来，姜白白听到有人低声议论道："这帅哥对老婆也太好了吧，真羡慕啊。"

"我要是能有这么好看的老公，我睡着了都能笑醒。"

老婆？姜白白听到这个词后，脸更红了，整个人就跟猴子屁股似的。她觉得特别不好意思，于是干脆把脸埋到了顾延灼怀里，以免尴尬。

姜白白上完厕所，护士扶她出来后，顾延灼又将她抱回了病房。姜白白重新坐到床上后，顾延灼打开早餐袋递给她："我待会儿得回队里了。"

姜白白咬了一口肉饼，抬头，有点不满地瘪了瘪嘴："你要走了？"

"队里事情多，我得去处理。"顾延灼看出她脸上的不悦，于是伸手轻轻捏了捏她的脸，"这周我有一天假，到时来找你。"

姜白白别过头去，语气淡淡道："我也很忙，你有时间不见得我也有时间。"

小姑娘果然生气了。

顾延灼欠了欠身，其实这些话他很早之前就想说了，但他联系不上姜白白。

之前因为吴凯的事，他害怕见到她，这几个月时间里，在心理医生的帮助下他好了许多，只是姜白白母亲的事他还没有找到合适的机会告诉她，她有权知道这件事，是他还没准备好。

"对不起小白。"顾延灼轻轻握住她的手，"之前的事没有好好跟你解释，让你难受了。"

姜白白抽回手，没看顾延灼，语气闷闷道："其实如果你不喜欢我了，我不会生气，我生气的是你什么都不说。我希望你可以把我当成是亲近的人，是可以在你感到难过时会想起的人，是你觉得可以依赖的人。"

顾延灼看着姜白白，心里难过起来。

"对不起。"他又重复了一遍，好像除了这句话，也不知道还能说什么。他一向不善表达，向来什么事都自己处理，独立惯了，也孤独惯了，遇到姜白白后，他也想着什么事都自己担着，以为这样就不会伤害到任何人，但实际最伤人的也是这点。

姜白白转过头来，眼睛有点红，犹豫地问："那你还喜欢我吗？"

顾延灼深深吸了口气，他把手放在姜白白的脖子后面，轻轻抓了抓她的头发："我喜欢你，但我怕有一天你不会再喜欢我了。"

"怎么会呢。"姜白白伸手轻轻拍了拍他的背，"我也想要不再喜欢你，可是我发现那样做太难了。"

顾延灼鼻子有点发酸，最后他还是没有勇气把姜白白母亲的事说出来。

宋麦来医院看姜白白的时候，她一个人在病房里，坐在床边吃着早餐，一副悠然自得的模样。

"顾延灼人走了吗？"宋麦拉了把椅子坐下，盯着姜白白看了两秒，声音冷冷道，"谁允许你吃这么高热量的东西了？"

姜白白愣了下，随即嘻嘻笑道："我这不受伤了吗，吃点好的才能调养过来。"她又咬了口，直到宋麦盯着她的眼睛都快射出箭来后，她才慢慢放下早餐，意犹未尽地看了眼，然后放弃。

宋麦盯着姜白白的脸看了看，不由得叹了口气："不知道你这脸上的伤什么时候才能好。"

"其实我也可以带伤出境的。"姜白白撩了撩头发，"伤疤配挖掘机，感觉荷尔蒙爆棚。"

"爆你个头。"宋麦瞪了姜白白一眼，她不知道姜白白摔下台阶的真正原因，于是说，"你都多大个人了，走路也不盯着点，你这一耽误你知道那些排名在你后面的主播就能冲上来了吗！"

姜白白低头道歉："那你说怎么解决吧。"

宋麦拿她没辙，拿走袋子里剩下的肉饼，站起身来："你先把伤养好再说，到时补回来就行。"

姜白白重新躺回床上，这时门又开了，她还以为是宋麦又回来了，于是调侃道："大佬，还有什么事？"

"是我。"孟姝书站在门口，有些不好意思直视姜白白的眼睛，她小声试探了句，"你伤好些了吗？"

姜白白转头，被这句话问得哭笑不得："昨晚摔伤，今天就好了？我又不是超人。"

孟姝书走进来，手里提着果篮，她放到姜白白的床头，她是来道歉的。昨晚发生的事，孟姝书自己也蒙了，虽然事情的起因是她，但这并不是她想看到的结果。

"那个，"孟姝书站在床边，踌躇了好一会儿，才从嘴里说出，"对不起。"

姜白白抬眼看向孟姝书。孟姝书垂着头，神情肃穆，看上去确实是知道错了。

"你是故意伸脚绊倒我的吗？"其实姜白白最开始以为是孟姝书的无心

之失，但看到她提着果篮过来，就知道她是故意的了。

不过，姜白白心里也猜到了一部分原因，但因为顾延灼就这样对她，好像也不至于。

"我当时脑子大概抽筋了。"孟姝书双手在身前交叉缠绕着，一脸歉意，"真的对不起，我没想到事情会变成这样。"她抬头看见姜白白脸上的纱布，心里的愧疚感更深了。

孟姝书摸了摸自己的脸，问姜白白："你的脸……"

"擦伤。"姜白白觉得她都快要哭了，宽慰她，"过几天就好了，医生说不会留疤。"

"对不起……"孟姝书继续道。

"你要真觉得对不起我，以后每天来给我送早餐吧。"姜白白打断孟姝书的话，她不喜欢有人一个劲给自己道歉，"我喜欢吃稀豆粉、豆浆油条、肉饼，还有米浆粑粑。"

孟姝书赶紧掏出手机来记下，眼睛滴溜溜地转了圈，看向姜白白，问："还有吗？"

"就这些了，你每天换着花样儿给我带。"姜白白说。

孟姝书猛地点了点头。

姜白白见她站了好一会儿，于是拍拍床边的椅子，让她坐下。

"你吃水果吗，我给你削个苹果。"孟姝书殷勤道。

姜白白见她那模样，觉得要是不答应让她去削个苹果，她估计今天一整天都会吃不下饭。

"好。"姜白白说，"给我切小点。"

孟姝书削好苹果放在盘子里，给她端来，不知从哪里还搞来了牙签叉在上面，双手恭恭敬敬地递给她。

"乖。"姜白白赏赐般地冲她挥挥手，示意她坐下。

孟姝书也累了，一屁股坐下，捏了块苹果放进嘴里，两口吞下，整个人终于放松下来，轻轻叹了口气："唉，都怪我太嫉妒师哥喜欢你了。"

孟姝书第一次见到顾延灼是在救援队，她刚刚入职，是队里唯一的一名女性。因为女生太过稀少，当时队里连女厕所都没有，还是顾延灼主动提议，把其中一层楼的厕所让出来给她专用。

顾延灼虽然表面上很冷漠，但他对队里每个人都非常好，关心和照顾着每个人，所以大家都特别服他。而且每次有危险任务，也总是他往前冲，他就像一个超人英雄，似乎无所不能。

"我第一次见到顾延灼的时候，就下定决心要把他搞到手。"孟姝书又捏了一块苹果吃下，"本来我以为我胜券在握，因为队里只有我一个女生，而且他平时除了生活几乎没有私生活，根本不可能认识别的女生。"

姜白白挺喜欢听孟姝书讲顾延灼以前的事，感觉离他又近了些，通过不同的人去拼凑他的过去，好像也间接参与了他曾经的人生。

"但没想到他这么快就遇到了你。"孟姝书又深深地叹了口气。

"他不都离开救援队两年了吗，也不算快。"眼见苹果都要被孟姝书吃完了，姜白白赶紧叉起最后一块喂进嘴里。

"可那之前的两年他都在接受心理治疗啊，我哪里有机会接近他。"

姜白白每次听到顾延灼之前接受过心理治疗，心里就觉得格外难受。她自己没有看过心理医生，所以无法想象那是怎样一种情况。她舔了舔嘴唇，问孟姝书："创伤应激障碍大概是怎样一种病呢？"

孟姝书眨了眨眼，回忆当时的情况，她下意识地蹙了蹙眉："当时事情发生后，师哥每天都在配合警方的调查，有天晚上他回来得很晚，他宿舍的人都睡着了，然后半夜有队员起床上厕所，结果看见师哥站在阳台上。"说到这里，她不禁打了个哆嗦，"他当时想往下跳。"

　　姜白白怔住，感觉身上起了一层鸡皮疙瘩。她以为心理疾病就是难过伤心之类的，没想到会严重到有自杀的想法。

　　"类似抑郁症吧。"孟姝书继续说，"应激障碍伴随着抑郁症、社交恐惧症，师哥那段时间挺难的，发现阳台那事后他就开始接受心理治疗了，我平时在救援队里也很忙，一两个月才能去看他一次，但每次见面他状态都很糟，不跟我说话，什么反应都没有。"

　　姜白白垂下眼眸，手不自觉地捏紧了被角，把它们都缠到了一起。

　　"然后呢？"

　　"他用了两年时间进行心理治疗，然后今年就来了这里，本来应该开始新生活的，结果吴凯那王八蛋又出现了。当初那场事故已经查到不是因为顾延灼疏忽那么简单了，很可能是当时的副驾驶动了手脚。"孟姝书说，"黑匣子前不久才被打捞到，调查结果出来发现和当时吴凯提交的报告出入很大，可惜吴凯一年前就从救援队离职了。"

　　"吴凯？"姜白白没想到会是这个人，不过想到之前见面的时候，他确实一副欠打的模样，感觉和顾延灼有什么深仇大恨似的。

　　"白瞎了顾延灼对他那么好。"孟姝书替顾延灼打抱不平，"他居然还在镇上博物馆切断电源线拉响警报器，造成了踩踏事故，他已经完全疯了。"

　　"你是说之前咖啡展会的事故也是他造成的？"

　　"什么咖啡展会？"孟姝书说，"我也是在听师哥和那个姓白的帅哥谈话时偶然听到的，反正就是做了很多坏事。不过他也得到了报应，现在已经被判刑坐牢了。不过也多亏了他捣乱，才让师哥意识到自己其实应该重新回到救援队，所以他加入了我们森林救援队，因为表现优异，现在是我们的队长。"

　　姜白白正好奇顾延灼为什么会突然出现在救援队，听孟姝书讲完，她才明白过来，顾延灼放下了之前事故的心结所以重新加入了救援队。想到上次白城拓来找她时，还提到顾延灼因为创伤应激障碍复发又重新看心理医生，她不知道这些日子以来，顾延灼都是怎么走过来的，但至少他又重新成了曾经梦想的飞行员。而那些她曾错过的日子，她想要在未来弥补给他。

❤

——— 第十五章 ———
我想见到你呀

为了不耽误直播进度，姜白白不顾护士的劝阻，办了出院手续，拄着拐杖回到了工作室。

她撕了脸上的纱布，贴了创可贴，头发扎起来，反倒多了几分飒爽。宋麦看了她一眼，问："至于这么拼命吗？"

"不能放广告商的鸽子，他们可都是我的金主爸爸。"姜白白坐下，拿起桌上最近广告商送来的产品，开始挑选。

宋麦盯着她的背影看了会儿，也不知道说什么好，于是默认了让她复工，坐下和她一起挑。

"这块手表真好看。"姜白白打开其中一个盒子，发现是一块男士机械表，表盘是银白色的，看到这块表的时候，她觉得莫名适合顾延灼。

"这块表多少钱呀？我们能不能用内部价买到？"姜白白问宋麦。

"男士表，你买来送人吗？"

"嗯。"姜白白把手表戴在自己手腕上试了试，幻想着如果戴在顾延灼手上会是什么样。

"我待会儿问问厂商。"

"那再问问如果买两块的话，优惠力度能不能大点儿。"

宋麦停下手里的工作，拿过那块表看了看，啧啧两声道："这表不便宜啊，你要买两块？"

姜白白有点不好意思，垂下眼睛，说："我想给喜欢的人买一块，另一块送我爸爸。"

"喜欢的人？"宋麦想到了那天姜白白摔下台阶，顾延灼惊慌失措的样子，晚上又在医院守了一宿，心里早猜到八九分了，"是那个救援队的队长吧？"

姜白白脸上的笑意更深了，没说话，重重地点了下头。

孟姝书给她说了顾延灼的事后，她决定暂且原谅他之前说话不算数，突然不搭理自己的事情。来日方长，她现在的目标是先让顾延灼再向自己重新策划一次表白，等生米煮成熟饭了，再好好找他算之前的账。

姜白白脑海里幻想着，顾延灼跪在搓衣板上，双手奉上荆条，哭着求自己原谅的场景，忍不住笑出了声。

一旁的宋麦奇怪地瞥了她一眼，有点担心这姑娘该不是摔到了脑子，导致现在情绪失常，笑得没头没脑。

姜白白转头看见宋麦正盯着自己看，眨了眨眼，突然从旁边抽出纸巾来往宋麦鼻子上按。

"你流鼻血了。"姜白白说，"是不是上火了？"

宋麦仰起头来，用纸巾堵住鼻孔："天气太干燥了，你们这里冬天就跟塔克拉玛干沙漠似的。"

下午姜白白开始直播，因为腿受伤了，她的这次直播基本都是口头讲解挖掘机的操作原理，间或搭配植入一点广告。她脸上贴着创可贴，很多网友都在询问怎么回事，她觉得大家还是很爱她的，于是摸了摸脸上的创可贴，有点不好意思道："谢谢大家关心，不小心摔了一跤。"

然后，评论中不知谁带头说了句："这种蠢事也只有机姐能做到了！哈哈哈哈哈！"

这句话出来后，底下跟着刷屏"蠢""哈哈哈哈哈"，成了这场直播的关键词。

姜白白脸部抽了抽，不知道自己为何会拥有这么一群没心没肺的粉丝。

晚上，姜白白在床上睡得正迷糊，突然听到外面窸窸窣窣的吵闹声。她睡眠本就不深，睁开眼来，发现窗外亮起了灯光，很多人在街道上说话，似乎是发生了大事。

姜白白刚下床，房门就被宋麦推开了，对方身上穿着睡衣，紧张兮兮的，看上去像是要临时逃难的模样。她着急地对姜白白说："森林起火了。"

姜白白脑子蒙了下，他们这里因为森林覆盖率高，冬天天气干燥，确实容易发生火灾，但森林离他们这里还远着，宋麦也不至于这么害怕吧。

"非常大的大火。"宋麦走到卧室的窗前，推开窗子，下面有很多聚众看热闹的人，她转过头对姜白白说，"你过来看。"

姜白白走到窗边，看到远处的森林冒着熊熊大火，火光四射，直冲云霄，将夜晚的天空映照得像白天一样，一阵风吹进来，她冷得往后退了步。

"因为有风，火势越来越大了，感觉蔓延到我们这里只是时间问题。"宋麦担忧道，"我在想要不要转移地方？"

"应该有救援队去救火吧。"还没说完，姜白白突然意识到顾延灼和孟姝书不就是救援队的吗，那么此时应该在救灾吧。

看着远处的大火，姜白白心里不禁担心和忐忑起来，这么大的火，他们会不会出什么事？

"临时换地方也不好找呀。"姜白白皱了皱眉，想到有一个地方倒挺适合大家暂住，"今晚就先睡觉吧，等早上起来再看情况。"

宋麦现在脑袋上仿佛悬了一把剑，她哪里还睡得着。她总觉得这个火灾的势头会烧到这里，于是回房后一宿没睡，关注着火灾的动向。

早上姜白白起床到楼下客厅，发现宋麦顶着黑眼圈在看手机。听到动静，宋麦抬起头来说："有人在救援过程中牺牲了。"

姜白白心里"咯噔"一下，大脑一片空白。

"不过网上还没公布名字。"她补充道。

应该不是顾延灼吧。姜白白心里想，他那么厉害，遇到什么事情都可以妥善处理好，他以前又是海事救援队的队长，现在又是森林救援队的队长，这种级别的头衔不就代表能力是队伍里最出色的，所以肯定不会有事。

虽然姜白白一直自我安慰着，但她还是忍不住焦躁地在屋子里走了几圈，然后让宋麦把手机拿给她。不过这个时候打电话，顾延灼也不可能接，抱着试试的心态，姜白白还是拨了他的手机号，不出意料，手机关机。

姜白白打开微信，发现姜聪给她发了好几条语音消息。

姜白白点开来听，姜聪说这场大火是他这么多年见到的最凶猛的一场，担心她住的地方离森林边境太近，让她带工作室的人一起回家。

之前姜白白想到的地方其实就是家里，但她又怕姜聪有意见，所以才没有说出口。

不过还没有等他们搬走，镇上的社工就开始来附近动员大家暂时离开住处，要么投奔亲戚，要么投奔朋友。但最糟糕的是，山上种植咖啡的土地损失惨重，一些跑出来的咖农哭天抢地，哭喊着所有的东西都付之一炬了。

姜白白收拾完东西，琳达帮她把行李搬上后备厢。姜白白站在原地，面朝着火灾的方向，滚滚浓烟直冲天际，远远地，好像能看到几架直升机在空中盘旋。

你一定要平安回来。

姜白白对着天空，心里默念。

姜白白回到家里，姜聪已经做好一大桌子菜准备着了。

大概是怕大家尴尬，姜聪一见到他们就立马招呼道："快吃，别客气，当自己家就行。"

因为房间不够，宋麦和琳达都住进了姜白白的房间。姜白白打地铺，让她们两个人睡床上。

琳达见姜白白一整天都魂不守舍地盯着手机，像是在等什么重要电话，不免好奇地问她："在等心上人？"

宋麦白了她一眼，一副明知故问的表情："你傻吗，现在火灾你觉得白白最担心谁？"

"哦。"琳达故意拖长尾音，"我知道是谁啦。"

姜白白见她们一唱一和，翻了个白眼，将手机放到桌上，站起身来："我去上厕所。"

她刚到厕所，就听见琳达尖厉的嗓音在外面大喊："白白，你手机来电话了！"

姜白白没有搭理，不紧不慢地涂抹洗手液洗手。

"是顾延灼的！"

姜白白手上的泡沫还没来得及冲干净，她慌乱地把手在身上擦了擦，冲回房间，拿过琳达手里的手机。

她有些喘气，对着手机"喂"了声。

"你这是刚速跑完吗？"顾延灼听到她的声音，忍不住调侃。

"你没事吧？"姜白白问，"你现在还在救火吗？"

"嗯。"顾延灼说，"从昨晚一直到现在，刚休息。"他害怕姜白白担心自己，于是得了空马上就给她打电话报平安。

"为什么会突然着火啊？"姜白白问他，"之前因为经常发生火灾，这几年都监管得很严，没想到今年又着火了。"

"有人在山上抽烟。"顾延灼说到这里顿了顿，"已经抓到人了，而且是我们认识的。"

"谁？"

"还记得那个被我打的文身大哥吗？"顾延灼说，"就是他。这次他的那些'朋友'可帮不了他了。"

"这也算是恶人自有天收吧。"姜白白惋惜道，"可惜了那么多咖啡树都被烧没了，这次咖农的损失太惨重了。"

"确实，白城拓那小子也快疯了，着火的那块正好有几十亩咖啡树都被他承包了。"

姜白白听到这里，完全能想象白城拓那欲哭无泪的表情："那得损失不少钱吧。"

"没事。"顾延灼宽慰她道，"他破产了还能回家继承家产。"

姜白白轻轻笑出了声。她察觉到宋麦和琳达都停下手里的事听她说话，她有些不好意思，于是走出卧室，走到屋前的院子里，再对手机那头的顾延灼说："那你一定要注意安全。"

"放心。"顾延灼说，"别忘了，我可是顾延灼，有什么事能难倒我的？"

姜白白听到手机那头有人在喊顾延灼的名字，顾延灼应答了声，对姜白白说："我得忙去了，等我回来。"

"嗯。"姜白白说，"我等你回来。"

南城的这场大火已经烧了整整三天，咖农们也在这次火灾中损失惨重，引起了社会各界人士的关注，甚至上了热搜。

姜白白最近做直播，也会说一下南城山火的近况，她感觉自己都快变成社会新闻主播了。她在直播上呼吁大家可以多关注南城的咖啡，今年咖啡树都没了，咖啡豆肯定会减产不少，希望大家能多支持购买，帮助咖农们渡过难关。

姜白白没想到网友会这么热心，纷纷留言让她上购买链接，这样他们就可以直接购买了。

直播结束后，姜白白立即把自己的想法告诉了宋麦："我们做个公益直播吧，帮忙卖南城的咖啡。"

宋麦刚刚也在直播间里看到网友的呼声了，点了点头说："做是可以做，但这背后需要庞大的资源支撑，我们做不了的。"

姜白白笑了笑："我知道有人可以做到。"

姜白白立即打电话给白城拓，说了自己的想法。白城拓正在来南城的路上，和咖农相比，他才是这次大火损失最惨重的人，加上之前收获的咖啡豆一直积压着没有卖出去，他现在一个头两个大，再这样下去，估计他真得回去继承家产了。姜白白的提议无疑给他打开了一条新思路，之前咖啡展会因为做直播取得了不错的反响，那么这次卖咖啡豆也可以拿来套用。

白城拓到南兴镇的时候，正好下了一场雪。大雪纷纷下落，很快就在地上积了一层薄薄的雪。

姜白白走出家，站在院子里，发现很多人都从家里出来了，大家都不约而同地朝森林的方向看去，大雪减缓了山火的势头。姜白白看见空中盘旋的直升机的黑影，不知道哪一架是顾延灼驾驶的。

"冷死我了。"白城拓从车上下来，裹了裹大衣。旁边的卢倩见了，取下自己的围巾围到他脖子上。

"你给我围什么，我好歹是个男人，扛冷。"说着，他把围巾还给了卢倩。

姜白白看到这幕，忍不住笑了笑，打趣道："你们这是在上演冬日恋歌？"

白城拓翻了个白眼："快说正事。"

姜白白和白城拓聊到中途，姜聪回来了，他看见白城拓，脸上闪过一丝惊讶。姜聪神情有些慌张，对他们说："刚听说有架直升机落下来了，好多人都跑去看，不知道人怎么样了。"

姜白白一听，马上站起身来，追问道："什么时候的事？"

姜聪还没来得及回答她，桌上的手机便响了，是一个陌生电话。

姜白白拿起接听，孟姝书的声音便传了过来："姜白白，你快来市医院，师哥他出事了！"

姜白白脑袋一嗡，感觉身子一软，差点摔倒在地。她已经来不及做出反应，只能机械般应答道："好，我马上来。"

　　白城拓开车带姜白白去到市医院，顾延灼还在抢救室里。孟姝书和救援队的其他人坐在走道里，她早已哭花了脸，看到姜白白后，她立马朝他们跑过来，一把抱住了姜白白。

　　她哑着嗓子对姜白白说："我好害怕。"

　　姜白白自己也很乱，但见到孟姝书这个模样，她就不敢表现出自己的慌张了。她拍了拍对方的背，安慰道："顾延灼不可能有事的，因为他是顾延灼啊。"

　　南城地势起伏较大，直升机在森林灭火里的作用很小，因直升机最佳的灭火高度在十二米，水量集中，灭火效果最好，飞机洒水时，如果落点没有对准火线，飞机经过火场，不但不能降低火势，反而会造成火场温度急剧升高。所以大家趁着下雪，直升机的飞行员也都加入了消防员的队伍。不料，在扑火行动中风向突变，突发林火爆燃。

　　孟姝书哽咽道："我好害怕……"

　　白城拓看见姜白白脸色惨白，赶紧把孟姝书拉到一旁，不悦道："少在这里乌鸦嘴，你个救援队的心理素质怎么还没我们好呢，给我少说几句。"

　　姜白白走到椅子边坐下，抬头静静看着抢救室门口亮着的红灯。白城拓买了热咖啡回来，递到她手里的时候，她才发现自己的手一直在颤抖。她捧住咖啡，喝了一口，温热的液体进入胃部，让她好受了许多。

　　"Abel 一定会没事的。"白城拓像是在对姜白白说，又像是自言自语宽慰自己。

　　姜白白转过头，看向白城拓，说："他一定会没事的，因为他说过了让我等他。"

　　她还是一如既往地相信顾延灼，只要是他说的话，她都愿意无条件相信，因为他是顾延灼。

顾延灼昏迷了两天才醒过来，他手背上输着液，因为血液不顺畅，已经肿了。

姜白白这几天只要一有时间就来看他，几乎没有合过眼睛。她看见顾延灼醒了，高兴地立马去叫医生，结果被顾延灼抓住了手。

"别急。"顾延灼轻声道，伸手拉住姜白白的手腕，声音低沉而沙哑，"先坐下。"

姜白白乖乖地回到椅子上重新坐下，顺势握住了顾延灼的手。看到他肿起的手背，她忍不住轻轻摸了摸，心疼得差点掉下眼泪来。

"顺滑吧。"顾延灼还有心思跟她开玩笑。他这昏迷的时间里其实意识都在，能听见外面的动静，就是睁不开眼来。他知道这两天姜白白来过病房很多次，对他说过什么话，这次意外让他想明白了很多事，人生苦短，你永远也不知道意外什么时候就降临到自己身上，生而为人的不确定性，让他更确定要将身边这个女孩永远留在自己身边。

姜白白见顾延灼一直盯着自己看，又不说话，有些不太自在地缩了缩脖子，问他："喝水吗？"

"嫁给我吧。"

"……"

哪有人不表白，直接就求婚的？姜白白显然被顾延灼的话给惊得呆住了，说话都结结巴巴起来："会……会不会太突然了……"

顾延灼看见她手足无措的样子，就想要笑，弯了弯嘴角，说："好像是太快了，那当我没有说过。"

"怎么就又没说过了？"姜白白一下急了，"你之前说要跟我表白也放我鸽子，现在又要放我鸽子？"

小姑娘是真急了，有过一次前车之鉴后，她现在对上次的事都还耿耿于怀，哪能好了伤疤忘了痛。

顾延灼见她着急了，伸手轻轻刮了刮她的鼻子，语气慎重道："我这次绝不放你鸽子了。"

"哟。"门口传来白城拓的声音，他一推门刚好见到顾延灼和姜白白的亲密画面，赶紧捂住眼睛假装没看到，"看来我应该再晚五分钟来。"

顾延灼没好气地看向白城拓，他手里提着两个大果篮，于是对他说："快去帮我洗两个苹果。"

白城拓瞪了他一眼："你个没良心的，现在洗苹果都不算我的份了。"

"我和我女朋友吃苹果，你凑什么热闹。"

"啧啧，你们什么时候在一起的？"白城拓感觉自己错失了好大一个八卦来源，居然没有见证到历史性的一刻。

"洗苹果去。"顾延灼又重复了一遍。

于是白城拓心不甘情不愿地洗水果去了。等他人一走，姜白白转过头来，质问顾延灼："我什么时候成你女朋友了？"

"那现在可以吗？"顾延灼看着她的眼眸，眼神深邃，好似一汪幽深的井，让看向他的人心里不小心就会坠入其中。

姜白白怔了怔，她当然会答应，这是她等了很久的一幕，只是跟她预想的不太一样。她的睫毛微微颤了颤，下意识地想往后缩，却被顾延灼伸手揽住脖子，往他头的方向一拉，结果用力过猛，撕扯到背上的伤口，他疼得轻轻叫了声，她赶紧扶住他："你别乱动。"

顾延灼收回手，换了个舒服的姿势躺着，闭了闭眼，神情恢复了以往："对不起。"

姜白白眨了眨眼。

"真的对不起。"顾延灼声音沙哑道，抱住她，自言自语般不断说着"对不起"。

顾延灼想到自己之前对姜白白做的事，悔得肠子都青了。

姜白白从没见过这样的顾延灼，她有点害怕，伸手抱住他，像哄小孩儿似的拍了拍他的背，说："没事，真的没事。"本来这也不能全怪他，是因为他生病了才会那样，所以她已经原谅他了。

顾延灼紧绷的神经渐渐松弛下来，他伸手捂住眼睛，笑道："好。"他慢慢伸开手来，定定地看向姜白白说，"那现在帮我叫下医生吧，我背好疼啊。"

顾延灼在一天天康复，姜白白在线上卖咖啡豆也越来越火，天堂咖啡一时成为抢手货。白城拓把自己赚的钱拿出一半用来支持咖农重建咖啡树，虽然不能全面恢复，但不少咖农都得到了补助，暂时不用担心生活。

一天，姜白白推着顾延灼在医院的花园散步，遇到了贾副驾，他匆匆忙忙的，完全没注意到他们，还是姜白白叫住了他。

贾副驾胖了不少，他看到姜白白和顾延灼的时候，有些惊讶，再一看，顾延灼坐在轮椅上，表情就更加愕然了："偶像，你这是怎么了？"

姜白白简单说了下事情经过，贾副驾的整个五官夸张地扭曲，他怔了怔，佩服道："不愧是我偶像，太厉害了！"

许久没见，他一如既往的中二。姜白白见他手里拎着盒饭，问他给谁送饭。

"我舅舅阑尾炎动手术。"贾副驾挠了挠头，"你们要不要去看看他？他一个人也怪无聊的，要是学长你去看他，他得高兴坏。"

姜白白担心顾延灼并不想去，正准备委婉地回绝贾副驾，结果顾延灼抢先答应了："好，你带路。"

他们见了贾老板后，姜白白才明白过来，顾延灼是想要贾老板帮助咖农卖咖啡，提议在他的度假村布置一些展位，供游客们购买。没想到贾老板想都没想就答应了。

"师父的事就是我的事。"贾老板仗义道，"而且南城也是我的家乡，能帮忙肯定帮。"

姜白白为了感谢他，决定帮他的度假村做次免费的直播推广。

贾老板听说她是拥有百万粉丝的网络红人后，激动得一拍大腿："难怪我第一次见弟妹的时候，就觉得气度不凡，果然和我师父狼豺虎豹！"

"……"

空气静默了一秒后，贾副驾凑到贾老板耳边，小声纠正道："是郎才女貌。"

姜白白没法一直陪着顾延灼，下午她得回镇上继续直播。这段时间，她总往医院跑，已经惹得宋麦不太高兴了，嘴上总念叨着"恋爱误事"。顾延灼见她眼睛下面因为睡眠不足浮现的青色，觉得心疼，伸手捏了捏她的脸，理解道："我已经恢复得差不多了，你不用再每天两头跑。"

姜白白嘟了嘟嘴，垂下眼眸，小声道："我想见到你呀。"

顾延灼心里一暖，握住姜白白的手腕将她轻轻一拉，把她拉入怀里，双手揽住她，把脑袋放到她的肩上，说："我也是。"

姜白白坐在顾延灼的大腿上，背对着他，脸红得像个熟透的西红柿，但被他这样抱着，她觉得心里有种莫名的安全感，只要跟这个人在一起，她就觉得充满了无限的力量。

"对了，我有个礼物送你。"顾延灼说着打开一旁桌子的抽屉，从里面拿出一张图纸来，抻开给姜白白看，"我画了一栋房子的设计图，等我出院了我就建一栋这样的房子送你，你看看喜不喜欢？"

姜白白拿过图纸，她不太会看，于是问顾延灼："你讲给我听，我看不懂。"

顾延灼双手绕过姜白白的腰握住，告诉她："我想建一栋中式元素和现代材质融合的房子，有点像我之前被拆掉的那栋小白楼。青瓦白墙，要有一扇宽大的木门，要有徽式马头墙，院子里要种花种草，要修一个池塘，沿着池塘穿过廊厅向前，会有一间书房，要有大落地窗……"

姜白白跟随着顾延灼的描述思绪飞出很远，她可以想象自己和顾延灼生活在那栋房子里的场景。早上醒来，顾延灼可以做手冲咖啡，他们一起吃早餐，午后就坐在书房看书，阳光洒进宽大的落地窗里。

想到这些场景，姜白白脸上不禁露出笑容，不过转念又想到之前的事，她立马拉下脸来，转头看向顾延灼："你该不会又放我鸽子吧？"

"不会。"顾延灼说，"我用我的飞行员生涯发誓。"

姜白白还是有点不爽，顾延灼看出来了，之前的事小姑娘还一直记在心里，虽然表面上已经原谅他了，但只要一涉及承诺的事，她总会下意识表现出"一朝被蛇咬，十年怕井绳"的反应。

顾延灼把她抱得更紧了些，轻轻道："真的对不起。"

姜白白身体一阵酥麻，她转过头去，在顾延灼的额头上轻轻吻了下，捧起他的脸来："好啦，过去的事我们都不要再提了。"

顾延灼眨了眨眼，笑道："媳妇说是什么，就是什么。"

因为在医院耽误了好一会儿，为了赶上直播时间，姜白白也顾不得再等车了，在门口看见一辆黑色的汽车停下，就拦住问对方走不走南兴镇。

司机戴着鸭舌帽，声音低沉："上车吧。"

姜白白觉得这人有点奇怪，但她赶时间也没有多想，就上车了。她给司机说了具体位置，就靠在车椅上发呆。

车子驶上高速，一路平缓，姜白白头抵在椅背上渐渐睡了过去。等醒来的时候，她一阵恍惚，看向窗外，周围一片荒凉，人烟稀少。她没认清这是哪里，于是转头看向前面的司机："师傅，你是不是走错路了？"

司机没有说话，于是姜白白又提高了一点音量，对方仍旧没有反应，她心里开始涌上一丝不好的预感。

"很快就到了。"司机开口，声音有些熟悉，"别急。"

姜白白心里有点害怕，把手放进外套兜里，用指纹解锁手机。她设置了一个紧急联系人的快捷键，她刚按下，车子一个猛刹车就停在了路边。

司机取下鸭舌帽，转过头来，姜白白终于看清了他的长相，是吴凯。

"又见面了。"几个月没见，吴凯瘦得只剩皮包骨了，脸上的胡楂像肆意乱生的杂草，笑容看上去鬼魅而恐怖。

姜白白直接去扒拉车门，但已经被反锁了。

"你想干吗？"姜白白坐直了身体，不想让对方看出自己的害怕，强装镇定，"你不是在牢里吗？"

"顾延灼那家伙喜欢你吧。"吴凯盯着姜白白，声音轻飘飘的。

姜白白摇了摇头："他怎么可能喜欢我，我一个开挖掘机的，顾延灼可是飞行员，我们不配。"

"他是不配，凭什么就他一个人过得这么好，他害死了那么多人，他现在为什么还可以过得这么好！"吴凯突然情绪激动起来。

姜白白吓得怔了怔，她觉得吴凯的精神不太正常，于是没再说话，害怕刺激到他。

"他到底凭什么可以这么嚣张，竟然还进了森林救援队，老天太不公平了。"

姜白白透过车窗向外面看去，这里荒郊野外的，一个人影都没有，她想要摆脱吴凯的概率非常小。她害怕地往后缩了缩，竭力克制道："冤有头债有主，你找我也没用呀。"

"顾延灼喜欢你，如果你出事了，我看他还能不能像之前一样活得那么开心。"

姜白白算是清楚了，吴凯就是个心理变态，自己活得不好，也不让别人活得开心，这种杀敌一万自损八千的招式，除了变态她实在想不到更好的词形容了。

"你错了。"姜白白徒劳地狡辩，"你觉得顾延灼会喜欢我吗？怎么可能……"说着，她准备背水一战，直接冲上前想要把吴凯用手肘打晕，这是她之前在网上学到的防身术，但她的力气太小了，吴凯反应迅敏，直接钩住她的胳膊，反手将她制住。

姜白白疼得大叫起来，她挣扎着，突然感到脖子上一阵刺痛，眼前一黑，便晕了过去。

姜白白走后，顾延灼打开图纸，拿出画笔，继续完善剩下的部分，结果手机响了，是孟姝书。

"师哥，大事不好了！"孟姝书语气焦急，仿佛发生了什么可怕的事，"吴凯越狱了，我担心他会来找你报复，你这几天得小心点！"

顾延灼愣了愣，没想到吴凯会做出这样的事，心一沉："嗯，我会注意的。"

"你一定要注意啊，我听说他现在精神有点不太正常，指不定干出什么事来，晚上睡觉记得把病房门给反锁了。"

"嗯，我知道了。"

挂了电话，顾延灼看了眼时间，估摸着姜白白应该也已经回到南兴镇了，于是发了一条微信过去询问，过了很久也没人回复。

因为吴凯的事，他心里有点不安，于是直接打电话过去，手机响了两声，被人接起，声音却是一个男人的："学长，别来无恙啊。"

姜聪接到姜白白电话的时候，刚睡了午觉起来。最近一段时间，姜白白为了照顾顾延灼，待在家里的时间少之又少。都说女大不中留，如今看来这句话说得挺有道理，不过姜聪怎么也想不出来姜白白和顾延灼是什么时候碰撞出爱情火花的，主要是他觉得顾延灼怎么就看上自家闺女了呢？虽然自家闺女也不差，但顾延灼身上那副神鬼惧怕的冰山气质，实在让人想不到竟然还会喜欢上人。

姜聪接通电话，对着手机"喂"了几声，那头没反应，只听到一阵窸窸窣窣的响动，然后是姜白白时远时近的声音，他听到姜白白和一个陌生男人在讨论顾延灼的事。他也没听明白，接着一阵嘈杂的响动，突然就没了声音。

姜聪觉得姜白白是出了什么事，他第一个反应是先给顾延灼打电话，但顾延灼的手机一直没人接听，打到第八个电话的时候，顾延灼终于接了电话。

"姜叔叔。"手机那头传来吱吱的噪音，顾延灼似乎不在病房里，而在室外。

"刚才小白打了一个很奇怪的电话过来，我也没听清楚，好像有个男人在跟她说话，我就听到了你的名字，所以想要问问小白人还在你那里吗？"姜聪问道。

"嗯，在的。"顾延灼说，"她临时有点事，所以暂时没法接电话。"

姜聪悬着的心总算落了下来，和顾延灼又闲聊了两句，就挂了电话。

此时，顾延灼正在去吴凯发来的地址的路上，他向护士借了一双拐杖，离开医院打车朝那里奔去。吴凯让他一个人去，他知道吴凯是冲着自己来的，无论如何他都会确保姜白白的安全，不会让她出任何事。

♥
───── 第十六章 ─────
我愿意

　　姜白白醒来的时候，发现自己全身被麻绳给绑得死死的，她仍然待在车里，但吴凯人却不见了。

　　她费力地移动到窗边，抻长脖子朝外看去，吴凯一个人坐在一块大石头上，一动不动，好像在等谁来。

　　姜白白挣了挣手腕，绳子绑得实在太紧了。眼看外面天色渐渐暗了下来，她想到自己要和吴凯两个人待在荒郊野外，就觉得瘆得慌。

　　不知过了多久，姜白白听到了车轮碾过泥土的声音。她重新坐起身来，朝窗外看去，远远地，一辆出租车停了下来。

　　这个时候谁会路过这里？求生的本能让姜白白开始大喊出声："救命！"

　　但那辆出租车丝毫没有理会，掉了个头就离开了。

　　眼看最后一丝希望就这样破灭，如同一盆冷水浇到姜白白头上，她深深地叹了口气，终于明白什么是"叫天不应叫地不灵"。她把额头抵在车窗上，结果看到一个熟悉的身影，正一瘸一拐地朝吴凯走去。

　　是顾延灼。

　　姜白白感觉自己的呼吸都要凝滞了，这家伙怎么一个人就来了？还拄着拐杖？这不是送死吗？

　　姜白白大喊着顾延灼的名字。顾延灼显然听到了，视线朝这里看来，但车窗从外面看是黑色的，他什么也看不到。

　　吴凯站起身来，走过去，直接一拳打到顾延灼的肚子上，将他打翻在地。

　　姜白白看见顾延灼倒在地上，捂着肚子疼得身体蜷缩起来，吴凯的拳头继续，他仿佛疯了一般，不断挥舞拳头朝顾延灼的身上砸去。

姜白白看着眼前的一切，身体忍不住颤抖起来，咬住下嘴唇，无声地流眼泪，她必须想办法出去，然后救顾延灼，不然吴凯这疯子肯定会打死他的。

姜白白的手腕因为太过用力，被勒出了血印子，她身体朝车门猛地撞去，但毫无效果，她急得哭了起来，从未感到这么无助过。

吴凯抓起顾延灼的衣领，把他重新摔到地上，表情狰狞："你凭什么过得这么好？凭什么……"

顾延灼吐出一口血水来，看向吴凯，声音沙哑道："你太钻牛角尖了，你病了，应该去看医生。"

顾延灼自己接受过心理治疗，所以很清楚现在的吴凯因为没迈过当时的心结，持续到今天，如今的他已经分不清是非曲直了。

"我没病！"吴凯大吼，"你不就是仗着家世好才可以在救援队里为所欲为吗？收起你那点同情心吧，我不需要你的可怜，更不需要你的帮助。我可以给家人很好的生活，你瞎操什么心！"

顾延灼还没来得及说话，拳头又落在了他的脸上。他眼前一阵眩晕，觉得脑子里的东西碰撞到了一块，有点喘不过气来。

"凭什么你拥有了一切！而我什么都没有了！"吴凯大叫着，情绪突然崩溃了，抓住顾延灼的衣领继续往旁边摔。

顾延灼的伤本来就没有完全康复，现在在吴凯的撕扯下他觉得伤口又被重新撕裂。他咬紧牙关，睁开被打肿的眼睛，问吴凯："所以两年前的事故是你动的手脚吗？"

听到这里，吴凯突然"呜呜呜"大声哭了起来，他"啪"的一声跪在了地上，双手掐住顾延灼的脖子，把头埋得低低的，痛哭出声："我不是故意的，我只是想让你出糗，我没想到会发生那样的事故……"

顾延灼闭了闭眼睛，他被打得脑子有点混乱，睁开眼来在天空的某处终于找到了那架无人机，它还在继续盘旋。

　　顾延灼在来之前，打了电话给孟姝书，借了一辆无人机，跟着他坐的出租车一路飞行到这里，这样孟姝书和警察就能通过定位找到他们。顾延灼只能继续拖延时间，不知道警察什么时候才能找到这里。

　　吴凯崩溃地大哭起来，双手死死地掐住顾延灼的脖子，连他自己都没意识到自己在用力。顾延灼感到呼吸困难，大声咳嗽起来，伸手掰开吴凯的手指："你冷静一点，吴凯，你想想自己的家人，你要是把我打死在这里，你岂不是要坐一辈子牢？"

　　吴凯的手顿时松了松，顾延灼趁机挣脱掉他的手，但气还没喘几口，吴凯突然反应过来，立马又重新伸手掐住他的脖子，大喊道："不能只有我一个人痛苦！"

　　姜白白听到警车的声音由远及近，她因为猛烈撞击，现在脑子有点晕乎乎的，用光了所有力气，只能软绵绵靠在车椅上。等到有人的声音在外面响起，车门打开，她被人救了出去，意识才慢慢清晰起来。

　　眼前的景色灰蒙蒙的一片，天黑了，只有车灯照出来一片光晕。姜白白身上的绳子被警察割断，对方询问她有没有事，她过了好一会儿，才反应过来。她朝顾延灼那边看去，见医护人员正抬着他上担架，孟姝书跟在一旁，神色焦急。

　　"顾延灼。"姜白白嘴里念着名字，不管不顾地就朝他跑过去。

　　担架上躺着的顾延灼嘴角有一块瘀青，眼睛也肿了起来，整个人看上去像一个滑稽的小丑。姜白白的眼泪落下来，走过去握住他的手，喊了声他的名字。

　　顾延灼还醒着，不过浑身上下都疼，他看见姜白白在哭，于是伸手温柔地帮她擦去眼泪，说："没事了，我在呢。"

吴凯已经被警方控制住，他整个人像被针扎破的气球，垂丧着脑袋。姜白白看见了，松开顾延灼的手，直接朝吴凯冲过去，大家都还没反应过来，只见姜白白抡圆了胳膊，直接一拳朝吴凯的肚子打过去，那力道估计吃奶的劲都给使出来了，吴凯痛得直接弯下腰去。旁边的警察赶紧拦住姜白白，不让她再接近。

站在后面的孟姝书暗叫了声"干得好"，跑过去拉走姜白白，对警察们鞠了一躬："不好意思哈，我现在就把我朋友带走。"然后把姜白白拉上车。

"那家伙太过分了。"姜白白愤怒道，"我真想一拳打爆他的头！"

孟姝书见她的手上有血印，拿出医药箱给她消毒上药，一边用酒精给她杀菌，一边说："越狱、故意伤人罪，还有之前事故的事，数罪并罚，够他受得了，不用你打爆他的头，让他自己在监狱里悔过去吧。"

酒精洒在伤口上，痛得姜白白龇牙咧嘴，她问孟姝书："你们怎么知道我和顾延灼在这里的呢？"

"师哥来之前就给我打了电话，借用了无人机，一路跟来的。"孟姝书帮她缠上纱布，轻轻叹了口气，"师哥是真的很喜欢你，所以我也决定不再执着了，祝你们幸福。"

姜白白抬起眼睛，见孟姝书一脸真诚，她笑道："谢谢。"

顾延灼这次在医院躺了一个多月，才完全恢复出院。他背上烧伤的地方留下了永久的疤痕，姜白白去医院帮他换衣服的时候看见了，心疼得直掉眼泪。

她伸手抚上顾延灼背后狰狞恐怖的伤疤，把脸贴在他背上，轻声问他："疼不疼？"

女生的手指有些凉，顾延灼的身体僵了下，微微转过头来，说："不疼。"

他侧过身子，把姜白白的脑袋揽入怀中，对她说："就算疼，只要身边有你，就不疼了。"

姜白白仰起脑袋，看向他，笑了笑："所以我是布洛芬吗？"

顾延灼刮了她鼻子一下："你是我老婆。"

"喊。"姜白白瞪了他一眼，"谁是你老婆了，我未婚。"

顾延灼揉了揉她的头发，牵住她的手："现在回家拿户口本，去民政局。"

姜白白以为他在开玩笑，并不示弱，爽快道："好啊。"

顾延灼扬了扬眉，说："不去的是小狗。"

姜白白眨了眨眼，意识到顾延灼是认真的了，愣了下，随即挣开他的手，翻了个白眼："你做梦！"她神色一沉，不满道，"顾延灼，你这家伙太不解风情了，表白随意就算了，连结婚都这么随意。我可是第一次谈恋爱啊，我也想享受一下罗曼蒂克嘛。"

看着姜白白满脸委屈的神情，顾延灼"扑哧"笑出了声，他抬起两只手，轻轻捏住姜白白的脸，笑道："哟，小姑娘生气了？"

姜白白打开他的手，瘪了瘪嘴："当然生气。"

他们正说着话，姜聪不知什么时候来了，他过来帮顾延灼搬东西。快过年了，白城拓回了家，顾延灼暂时还不能开车，姜聪最近都没有工作，于是主动提出过来接顾延灼。毕竟是未来的女婿，老丈人能疼一点是一点。

顾延灼春节不回家过年，他父母都留在国外，所以他打算待在南兴镇过这个春节，还是住在之前的那家酒店里。

姜白白见姜聪来了，立刻和顾延灼拉开一小段距离，佯装严肃的样子，两只手背到身后，对顾延灼说："东西没有落下吧？"

顾延灼配合道："都收拾好了。"

他们一同去停车场，顾延灼用钥匙解锁，姜聪坐进驾驶座里，这还是他第一次坐顾延灼的车，他调整了下座椅和后车镜，见姜白白坐进了副驾驶座，瞥了她一眼，说："你坐这里干吗，坐后面去。"

姜白白本来是想和顾延灼一起坐后面的，可是担心姜聪会有意见，比如生出什么"女儿谈恋爱了就忘了自家父亲"这样的情绪。为了照顾他的感受，才决定坐前面的，但既然姜聪都亲自开口了，她当然开心地坐后面去。

姜聪看见她一脸藏不住的笑，轻轻叹了口气，果然是女大不中留啊。

姜聪发动了车子，突然看见车前方的金色粽子挂件，不由得愣了愣，不过这东西实在太常见了，看见相似的也很正常。

车子开上高速路后，姜聪问顾延灼："听说你这个春节不回家，要不就来我们家吃团年饭吧。"

姜白白转头看了眼顾延灼，发现他也在看自己，他把手伸过来握住她的手，对姜聪说："好，谢谢叔叔。"

姜聪笑起来："别客气，以后都是一家人嘛。"

姜白白脸一下红了，顾延灼见了忍不住低头笑了笑，附和道："是呀，一家人。"

姜白白有点不满，对姜聪说："你这里也太好过了吧，都没点什么考验之类的？"虽然顾延灼人很好，但对自家闺女的身价也适时抬高一点嘛，姜白白心里叹了口气，感觉自己已经被亲生父亲给卖掉了。

"你可得对小顾好点，别一天只知道使性子。"姜聪说。

顾延灼脸上的笑意更深了，看了眼姜白白，那眼神好像在说"听到没，要对我好点"。姜白白瞪了他一眼，语气不满道："我对他够好了，倒是有些人喜欢说话不算数。"

顾延灼握住她的手，抬到嘴边，轻轻吻了吻，温柔道："算数的。"

姜白白指尖颤了颤，车子一个颠簸，她的额头朝前面车椅撞去，顾延灼的手掌及时抵在了她额头上，所以最后她撞到了温暖的掌心里。

顾延灼揉了揉她的脑袋，说："小心点。"

姜聪开车到达家的时候，发现后座的两人都已经睡着了。他把车停靠在路边，准备让两人再睡一会儿再叫醒他们。后车座上，姜白白的脑袋倚靠在顾延灼的肩膀上，睡得很沉稳，呼吸均匀。顾延灼的手揽着她的肩膀，让她可以舒服地靠睡着。

姜聪笑了笑，靠在车椅上，摇开车窗，风从缝隙里吹进来，金色粽子挂件摇晃起来。姜聪顿了顿，下意识地伸手去碰挂件，他记得很多年前，他刚和姜白白母亲谈恋爱那会儿，他们一起去寺庙游玩，当时求了一个金色护身符，下面也是流苏样式，流苏里面有一个小铁片，可以刻上想刻的名字，姜白白母亲当时在铁片上刻了一个"J"，姜聪的首字母，之后这个护身符就一直被她带在身上，也不知道现在怎么样了。

想到往事，姜聪有些感慨，他摸到顾延灼车上的这个护身符也有一个小铁片，于是转过来看了眼，一个"J"字映入眼帘。姜白白的母亲写"J"的时候喜欢把最后一笔的钩往里撇，看上去有点奇怪，却有鲜明的个人风格。

顾延灼睁开眼睛，看见前面的姜聪正盯着那个金色的护身符发呆，手里捏着小铁片，上面有个字母"J"。顾延灼怔了怔，眼眸沉下来，他知道姜聪一定是发现了这个护身符的来由。

"姜叔叔。"顾延灼轻轻对姜聪说，"我们谈谈吧。"

姜白白醒来的时候，发现车上一个人都没有，姜聪和顾延灼人都不见了。她打开车门下去，看见他们两人已经进屋了。她有点奇怪，为什么到家了也不叫醒自己？

姜白白走进屋里，姜聪和顾延灼面对面坐着，两人却没有说话，气氛有些尴尬。她拉开椅子坐下，看了看两人，问："你们聊什么呢，怎么气氛这么严肃？"

姜聪没有表情，他抬起头看了眼姜白白，对顾延灼说："我开车送你去酒店。"

顾延灼站起身来，神情有点奇怪，他看了眼姜白白，对她说："我先走了。"

"要不你留下来和我们一起吃晚饭吧。"姜白白提议，"反正在酒店吃，不如在我们家里吃。"

顾延灼顿了顿，先看了眼姜聪，然后冲姜白白笑了笑："下次吧。"说完，就朝门口走去。

姜聪跟在他身后，两人一前一后上了车，也没跟姜白白多打一声招呼。姜白白感觉是发生了什么事，心里有了不太好的预感。她发微信问顾延灼到酒店没。

他回答："刚到。"

"今天你和我爸聊什么了？感觉神情好严肃啊。"

"没什么，别多想。"

这时姜聪正好回来了，姜白白放下手机，嬉皮笑脸走过去，问道："晚上我们要不煮火锅？"

姜聪看上去情绪不佳："都行。"

姜白白看出他心情不好，于是乖乖地去厨房洗菜，帮忙准备火锅的材料。

过了会儿，姜聪进来，拿过姜白白手里的东西，说："我来。"

姜白白站在一旁，盯着姜聪处理手里的东西，犹豫道："你和顾延灼是怎么回事？"

姜聪正在切葱花，头也没抬："没什么，就随便聊了聊。"

"但你们看上去怪怪的。"

姜聪手上的动作停了下，他终于抬起头来，看向姜白白："你真的很喜欢顾延灼，是不是？"

姜白白点了点头，说："对。"

"那就没事了。"姜聪拿起菜刀，继续切菜。

可是姜聪的样子明明就是有事。

　　姜白白在旁边又站了会儿，见姜聪没有要和她说话的意愿，便知趣地离开了厨房。晚上吃完饭，姜白白去工作室找宋麦，因为咖啡订单的增多，宋麦和白城拓已经达成了合作，姜白白现在已经成为天堂咖啡的代言人，她和宋麦的合约也自动续约。

　　宋麦最近正在找新房子，打算将工作室做大。

　　姜白白到工作室后，一副垂头丧气的样子，瘫坐在沙发上，双手抱住抱枕，还没开口，就先叹了口气。

　　"哟，事业爱情双丰收的人还有烦恼啊。"宋麦刚给自己泡了碗泡面，其他人都回家过年了，她明天的飞机，今天还要继续在这里待一天。

　　姜白白把打包的火锅放到桌上，无精打采道："我爸给你的。"

　　"叔叔人真好。"宋麦放下泡面，打开袋子，拿出火锅来，又瞥了眼姜白白，"说吧，到底什么事？"

　　姜白白接着叹了口气："我觉得我爸和顾延灼之间有点什么事，但他们都瞒着我。"

　　"那说明是不能告诉你的事呗。"

　　姜白白坐直身体，问道："有什么事是不能告诉我的？"

　　宋麦咬了口丸子，咂咂嘴，正经道："你想想，你爸和顾延灼是不是都很爱你，如果有一件事可能会让你伤心，那么他们肯定是不会告诉你的。"

　　姜白白觉得宋麦说得很有道理，于是陷入了沉思。过了会儿，她突然拍住大腿，恍然大悟道："难道——"

　　宋麦抬头。

　　"难道他们两人中有谁得了绝症？"姜白白说完立即用手打自己的嘴，"呸呸呸，我怎么可以诅咒他们。"

　　宋麦吸溜进一口土豆粉，眨眨眼："也不是不可能。"

　　"……"

姜白白坐不住了，直接站起身，离开了工作室。

顾延灼刚洗完澡，穿着浴袍在洗手间里吹头发，听到房门铃响，他放下吹风机去开门，结果看到一脸欲哭无泪的姜白白。

"怎么了？"顾延灼心里惊了下，以为是姜聪把她妈妈的事告诉她了。

姜白白一步上前，直接抱住了顾延灼，把脑袋埋进他的怀里，蹭了蹭，声音哽咽道："你是不是要死了？"

这是什么情况？

"我知道你们肯定是不想让我难过，所以故意瞒着我，对不对？"姜白白扬起脑袋，脸上带着泪痕，吸了吸鼻子，"没关系，我会陪你挺过去的。不管什么病，我们一定可以一起克服！"

顾延灼明白过来是怎么回事后，轻轻笑了起来。他伸手把房门关上，牵着姜白白的手走到沙发上坐下。他的头发还湿漉漉的，于是走到洗手间把吹风机拿到客厅，对姜白白说："先帮我吹干头发。"

此时的姜白白正沉浸在自己的悲情剧码里，觉得顾延灼就要命不久矣，现在不过是让她帮忙吹个头发而已，她当然不会拒绝。于是拿起吹风机，手按在顾延灼的肩膀上，让他身体低一点，帮他吹头发。

姜白白吹得很仔细，一根发丝都不放过，好不容易把头发全部吹干，顾延灼转过头来，站起身，双手撑住她坐的沙发边缘，凑近脑袋，对她说了声："谢谢老婆。"

顾延灼的头离她只有几厘米的距离，她可以闻到他头发上的洗发水味道，对方凑近的眉眼带着一种魅惑的神情，她忍不住咽了口口水，开口道："不客气。"

顾延灼顺势坐到姜白白一旁的沙发上，用手抓了抓头发，没有看她。

其实，这件事他本来就打算找个时间告诉姜白白，但今天和姜聪聊完以后，姜聪说要把这件事当成秘密,永远烂在心里。因为姜白白对妈妈太有憧憬了,如果让她知道妈妈已经去世,还是在她喜欢的人驾驶的直升机上,她一定接受不了,这无疑是二次伤害,还不如就让她永远也不要知道自己母亲的真正下落。

"我就这么一个女儿,我希望她可以永远都快快乐乐的。"姜聪对顾延灼说,"事故不是你的错,我理解,但我现在还有点接受不了,所以这段时间能不能麻烦不要出现在我家?"

顾延灼能理解姜聪的情绪,于是答应了他。但对于姜白白,她已经是一个成年人了,她有权知道这个真相。顾延灼也担心过姜聪说的问题,如果姜白白知道了这件事,会不会怨恨他,怨他当时没有再努力一点,也许就能避免事故的发生,会不会气急败坏地再也不要搭理他,或者出现其他不好的情况,他都想过,也害怕过,犹豫过,但最后他想通了,既然他已经认定了她,他就不应该对她藏着这个秘密,他应该对她坦白,不然这件事会成为他们未来生活里的一个定时炸弹。如果姜白白怨他恨他,他就耐心地请求她的原谅和释怀,不管是一年还是两年,或者更长的时间,他都愿意等。

顾延灼盯着姜白白的脸,轻轻握住她的手,和她十指相扣:"我现在要告诉你一件事,我知道你一时可能接受不了,但你一定要记住,无论未来发生什么,我都会永远陪在你身边。"

姜白白觉得事态可能有点严重,所以顾延灼才说出这样的话,她紧张地握了握他的手,点了点头。

小时候,姜白白第一次来月经的时候,非常慌张。她觉得很羞耻,不知道该跟谁说。当时还是宋清颜发现了,放学后带着姜白白回到自己家,找了条自己的裤子给她,然后教她怎么使用卫生巾。

"我第一次的时候也特别害怕。"宋清颜宽慰她,"这些都是我妈妈教我的,你要是有什么不懂的地方可以问我。"

那是姜白白长大后第一次觉得有妈妈真好，她点了点头，对宋清颜说了声谢谢，从那以后她们就成了最好的朋友。

虽然姜白白有时会说自己很想见到妈妈，但是她心里清楚这个可能性非常小，而且就算她真的见到了妈妈，她也不知道该说些什么，是问当初为什么抛下她和爸爸吗？还是问问妈妈这些年来过得怎么样？

原来都不是啊。

原来妈妈两年前就在事故中去世了，而且还是在顾延灼驾驶的直升机上。

姜白白听完后，表现得很平静，好似听了一个别人的故事。

顾延灼说完了，本来想等女生反应，结果对方没有任何反应，眨了眨眼睛，看着他，也不知道在想什么。

"白白。"顾延灼挺怕她这个反应的，要是她哭泣或者生气都还好，至少有情绪反应，可是现在这样，他都不知道该怎么劝慰她了。

姜白白见他神色紧张，这是平时很少能在他脸上看见的神情，她笑了笑，叹了口气，对顾延灼说："谢谢你告诉我这些，我至少知道了她的下落。"

"对不起，我没有第一时间告诉你。"顾延灼垂下眼眸，自责道，"因为我怕告诉你之后，你就不再理我了。姜叔叔知道这事后，有些不能接受，他为了照顾你的情绪，让我不要告诉你。"

"难怪我爸今天情绪这么低落。"姜白白想到姜聪今天晚饭都没吃几口，心里有点酸楚。

她轻轻叹了口气，对顾延灼说："那我们这段时间就先别见面了，我先安慰好我爸。"

"都听你的。"顾延灼抱住姜白白，爱抚地摸着她的头发，如果可以，他希望时间就停在这一秒。

姜白白其实心里情绪挺复杂的，但顾延灼是爱她的，至少这点她无比清楚，那个从未谋面的妈妈更像是她脑海里的一个抽象概念，虽然她很想有个妈妈，但她从小并不缺爱，姜聪对她很好，现在她又遇到了顾延灼。或许这个想法有点自私，但她觉得珍惜眼前人才更重要，过去的事已经过去，她只想和最爱的人一起往前看。

大年三十的晚上，宋清颜抱着一堆烟花爆竹跑来找姜白白。

姜白白点燃一根仙女棒，烟花在黑夜里绽放，发出吱吱的声音。宋清颜站在一旁，帮她拍照："这张照片简直绝美，快发给你家顾延灼欣赏欣赏。"

姜白白瞪了她一眼，问："你之前不是说过年要去周宇家见家长吗？"

宋清颜给自己点燃一根仙女棒，在空中挥舞着："我不着急，他现在工作忙，我也忙，我们准备先攒钱在市区买个房子。"

"啧啧。"姜白白调侃，"你之前不是说不在乎这些东西吗？"

"周宇在乎啊。"宋清颜笑了笑，"他想给我最好的生活，我也不想让他为难，那就将就着他呗。反正按我俩现在的赚钱速度，应该也快了。"

烟花映照出宋清颜笑着的侧脸，姜白白见她这样，放心了许多。她希望自己最好的朋友可以和她一样，都能够得到幸福。

照片发出去没几分钟，顾延灼就回复信息了，他问姜白白："在哪里放烟花？"

姜白白回答他："在家门口。"

顾延灼没再回复消息，姜白白心想这个时候他估计在酒店里看春晚吧。想来他一个人也挺无聊的，但是姜聪在家里，她又不可能抛下自己的亲爸去找顾延灼，夹在两个男人之间，还真是让人难以抉择。

"你最近怎么不去找顾延灼？"宋清颜问道。

姜白白手里的仙女棒燃烧殆尽，只剩下一根黑黢黢的铁丝棒，她扔到一旁的垃圾桶里，走过来，对宋清颜说："我们这是小别胜新婚，增加一点新鲜感。"

宋清颜用一副"你就尽管胡说八道吧"的眼神看着姜白白，弯腰去拿地上的冲天炮，用打火机引燃导火索，然后递到姜白白手里。

"过年喽！"宋清颜跳到一旁，只听"啾"的一声，烟花直往天上蹿去，然后"啪"一声炸裂开来。

一朵朵绚丽的烟花在天空盛放，像妖娆的黑暗之花。姜白白闻到空气中飘浮的火药味道，吸了吸鼻子，忍不住打了个喷嚏。她再抬头时，远远看见顾延灼就站在马路对面。

姜白白怔了怔。

宋清颜也看见了顾延灼，知趣地冲她笑道："看来他今年第一个见到的人就是你哟。"说完，冲她做了个鬼脸，一溜烟跑走了。

顾延灼走过马路。他穿着一件厚实的黑色羽绒服，几乎和夜色融为一体。姜白白下意识往身后的大门望了眼，家门虚掩着，难保证姜聪不会突然开门出来。于是，她赶紧拿着剩下的烟花棒，往前跑两步，拉住顾延灼的手，把他往旁边的巷子里带。

"新年快乐呀。"顾延灼见她慌张的样子，忍不住想笑。

姜白白转过身来，看向他，喘着粗气道："你怎么来了？"

顾延灼刮了刮她的鼻子："因为想见你。"

姜白白拉住他的手晃了晃，笑道："可是天这么黑，你怎么看得见我。"

顾延灼松开她的手，抚摸上她的脸，动作很轻，从额头到眉骨，接着是鼻子，然后是嘴巴，最后是脖子。他顺势揽住她的脖子，低下头，吻住她的唇。

姜白白先睁大了眼睛，而后感到对方轻轻撬开她的牙齿，她慢慢闭上眼睛，跟随着顾延灼的节奏，对方加大了力度，轻轻咬了咬她的嘴唇，然后是舌头。

这个吻长久而温柔，让姜白白差点忘记了时间，等她再睁开眼时，顾延灼抱住她，在她耳边亲声道："新年快乐。"

初一到初三这几天，姜白白都在陪着姜聪走亲访友。每天早出晚归，被亲戚们用各种高热量和油腻的食物塞满肚子。

三姑今年刚嫁了女儿，于是对姜白白的感情生活特别关心："小白今年也二十五岁了吧，还没谈恋爱吗？"

姜白白正扒拉着碗里的饭，听到这里不小心被米粒呛到，猛烈咳嗽起来。

一旁的姜聪一脸镇定道："都什么年代了，女人不嫁人照样能活得好。"

姜白白心想，我可是有男朋友的人了，可惜你不承认人家。

"何况我家闺女已经有男朋友了。"说到这里，姜聪尽力保持低调的作风，云淡风轻道，"还是个高富帅。"

姜白白张了张嘴，惊讶地望向姜聪，只见他脸上洋溢着"我家女儿的男朋友可比你家女儿找的男朋友优秀多了"的自豪神情，她吸了吸鼻子，故意忽略掉三姑向她投来的嫉妒目光。

回家路上，姜白白试探地问姜聪："你现在对你未来的女婿还有什么意见没啊？"

姜聪瞥了她一眼，没有表情："还没嫁人，就学会胳膊肘往外拐了？"

姜白白嬉皮笑脸道："毕竟是个高富帅，过了这村就没这店了。"

姜聪这几天也想明白了，虽然一开始有点无法接受，因为太过意外，感觉像晴天里走在大街上，突然被一道闪电劈中。可想想姜白白的母亲很久之前就离开了他们，她是一个本来就消失在他们生活里的人。只是在看到那个金色挂件后，姜聪想或许在她心里还一直保存着他们过去的回忆，否则又怎么会在生命的最后一刻交给顾延灼呢。想到这里，姜聪竟然觉得有点感动，也算不枉费曾经的一段情谊。只是人和人这一生，有太多阴错阳差了，所以他才格外希望姜白白能够得到幸福。

"明天让他来家里吃饭吧。"姜聪说。

姜白白见姜聪终于松口，开心地一把抱住他，语气夸张道："谢谢爹地！"

姜聪看见姜白白高兴得手舞足蹈的样子，双手背在身后，露出标准的老父亲笑容，轻轻叹了口气，又想到了那句话，真是女大不中留啊。

第二天，姜白白醒来才突然想起前天答应了宋麦要在线直播祝大家新年快乐。一看时间已经早上十点半了，她赶紧从床上爬起来换衣服洗漱，然后化了一个简单的妆容，把手机架在支架上，打开前置摄像头，开始直播。

她先冲着镜头给大家打了声招呼，然后送上新年祝福语。这时镜头里突然多冒出一个人脸，姜白白一时没反应过来，吓得差点叫出了声，结果定眼一看，发现是顾延灼。

他一脸茫然地走进房间，看见姜白白对着手机自言自语，没意识到她在做直播，还以为她发烧了，于是蹲下身，伸出手来去探她的额头。

姜白白身体一僵，侧脸对着顾延灼眨了眨眼睛，小声对他说："我在做直播呢。"

顾延灼转头看了眼手机，发现后立马往后退了步，移动到屏幕以外的地方，然后安静乖巧地坐在一旁，看着姜白白。他到姜白白家后，姜聪告诉他姜白白还在卧室，让他直接上来叫醒她，结果他发现房门没关，就推开进来了，没想到会刚巧碰上姜白白直播。

姜白白慢慢呼出一口气，重新看向手机屏幕，发现评论一直在往上刷，而且无一例外的都是在问"刚刚那个大帅哥是谁啊""天哪，帅哥的侧颜杀太绝了吧""是机姐的男朋友吗？天哪，我想再看看帅哥""求帅哥出境"……

自从有人带了头，呼吁"求帅哥出境"后，下面评论的网友就全部复制粘贴这句话，强烈要求顾延灼出境。

姜白白愣住了，她没想到顾延灼的人气居然比自己还高。这个看脸的社会，实在过于无情。

她眨了眨眼，看向旁边对此事毫不知情的顾延灼，顿了顿，对他伸出食指勾了勾："你要不过来和大家打个招呼？"

顾延灼有些意外，又不敢说话，于是做口型向姜白白进行确认："是要我过来吗？"

姜白白点了点头。

于是顾延灼坐了过去，他第一次接触直播，更多是好奇，看到屏幕上不断弹出来的评论，全部都是夸赞他的。

"太帅了哥哥！"

"机姐以后做直播能不能都带上帅哥！不然我不看了！"

"这个颜我能嗑十年！"

"帅哥，单身吗？"

……

顾延灼面对网友们不冷静的各种溢美之词，倒是挺淡然的，他对着手机镜头面无表情地冲大家打了声招呼："新年快乐。"然后顿了顿，继续道，"我已经有女朋友了，如果你们真的喜欢我，多支持我女朋友就好。"说着转头看向姜白白，冲她温柔地笑了笑。

屏幕前立马再次被各种留言给淹没。

"天哪！什么神仙爱情！"

"酸了，机姐的男朋友太帅了，要是我做梦都能笑醒！"

"大家别羡慕了，机姐也不差好吗！我们是机姐的粉丝！祝福她！"

……

于是今天的直播就在一场意外中结束了，姜白白退出直播间，如释重负地叹了口气，用略带哀怨和嫉妒的眼神看向顾延灼："还好你没去做直播，不然直播界的好多人都得没饭吃了。"

"所以我其实是个平平无奇的直播潜力股喽？"

姜白白"呵呵"两声道："我就随口一夸，你还当真了。"她伸手捏了捏他的脸说，"直播光靠脸还是不行的，还是得有才华，比如我，开得一手好挖掘机。"

顾延灼立马鼓掌，配合道："机姐一出，谁与争锋。"

过完年，姜白白和顾延灼都回到各自的工作岗位上，因为都很忙，所以见面的时间也变得少了许多。

春天到了，姜白白的工作室外种了许多蔷薇，一到季节所有花都大朵大朵绽放，爬满墙头。休息的间隙，她会坐在窗边给自己泡一杯顾延灼给她做的挂耳咖啡，然后对着天空发一会儿呆。有时看见有飞机飞过，就会下意识地想起他来。

姜白白像往常一样做完直播，去化妆间卸妆，手机响了，顾延灼发来信息说这周末放假，问她有没有时间陪他去市区一趟。

周末姜白白正好有空，于是爽快答应了。算起来，他们已经有一段时间没见面了。姜白白之前去北京参加主播培训，在那边待了半个多月，每天上火上得厉害。顾延灼给她的快递就一直没断过，今天是雪梨，明天就是燕窝，还有各种滋润补气的口服液。姜白白和另一个女生同住一个房间，结果她的东西快把整个屋子都给塞满了，于是她便把顾延灼寄给她的吃的喝的跟那女生一起共享了。

姜白白回来后，顾延灼一直在参加训练，她压根儿见不着他，只能每天晚上发几条信息。有时候姜白白闹情绪，会忍不住抱怨他没时间陪自己，但她心里都明白，他不是不想陪自己，而是工作太忙，就像她也一心扑在工作上。宋清颜说他们这样的关系是非常危险的，因为谈恋爱就是需要两个人进行情感交流，不舍得花时间，就会被时间给淘汰掉。

姜白白打开衣柜找衣服穿的时候，才发现之前给顾延灼买的咖啡杯和手表还没有拿给他，于是一起装进了包里。

第二天一早，姜白白就从镇上出发，到达顾延灼发给她的地址后，找了个地方坐下，拿出镜子看看脸上的妆有没有花。结果一个七八岁的小男孩手里拿着一枝玫瑰走来，递给她说："姐姐，送你的。"

姜白白有点受宠若惊，心想自己这么受欢迎吗，连小孩子都臣服在自己的魅力之下。过了会儿，又有一个大叔走来，手里拿着玫瑰，递给姜白白："这枝花送你。"

姜白白终于开始感到奇怪了，仔细看了看手中的玫瑰，突然发现每枝玫瑰花上都绑了一个彩色纸带的蝴蝶结，她解下来，发现是可以拼凑在一起的，但是并不完整。

这时，又有人朝她走来，送上玫瑰。

接二连三地，姜白白收到了十一枝玫瑰花，每枝花上的纸带拆下来都是一张拼图的碎片。

姜白白蹲在台阶上，花了点时间，把所有的碎片拼在一起，然后组合成一张手绘地图，她用手机拍下来，按照上面的指示往前走。

走了一段路后，是台阶，姜白白继续往上走，再左转，这样走了十几分钟，她眼前出现一栋青瓦白墙的房子，看上去很新，应该是刚建好没多久。她忍不住多看了几眼，因为这栋房子完全符合她心目中未来居住房子的样子，外面围着一圈栅栏，里面种着花草绿植，虽然看不见白墙里的东西，但马头墙、中式风的屋檐，都让她感到惊艳，和顾延灼之前承诺她的房子一模一样。可惜那家伙后面就再没提过房子的事了，她感觉自己可能又被放鸽子了。

她有点羡慕地多看了两眼房子，准备继续走路，低头看手里的地图，结果发现路线一直画到这里就没有了。

"喜欢这栋房子吗？"顾延灼不知从哪里冒出来，手里捧着一束鲜花，走到姜白白面前，对方还没反应过来，他突然单膝下跪，把花举到面前说，"这栋房子是我按照之前的图纸建的，想要送给你，你愿意和我以后一起生活在这里吗？"

姜白白怔在原地，大脑还没反应过来，心里又是开心又是因为情绪激动引发的难过，她其实挺期待这一刻的，但当这一刻突然到来，反而措手不及。

"白白，在没遇到你之前，我从没想过今后会是什么样的人跟我度过一生。我这人脾气不好，性格古怪，拿了一手孤独终老的牌，自从遇见了你以后，我便无法想象没有你的人生会是怎样了。"顾延灼从花里掏出一枚戒指，举到姜白白面前，又重复了一遍，"你愿意嫁给我吗？"

姜白白眼泪瞬间掉落下来，她伸出手去，让顾延灼替她戴上戒指："我愿意。"

我愿意。

我愿意在春天的时候陪你赏樱，夏天的夜晚牵手仰望繁星，在秋天和你共度晨光，冬天相伴踏雪寻梅。我愿意在无尽的黑夜里陪你度过漫长时光。

人生是间巨大的游乐场，或许我们终其一生，只是想找一个陪自己玩的人。别担心，总有人迈过沉沦的深渊，与你一起向永恒开战，与你一起相依为命、相濡以沫。
